KB176448

내가 읽고 쓴 글의 갈피들

김윤식(金允植)

1936년 경남 김해군 진영읍 진영에서 태어났다. 문학평론가, 서울대 명예교수. 저서로 『내가 읽고 만난 일본』(2012), 『내가 읽은 박완서』(2013), 『문학사의 라이벌의식』(2013), 『6 · 25의 소설과 소설의 6 · 25』(2013), 『3대 계간지가 세운 문학의 기틀』(2013) 등이 있다.

푸른사상 평론선 16

내가 읽고 쓴 글의 갈피들

인쇄 2014년 6월 25일 | 발행 2014년 6월 30일

지은이 · 김윤식
펴낸이 · 한봉숙
펴낸곳 · 푸른사상사
주간 · 맹문재 | 편집, 교정 · 지순이 · 김소영

등록 제2－2876호
주소 서울시 중구 충무로 29(초동) 아시아미디어타워 502호
대표전화 02) 2268－8706~7 | 팩시밀리 02) 2268－8708
이메일 prun21c@hanmail.net
홈페이지 www.prun21c.com

ISBN 979－11－308－0240－4 93810
값 23,000원

이 도서의 국립중앙도서관 출판시도서목록(CIP)은 서지정보유통지원시스템 홈페이지(http://seoji.nl.go.kr)와 국가자료공동목록시스템(http://www.nl.go.kr/kolisnet)에서 이용하실 수 있습니다. (CIP제어번호 : CIP2014017560)

푸른사상
평론선
16

The bookmarks of my reading and writing

내가 읽고 쓴 글의 갈피들

김윤식

/// 머리말

내가 읽고 쓴 글의 갈피들

사람은 누구나 남이 쓴 글을 읽기도 하고 또 자기의 생각을 적어보기도 하지 않을까 싶소. 짐승이 아니기에 저도 그러한 부류에 든다고 믿고 있소이다. 글을 쓰는 사람은 어떤 목적을 향하고, 그 뜻의 전달을 분명히 하기 위해 혼신을 기울이지 않을까 싶소. 그 결과는 어떠할까. 얻는 것도 조금은 있겠지만 그에 못지않게 잃는 것도 많을 것이오. 이유는 글쓴이가 부주의했다기보다는 전달 수단인 언어의 애매모호성에서 왔을 터이오. 진리란 무엇인가를 묻자 '뜰 앞의 잣나무를 보라' 라고 했다든가, 논리 형식이 없으면 침묵하라는 지적이 있음도 이런 사정과 관련되어 있을 성싶소. 그러나 현실 없이는 언어도 없는 것이 아닐까 하오. 그렇다면 그 현실이란 과연 어떠할까.

'현실' 이란 우리의 일상적 삶, 곧 자기만이 느끼고 감동하는 그런 것이 아닐까 싶소. 글 쓰는 사람도 마찬가지요. 글 속에는 잘 보이지 않지만 그 글 속에 배어 있는, 또는 그 글을 잉태한 당사자만이 감지한 느낌 말이외다.

나의 경우는 어떠할까. 이번 책에서 제가 드러내고자 한 것은 글쓰기의 제 '현실' 을 말하고자 함이외다.

제1부를 저는 초기에 쓴 두 권의 책과 후기에 쓴 한 권의 책에만 국

한시켰소. 내 최초의 평론집 『한국 문학의 논리』에서는 추천작에 대한 저만의 현실을 드러내고자 했소. 또 한갓 부록으로 되어 있지만, 이 평론집에서 힘을 기울인 것은 루카치에 관한 소개 및 비판의 번역이었소. 반공을 국시로 했던 당시, 이 공산주의자의 소개란 아무리 비판이라 해도 입문서적인 몫을 하는 만큼 용기가 필요했소. 이 점을 특히 밝히고 싶었소.

두 번째로 저는 『한국 근대문학의 이해』를 내세웠소. 교과용이라 표지에 박은 이 책은 교양 과목의 교재였소. 아주 소박한 것이지만 문학 지망생에게는 지금도 읽히는 것이오. 그 이유는 어디에서 오는가. 이를 암시해 보자 했소이다.

세 번째로는 『백철 연구』. 저는 이 평전에서 '한없이 지루한 글쓰기, 한없이 조급한 글쓰기'를 드러내고자 했소. '남의 글 애써 읽고 그것을 가르치고 쓰기에 삶을 탕진한 나, 너'를 말이외다. 저는 백철의 뒤를 감히 따르지 못하지만 결과적으로 그의 흉내를 냈음을 고백하고자 했소.

제2부에서는 첫 번째로 1930년대 초반에 박태원이 쓴 「소설가 구보씨의 일일」(1934)을 논의하면서 식민지 서울의 현실적 빈약성과 이미 배워버린 모더니즘 앞에서 줄타기 재주 놀음하는 소설가의 모습을 드러내고자 했소. 두 번째로는 1970년대 소설가 최인훈의 『소설가 구보씨의 일일』(1975). L · S · T(Landing ship for Tank)의식 또는 피난민의식이 이 나라 문학판에 차지하는 방식을 드러내고자 저는 시도했소이다. 연작소설인 이 작품에서는 창경원을 두 번씩이나 간 것이 씌어 있소. 공작새의 춤추는 광경을 본 구보는 몹시 감탄합니다. 볼모로 잡혀 왔어도 정해진 시간만 되면 종족의 습속을 따라 춤춘다는 것. 박태원의 것과 최인훈의 것이 어떤 점에서 같고 또 다른가를 드러내고자 했

소. 소설사적 맥락이란 이런 곳에서 찾아지는 것이니까.

제3부에서 저는 첫 번째로 『세대』와 『사상계』의 성격과 지향성, 영향력 등을 분석하면서 두 종합 월간지가 얼마나 정치와 관련되었는가를 보이고자 했고, 두 번째 「황용주와 이병주」에서는 제가 근자에 관심을 갖고 있는 이른바 학병세대의 의식을 드러내고자 했소이다.

저는 제가 시도한 이러한 것들의 글을 '갈피'라 했소. 글마다 글쓴이의 지문이 묻어 있는 것, 이를 저는 '갈피'라 한 것이오. 책이란 책마다 각각의 그 지문이 있소. 이를 '갈피'라 했소이다. 글(책)의 수명이란, 아니 그 가치란 이 갈피에서 알아낼 때 비로소 반짝이는 것이외다.

끝으로 부록. 「일본에서 한국문학을 연구 · 번역하는, 내가 아는 일본인 교수들」에서 제가 드러내고자 한 것은 다음 두 가지. 하나는 '내가 아는'에서 보듯이 제가 아는 범위인 만큼 제한적인 것이오. 다른 하나는, 안다는 것 속에 스민 의미. 직접 만나 대화를 같이한 학자들이라는 점. 곧 그 사람들을 안다는 것. 가령 오오무라 마즈오(大村益夫, 1933~) 씨는 제가 존경하는 학자, 세리카와 데쓰요(芹川哲世, 1945~) 씨는 제가 신뢰하는 학자, 호테이 토시히로(布袋敏博, 1954~) 씨는 제가 자주 참고하는 서지학 분야의 전문 교수, 그리고 하타노 세츠코(波田野節子, 1950~) 씨는 저와는 동무라고 할 교수. 이런 것의 표명이 '갈피'가 아닐 것인가.

이만 하면 '갈피'의 뜻이 어느 만큼은 드러나지 않았을까요.

2014. 1.
김윤식 씀

/// 내가 읽고 쓴 글의 갈피들

제1부

제2부

제3부

/// 내가 읽고 쓴 글의 갈피들

부록

제1부

첫 평론집 『한국 문학의 논리』와 루카치의 『소설의 이론』 1. 데뷔 평론 두 편 2. 교재용인 『한국현대모더니즘비평

교재용 『한국근대문학의 이해』 1. '일지사' 사장과 관악산의 교양과목 2. 대학생들의 독서 경향 조사 3. 정의를 내리는 방법

한없이 지루한 글쓰기, 참을 수 없이 조급한 글쓰기 1. 내가 백철을 존경하는 이유 2. 명문동경고사생과 NAPF 활동

첫 평론집 『한국 문학의 논리』와 루카치의 『소설의 이론』

1. 데뷔 평론 두 편

어째서 이런 제목을 달았을까. 아마도 나의 무의식 속에서 임화의 첫 평론집 『문학의 논리』(학예사, 1940)가 작동되었을 터이다. 또 어째서 나는 평론가(일본에서는 문예비평가라고 칭하며 다른 분야와 구분함)로 나서야 했을까. 여기에는 나만의 특이한 체험적 이유가 있다. 고교시절에 나는 시를 썼고, 종합 대중지에 실린 바도 있다. 하지만 대학에 들어와서는 소설에 관심을 가졌고, 그것도 국문과였기에 그런 노력을 했다. 헤밍웨이의 「삼일 폭풍」을 모방하여 쓴 단편을 여러 곳에 투고했었으나 번번이 낙방했다. 신춘문예에 투고했을 때는 최종심사까지 올랐지만 낙방했고, 그 후로 『사상계』에 다른 여러 작품들을 투고했을 때도 선자의 언급과 함께 낱말 사용의 미숙함을 지적받기도 했다. 『현대문학』, 『문학예술』에서도 사정은 마찬가지였다. 나는 거의 절망적이었다. 그 절망 끝에 내가 찾아낸 것은 오직 한 가지. 내겐 창작의 재능이 없다는 사실.

그렇다면 국문과를 다니던 내가 나갈 수 있는 곳은 어디인가. 다음과 같은 두 가지 길이 보였다. 하나는 학자가 되는 길. 그래서 나는 대학원에 진학했다. 당시엔 대학원에 입학하는 학생이 거의 없었다. 따라서 박사학위를 받는 일이 불가능했다. 교수들도 학위가 없는 판이었으니까. 내가 대학원에 진학했을 때 친구들이 픽픽 웃곤 한 것은 이런 1960년대 초반의 분위기 탓이었다.

다른 하나의 길은 문학평론가가 되는 것. 석사논문을 준비하는 일이 3년을 소요함인 데 비해 문학평론가가 되는 것은 금방이라도 가능할 듯 했다. 그렇다면 내가 할 수 있는 일은 무엇인가. 다름 아닌 학문과 문학의 절충론이었다. 그래서 문학사를 주제로 한 평론을 써보자고 마음먹었다.

「문학사 방법론 서설」. 부제를 '그 구조적 시도'라 했고, 첫 문단을 이렇게 썼다.

> 문학사는, 그것이 참을 기술한다는 것으로 보아서는 과학일 테지만, 동시에 미를 취급한다는 것으로 보아서는 예술이지 않으면 안 된다. 이 양면성은 고래로 알려진 그것의 숙명이다. 전자는 과학의 한 트기로서 문학의 정의, 역사의 분석 등이, 후자는 미학, 언어학, 비평 등이 상호 긴밀한 관계에서 조화될 때에만 정식으로 가능해질 수가 있게 된다. 문학사는 그러므로 '문학의 역사'라는 평면적 약어보다는 '문학의 역사의 과학'이라는 명명이 보다 양심적이다.

이것이 추천된 것은 『현대문학』(1962.1). 당시 평론은 두 번 추천을 받아야 정식으로 문단에 적을 둘 수 있었다. 두 번째 평론 「역사와 비평」(『현대문학』, 1962.9)으로 8개월 만에 추천이 완료되었다. 추천자는 『현대문학』의 주간이자 '면도칼'이라는 별명을 가졌으며, 문학비평가이자 동시에 『한국현대문학사』를 쓴 조연현이었다. 그는 추천사에서 이런 투의 말을 했다. "문학사는 논리대로 되는 것은 아니나, 그렇더라도 이런 노력만은 요망된다."라고. 평론집 『문학과 사상』(1948)으로 김동리와 맞섰던 조연현의 의미 있는 평가였다.

첫 평론은 주로 미국의 문학비평가 W.셔튼의 뉴크리티시즘 비판의 책(W.Sutton, *Modern American Criticism*, Princeton Univ, 1963)에 힘입었다. 또한 프로이트와 문학의 관계를 논한 일본의 독문학자 다카하시 요시고우(高橋義孝)의 책(『문학논집』, 쇼겐샤, 1958)을 참고하였다. 뉴크리티시즘은 내가 대학원에서 석사논문(「시의 구조적 특성」, 1962)의 제목을 "The Properties Poetic Structure"라고 표기할 정도로 조금은 익숙해 있었다. 이 석사논문의 지도 교수는 이희승(국어학) 교수였는바, 당시 국립 서울대학교에는 문학 전공 교수가 없었다. 내가 박사논문을 제출할 때도 그러했다. 국어국문학과에는 이희승과 이숭녕, 두 교수뿐이었다. 학문하는 곳이라는 자부심이 그것. 시, 소설, 평론 등의 근대문학이란 감히 학문 축에 들 수 없는 잡스러운 것에 지나지 않았다.

2. 교재용인 『한국현대모더니즘비평선집』과 『한국근대리얼리즘비평선집』

『현대문학』으로 데뷔한 후에 쓴 첫 번째 글이 「문학에 있어서의 시간의식－반지의 무게 중심」(1968.7)이었다. 베르그송의 순수시간, 후설의 시간과 공간의식, 또 엘리엇의 「4개의 사중주」까지 들었다.

> 현재의 시간과 과거의 시간은 둘 다 아마 미래의 시간에 현재하고 미래의 시간은 과거의 시간에 포함된다……

두 번째 것은 「비평의 임무는 무엇인가－비평의 한계와 반성」(1968.10)이었다. 『신동아』가 기획한 신문학 60년 기념 심포지엄의 하나인 〈문학비평 60년의 문제들〉에서 조연현은 비평의 난해성을 거론했고, 이는 김양수의 「비평독자 소개론」(『현대문학』, 1968.10)과 같은 맥락이었다. 읽히지 않는 곡절은 어디서 오는가. 나는 이 문제를 오히려 정당화하고자 이 글을 썼다. 나의 견해는 이러했다.

비평의 이론 및 용어 자체의 난해성에서 온다고 생각한다. 논리 전개의 난해성도 가담된다. 고급 독자가 없는 사회에서는 이런 것을 얘기할 수 없다. 그렇다면 비평의 특성이란 있는 것일까. 단적으로 말하자면, 있다. 그럼 무엇이냐. 시대의 흐름이라고 할 수 있다. 또 그것은 비평의 지적 전통과 직결되어 있다. 이것을 나는 두 이론가의 견해로 마무리 짓고자 했다.

> 비평의 목적은 지적 인식이며 음악이나 시의 세계처럼 만들어진 상상의 세계를 창조하는 것이 아니라 개념적 지식이며 그 궁극의 목적은

> 문학에 관한 체계적 지식이다.
>
> —W. 웨렉, 『문학이론, 비평, 역사』, 1961

> 비평가는 사고하는 자이며 작가 스스로가 작가로서, 또 독자가 독자로서 비평가에게 평가하고 요구하는 것은 비평가의 사고력 때문이며 그 정확성, 그것의 연장선에 있는 특이성 때문이다. 참된 비평가에 있어서는 그 통찰 자체가 벌써 가치를 지니는 것이며 이 참을 수 없는 노력 자체가 비평의 존재 이유일 것이다.
>
> —A. 케이진, 『오늘의 비평의 기능』

이상이 이 책의 제1부 〈역사와 비평〉의 요점이라면 제2부 〈문학의 논리〉의 요점은 무엇일까. 이 경우 논리란, 원론이 아니라 한국 문학사의 인식과 방법이다. 「한국문학의 서구 취향」, 「근대문학에서의 한 · 일 · 중 3국의 관계 검토」, 「프로문학과 민족주의 문학」 등을 위시, 1960년대의 4 · 19, 1970년대의 비평의 변모에 주력했다. 내 머릿속은 온통 '비평이란 무엇인가' 와 그것이 '우리 근대문학과 어떤 관련이 있는가' 에 집중되어 있었다.

제3부의 〈의식과 행위〉에서는 월평, 서평, 단평 등을 다루었다. 월평은 오늘날(2013)까지 내가 써오고 있거니와, 당시의 서평 중 「토지고」는 지금의 시점에서 보면 큰 실수를 저질렀다. 대하소설 『토지』(5부작)를 평가하는 마당에서 나는 이를 김동리의 「역마」(1948)의 "심화, 확대"라고 했다. 문학사적 시선에 국한된 소리였고 소설 중심의 사고를 결여한 것이었다. 훗날 나는 『박경리와 토지』(강, 2009)를 씀으로써 일정 수준에서 제대로 된 평가를 했다.

비평이란 무엇인가. 이 물음은 “한국 근대비평이란 무엇인가”에로 이어질 수밖에 없었다. 관악산에 위치한 대학에서 나는 〈비평론〉이란 강좌(학기당 3학점)를 개설하고 1학기는 『한국현대모더니즘비평선집』이라는 자료편을, 2학기에는 『한국근대리얼리즘비평선집』 자료편을 각각 서울대 출판부(1988)에서 출판하였다. 표지에 뚜렷이 ‘교재용’ 이라 못 박았다. 내 저서가 아님을 강조한 것이다. 다만 나는 각 자료편의 입구마다 ‘해설’ 을 객관적으로 서술해 두었다.

『한국현대모더니즘비평선집』에 넣은 것은 19편이었다. 이를 간략히 소개하면 아래와 같다.

「현대주지주의 문학이론의 건설」(최재서, 1934). 18 · 19세기 영국 낭만주의를 전공한 최재서가 20세기 첨단이론인 주지주의론을 체계적으로 도입하였다. 그 연장선상에 「비평과 과학」이 놓여 있다. 이외에 박태원의 「표현, 묘사, 기교」, 시에 있어서는 김기림의 「오전의 시론」이 뚜렷했다.

최재서의 「리얼리즘의 확대와 심화」는 이러한 주지주의(광의의 모더니즘)의 적용이었다. 이상의 「날개」(1936), 박태원의 『천변풍경』(1936) 등 새롭고 난해한 작품이 등장했을 때, 그러니까 「메밀꽃 필 무렵」(1936)이나 읽던 독자층이 난감했을 때, 최재서가 이를 해설했던 것이다. 이 장면은 한국 비평사에서 하나의 장관이라 할 만하다.

정지용의 「시의 옹호」, 김기림의 「모더니즘의 역사적 위치」도 특기할 만한 것이다. 아울러 1960년대 이후의 「뉴크리티시즘의 제 문제」(김용권) 그리고 내가 쓴 「뉴크리티시즘에 대하여」는 이를 정리한 것이었다.

한편 『한국근대리얼리즘비평선집』에는 「조선혁명선언」(신채호,

1923)을 위시해서 18편을 수록했다. 단재의 이 글을 맨 위에 놓은 것은 1970~80년대 우리 사회의 각 분야에서 민중론이 성히 논의되는 풍조였는데, 그 민중론의 자생적 근거를 단재에서 찾을 수 있었던 까닭이다.

> 조선 민족의 생존을 유지하려면 강도 일본을 구축할지며 강도 일본을 구축하자면 오직 혁명으로써 할 뿐이니 혁명이 아니고는 강도 일본을 구축할 방법이 없는 바이다. (…) 금일 혁명으로 말하면 민중이 곧 민중정신을 위하여 하는 혁명인 고로 '민중혁명'이라 '직접혁명'이라 칭함이며(…)

아나키즘에 입각했기에 민중 각자가 직접 혁명에 뛰어들 것. 테러리즘이 필수조건이다. 잠깐, 그렇다면 강대한 집권자 강도 일본에 싸워서 이길 수 있을까. 물론 없다. 그럼에도 그렇게 할 수밖에 없다.

여기까지 이르면 무정부주의 사상인 이 민중혁명은 일종의 허무주의가 아닐 것인가. 여기에 착안한 것이 '조직'이다. 조직적으로 세력을 집결하여 강도 일본에 대항해야 한다. 이런 사상분자들의 집단이 카프이다. 프롤레타리아의 목적의식으로 조직하여, 그것이 이른바 카프문학을 이루었다. 박영희의 「'신경향파문학'과 '무산파의 문학'」(1927)에서 이 점이 선명해졌고, 임화의 「비평에 있어 작가와 그 실천의 문제」가 나왔다. 그러나 박영희는 이런저런 이유로 「최근 문예이론의 신전개와 그 경향」에서 전향을 선언하게 된다. "얻은 것은 이데올로기요 잃은 것은 예술 자체"라고.

동경제대 출신의 카프맹원 김두용의 「조선문학의 평론 확립의 문제」는 이를 다잡기 위한 평론이었다. 이처럼 일제의 파시즘 강화와 객관적 정세 악화로 카프운동이 불가능해지자 신문학 정리작업으로 비평가들의 눈이 돌아갔다. 그중에서 특기할 것은 「신문학사의 방법」(임화, 1940)이다. 최초로 신문학사를 쓴 임화가 그 방법론을 제시해 보였다.

1) 대상

> 신문학사의 대상은 물론 조선의 근대문학이다. 무엇이 조선의 근대문학이냐 하면 물론 근대정신을 내용으로 하고 서구 문학의 '장르'를 형식으로 한 조선의 문학이다.

명쾌하다. 주목되는 것은 '장르'이다. 서구적 장르란 무엇인가. 시, 소설, 평론, 극 등이다. 근대 이전의 한국에는 이러한 장르 개념이 뚜렷하지 않았다. 이것이 뚜렷해진 것은 근대 이후이며 한국은 일본을 통해 받아들였다. 곧, 일본의 메이지(明治), 다이쇼(大正)시대의 이식이 아닐 수 없다. 악명 높은 '이식문학사론'은 여기서 나온 것이다. 모든 것을 우리 것에서 찾고자 했던 당시의 지식인층에게는 '악명'으로 보이지 않을 도리가 없었다.

2) 토대

마르크스주의 경제학에서 사용하는 상부구조에 대응되는 Basis를 가리키는 말. 임화는 당연히도 첫 줄에 이렇게 썼다. "신문학은 새로운 사회경제적 기초 위에 형성된 정신문화의 한 형태다"라고. 물질적 토대를 갖고 있다는 것. 물론 토대에 대한 관심이 단순한 사회사에 대한 교섭에만 있는 것이 아니라 시대정신과 관련이 있다는 것. 이를 내 나름대로 도표로 보이면 이러하다.

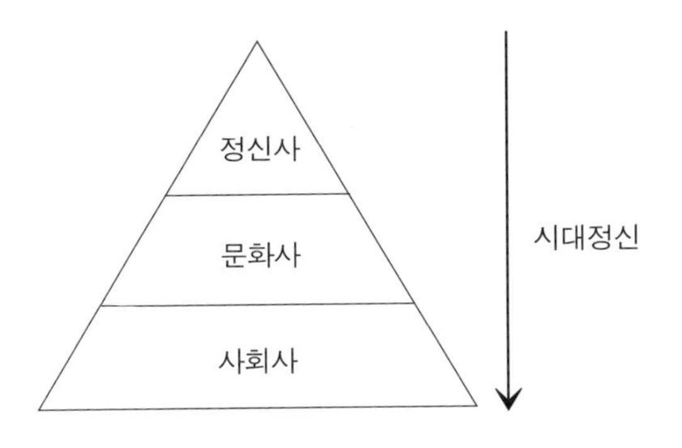

3) 환경

일찍이 프랑스의 H. 텐느(1828~1893)는 그의 고명한 『영문학사』에서 민족(race), 시대(moment), 환경(milieu)의 3요소를 문학사의 필수조건으로 주장했다. 그러나 임화는 이를 따르지 않았다. 임화가 말하는 환경이란 그 속에 따로 '비교문학적' 인 것이 성립된다는 것이다. 바로 여기에서 악명 높은 이식문학사론이 제기되었다.

> 신문학의 서구적인 문학 장르를 채용하면서부터 형성되고 문학사의 모든 시대가 외국문학의 자극과 영향과 모방으로 일관되었다하여 과업이 아닐 만큼 신문학사란 이식문화의 역사다. (…) 일례로 신문학사의 출발점이라 할 육당의 자유시와 춘원의 소설이 어떤 나라 누구의 어느 작품의 영향을 받았는가를 밝히는 것은 신문학 생성의 요점을 해명하게 되는 것이다. 그들의 문학이 구조선의 문학, 특히 과도기의 문학인 창가

나 신소설에서 자기를 구별하기 위하여 필요한 것은 내지(일본)의 메이지, 다이쇼 문학이었음은 주지의 일이다.

또한 임화는 언문일치의 문장 창조에 있어 조선 문학은 "전혀 메이지문학의 문장을 이식해 왔음"을 지적했다. 이것은 엄연한 사실인 만큼 임화의 정직성이라 할 것이다. 물론 임화도 일본 메이지, 다이쇼 문학이 서구 문학의 이식임을 잊지 않고 전제하고 있었다.

4) 전통

'유물'과 '전통'(tradition)을 구별한 마당에서 임화는 이렇게 썼다.

이것은 이식된 문화가 고유의 문화와 심각히 교섭하는 과정이요, 또한 고유의 문화가 이식된 문화를 섭취하는 과정이다. 동시에 이식문화를 섭취하면서 고유문화는 또한 자기의 구래의 자태를 변해 나아간다.

5) 양식

문학 표현 형식의 시대화가 양식(스타일)이다. 신문학사가 자기의 양식을 창안하는 대신 여러 양식을 수입했기에, 그것은 여러 가지 정신의 이식사이다.

6) 정신

정신은 비평에 있어서와 같이 문학사의 최후의 목적이고 도달점이다. 흔한 표현으로 하면 이른바 '사관' 인 셈이다. 그것은 일관성을 요구하는 것. 따라서 민족주의 사관, 계급주의 사관, 절충주의 사관 등으로 말해질 수 있다.

위에서 임화가 보인 방법론은 『동아일보』(1940.1.13~1.20)에 발표된 것이다. 그는 벌써 「조선 신문학사 서설」(1935), 「개설 신문학사」(1940)를 썼거니와 이러한 실천 과정에서 나온 것이 방법론이었다. 이 방법론을 내 나름대로 도표화해 보이기로 한다.

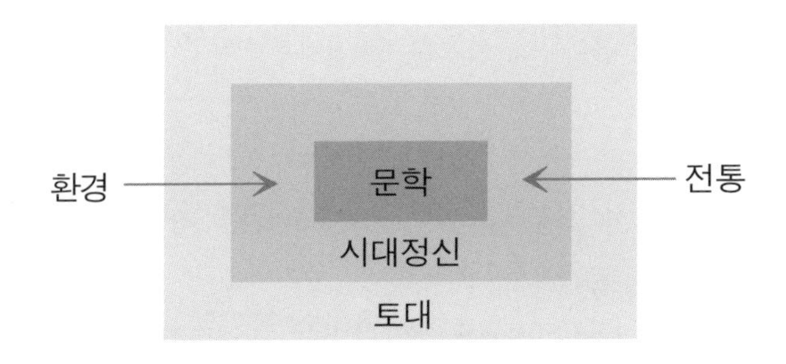

3. 루카치 문학론의 소개

내 첫 평론집 끝에는 특이하게도 '부록' 이 붙어 있다. 「루카치 문학론 비판」(페터 루츠, 김윤식 역)이 그것이다. 어째서 나는 51쪽에 달하는 이 논문을 번역하였을까. '작품 소개' 란을 우선 보이기로 한다. 당시 나는 반공을 국시로 하는 당국의 시퍼런 눈을 두고 금서로 되어 있는 공산당 루카치의 책을 아래와 같이 객관화하고자 했다.

이 글은 루흐터한트사 사회학 총서 제9번째로 나온 G.루카치의 「문학사회학」(제4판, 1970)의 서문으로 씌어진 페터 루츠(Peter Ludz)의 「루카치의 업적에 대한 비판적 입문(Eine Kritische Einfrührung in das werk von Georg Lukas)」을 저본으로 한 것이다. 원주는 전부 생략하였으며 특수 용어는 이께다 히로시(池田浩士)의 것을 참조하였다. 원래 이 논문은 루카치 저작을 거의 읽은 사람들을 전제로 하여 씌어졌고 또 서양 문예철학 및 미학에 관계된 학술적이고도 전문적인 비판이므로 역자가 이해할 수 없는 부분이 허다했음을 고백하지 않을 수 없다. 따라서 오역이 필시일 것이다. 그럼에도 불구하고 감히 번역해 본 것은 어차피 부분적으로 수용하고 풍문 속에 막연히 놓아두기보다는 전체적으로 그리고 비판적으로 일단 처리해 둘 필요가 현시점에서 있다고 판단하기 때문이다. 루카치(1885~1971)의 전기적 사실은 흥미가 없지만 1951년 제1회 헝가리작가회의의 논란에서 그가 정치생활로부터 완전히 거세되었다는 점, 1958년 헝가리 과학아카데미 철학연구소에서 수정주의자로 집중적인 공격을 받았다는 점 등을 지적해두고 싶을 따름이다.(더 자세히 알려면 「현대 사상 77인」, 『신동아』 1971년 부록 중 양호민의 「지외르지 루카치」를 참조할 것. 역자)

내가 루카치의 이름을 처음 대한 것은 『인문평론』(1940)에 소개된 서인식의 간략한 서평 「역사소설론(루카치)」이었다. 그 뒤에는 김남천의 「소설의 운명」(『인문평론』, 1940.11)에서이다. 물론 그들은 일역판을 통해 읽은 것이었다. 그 후로 루카치에 대한 언급은 일제의 밀리터리 파시즘으로 인해 일본에서조차 논의될 수 없었다. 그런데, 어째서 『현대문학』 주간 조연현은 51쪽에 달하는 내 역문을 두말없이, 무려 4개월에 걸쳐 『현대문학』(1973.8~10)에 실었을까. P.루츠의 첫 대목은 이렇게 시작된다.

> 지외르지 루카치의 업적에 대해 비판적이며 리얼리스틱한 해석이 될 수 있는, 어떤 공헌을 할 만한 한 편의 글을 쓴다는 것은 책임이 무겁고도 까다로운 과제이다. 실제로 오늘날 마르크스주의 사상가로서 동서를 통해 이보다 격렬한 긍정과 부정을 일으킨 자는 거의 없었고 몇십 년을 걸쳐 이보다 지속적인 영향을 유럽 정신계에 떨쳐 오늘날까지 이른 사상가도 그렇게 많지 않았다는 것이 그 까닭이다. 확실히 그 영향은 깊고도 넓은 것이었고 현재도 그러하다.

자, 이제 나는 왜 이 글을 번역하기로 마음먹었을까.

1970년 젊은 국립대학 조교수인 나는 유학이랍시고, 하버드대 옌칭 장학금으로 미국에 가는 대신, 일본으로 갔다. 육당, 이광수, 염상섭 등이 공부한 일본이 어떠했기에 그들의 문학이 그러했을까. 이를 알아보기 위해서였다. 나를 받아준 곳은 도쿄대학 동양문화연구소였다.

4. 루카치와의 우연한 만남

도쿄대학 정문 앞에는 꽤 기품 있는 서점들이 드문드문 있었다. 고서점과 신간서점, 혹은 양쪽을 겸한 서점들이었다. 훗날 안 일이지만 최고학부가 있는 곳이라 그 서점들이 학문적인 것과 직결된 것이지만, 도서관의 장서와는 달리 학생이나 교수들의 장서들을 수집한 것들이 주 종목을 이루고 있어 썩 이색적인 곳이기도 했다. 이들 책을 훑어보는 일이 즐거웠던 데는, 내 지적 갈증과 결코 무관하지 않았다. 어느 날 나는 주로 외국 책을 전문으로 하는 작은 서점에 무심코 들어가 훑어보다가, 숨이 막힐 듯 멈춰 서지 않으면 안 되었다.

Georg Lukacs, *Literatursoziologie*.

루흐트한트(Luchterhand)사에서 1961년에 초판된, 제3판(1968년)이었다. 사회학 텍스트 제9권으로 간행된 이 책은 루카치의 저작 중 중요한 부분들을 발췌한 것으로 페터 루츠(Peter Ludz)의 장문 해설이 두 편 실려 있었다. 하나는 이 책에 수록된 루카치의 저술 중 발췌된 부분에 대한 해명이며, 다른 하나는 본격적인 비판의 글이었다. "루카치의 저작에 나타난 하나의 비판적 입문"이라는 부제를 단 「마르크스주의와 문학」이 그것이다. 568쪽의 이 책을 두말없이 정가대로 지불하고, 누가 볼세라 한 걸음으로 내 방으로 달려왔음은 새삼 말할 것도 없다. '누가 볼세라' 라고 한 것은 결코 과장이 아니다. 반공을 국시로 하는 나라의 공무원 신분인 내게 있어 앞뒤를 가로막는 것이 이른바 지엄한 반공법(反共法)이었다. 『자본론』을 비롯, 마르크스의 저작은 금서 중의 금서였다. 가장 학문적인 저서 중의 하나인 『자본론』이 금서로 된 지적 풍토에서 어떤 학문이 가능했던가. 『역사와 계급의식』(1923) 이후 공산당에 입당한 루카치인 만큼, 그의 문학론이 아무리 대단해도 그림의 떡에 지나지 않았다. 이른바 속수무책이라고나 할까. "여기가 로도스다, 여기서 춤춰라"라고 헤겔이 말했거니와, 반공법 아래의 학문이란 대체 무엇인가. 도대체 학문이란 가능한 것일까. 이런 물음이야말로 식민사관 극복을 지상목표로 한 나를 포함, 전후세대 연구진을 절망케 한 것이었다. 동시에 바로 이 사실이 불타는 열정의 근거이자 진전해 갈 에너지를 얻어낼 수 있는 근거이기도 했다.

가령 여기 건축설계가가 있다고 치자. 그에게 주어진 조건(땅, 면적, 기타)이 극히 제한적일 때, 그는 그 조건 속에서 자기 창의력의 최대치를 발휘할 수 있을 터이다. 모든 것이 무제한으로 주어진 경우보다도 이 제한적 조건이야말로 상상력을 얻어내는 에너지의 근원이 아닐 것인가. 온갖 악조건을 최대한으로 이용함으로써 설계자는 무한대로 주어진 조건에 육박하는 미학을 창조해 낼 수도 있을 것이다. 결여의 창의력이라고나 할까. 내가 놓인 상황은 이와 흡사했다. 도쿄대학 구내 학생 운영 상점(生協)에서 북한산 벌꿀을 대면했을 때의 당혹감, 서점마다 넘쳐나는 마르크스주의 책들, 또한 그것과 나란히 한 이에 대한 혹독한 비판서들을 대할 때의 당혹감을 물리치기엔 내 정신력으로는 역부족이었다. 북한 서적이 판매되는 '고려서점'엔 감히 들르지도 못하고 먼발치에서 바라보았을 뿐이었다. 이러한 지적 분위기에서 루카치의 목소리가 들려왔다.

행여나 들킬세라 좌고우면하며 나는 하숙집으로 돌아왔다. 조심스럽게 책을 펼치자 제3장에 말로만 듣던 『소설의 이론』(1914/15년 집필)의 첫 장이 「폐쇄된 문화들」이란 제목으로 실려 있지 않겠는가. 숨을 죽이며 읽어나가자 놀랍게도 산문(설명체)이 아니라 시가 아니겠는가.

> Selig sind die Zeiten, für die Sternenhimmel die Landkarte der gangbaren und zu gehenden Wege ist und deren Wege das Licht der Sterne erhellt. Alles ist neu für sie und dennoch vertraut, abenteuerlich und dennoch Besitz. Die Welt ist weit und doch wie das eigene Haus, denn das Feuer, das in der seele brennt ist von derselben Wesensart wie die Sterne.
>
> (별이 총총한 하늘이 갈 수 있고 또 가야만 하는 길들의 지도인 시대, 별빛이 그 길들을 훤히 밝혀주는 시대는 복되도다. 그 시대에는 모든 것

> 이 새롭지만 친숙하며 모험에 찬 것이지만 뜻대로 할 수 있는 소유물이었다. 세계는 넓지만 마치 자기 집과 같은데, 영혼 속에 타오르고 있는 불이 하늘에 떠 있는 별들과 본질적 특성을 같이하기 때문이다.)
>
> — 루카치, 김경식 옮김, 『소설의 이론』, 문예출판사, 2004

하늘의 별, 지상적인 것이 아닌 세계의 울림이 거기 있었다. 이 환각이란 대체 무엇인가. 하늘의 별이 지도의 몫을 하던 시대, 그 별빛이 우리가 갈 수 있고 가야 할 시대의 지도라니! 이때 '우리'란 대체 누구인가. 그것이 '인류'가 아니라면 또 무엇이겠는가. 그런데 보라. 인류사가 갈 수 있고 또 가야 할 지도가 있다는 것이다. 갈 수 있다는 것, 또 가야만 한다는 것, 이는 필연적 가능성이 아닐 수 없다. 그 필연성이 하늘의 별이 지도 몫을 하기에 그 별을 향해 가기만 하면 된다. 절대로 허방을 짚거나 우물에 빠질 수 없다. 어째서? 영혼 속의 불은 하늘의 별들과 '본질적으로' 동일한 것이니까.

지상에 발을 붙이고 있는 자가 천상적인 질서 속으로 들어가야 되는 이 환각이란, 종교이거나 시적인 것이 아니고서야 어찌 꿈이라도 꿀 수 있으랴. 그럼에도 가능하다는 것. 나아가 가능케 해야 한다는 것. 나아가 가능케 해야 한다는 것.

이 시적인 현상을 두고, 일찍이 어떤 작가는 인류의 "위대한 망집(妄執)"이라 불러 마지않았다. 황금시대, 이것이야말로 인류의 영원한 꿈이며 지상에 존재하는 온갖 공상 중에서 가장 황당무계한 것이지만, 인류는 그 때문에 온갖 희생을 다 바쳤고, 십자가에 못 박혔고, 살해되었다. 모든 민족은 이것이 없으면 살 보람도 느끼지 못할 뿐더러 죽은 보람도 생각지 않을 정도다(도스토옙스키, 『악령』 제10장 스타브로

긴의 고백). 이 작가는 드레스덴에 있는 화랑에서 클로드 로댕의 그림 〈아시스와 갈라테아〉를 보았고 거기서 "황금시대"의 환각을 체험했다.

> 인간은 그런 이념 없이 살기를 원치 않았고, 또 그대로 죽을 수도 없었지! 나는 그러한 모든 인식을 그 꿈속에서 직접 체험했다. 꿈에서 깨어나 눈물에 젖은 눈을 떴을 때 바위와 바다, 그리고 사라져 가는 태양의 여명, 그러한 모든 것이 마치 눈앞에 보이는 것 같았다. 그때 느꼈던 그 벅찬 감동을 나는 지금도 기억하고 있어. 지금까지 한 번도 느끼지 못했던 행복감이 내 가슴 한쪽을 뚫고 지나가 서늘한 아픔이 느껴질 정도였다. 바로 그 감동은 인류에 대한 사랑에서 비롯되는 것이었어, 일어나보니 이미 저녁때가 되어 있었다. 조그마한 여관방 창문에 놓여 있는 화초 사이로 저녁노을의 빛이 한 줄기 들어와 나를 비춰주고 있었다.

좀 더 논리적인 마르크스조차도 고명한 『독일 이데올로기』 속에서 이렇게 '시적 표현'으로 치닫지 않을 수 없다. "사람은 가슴마다 라파엘을 갖고 있다"(이와나미 문고, 202쪽)라고. 분업이 부재하는 세계, 전인적 인간의 탄생이야말로 인류가 도달해야 할 곳이 아닐 수 없다. 사람은 누구나 최고의 화가, 최고의 노동자, 과학자 또 무엇 무엇이 동시에 될 수 있는 세계. 이는 시적 표현이 아닐 수 없다. 문제는, '우리'란 인류를 가리킴이라는 것. 인류사의 나아갈 길의 모색이야말로 지상적인 것과 천상적인 것의 합일이라는 것.

5. 인류사와 소설사의 나란히 가기

독일어 콘사이스를 펼쳐가며, 말로만 듣던 『소설의 이론』을 떠듬거리며 읽어나갈 때 제일 반가운 것은 단 한 줄의 영어 문장이었다.

"I go to prove my soul." 영국의 희곡작가 브라우닝(Browning)의 작품 〈파라셀수스(Paracelsus)〉(1835)를 언급하면서 한 이 말은, 멋지긴 해도 희곡 주인공의 대사로서는 부적절하다는 것. 어째서? 바로 이 진술 속에 루카치는 소설의 이론적 근거를 두고 있다.

> 극의 주인공은 모험을 알지 못한다. 그도 그럴 것이 그에겐 모험이 될 법한 사건은 그가 도달한 영혼의 힘(이 힘은 운명에 의해 신성하게 되는데) 덕분에 영혼과 닿기만 해도 운명이 되고, 영혼이 자기를 입증하는 단순한 기회가 되며 영혼의 도달 행위 속에 이미 형성되어 있었던 것이 드러나게 되는 동안이 된다.
>
> — 김경식 옮김, 『소설의 이론』, 102쪽

요컨대 극의 주인공은 내면성을 모른다는 것. 왜냐면 내면성이란 영혼과 세계의 적대적인 이원성에서, 심리와 영혼 간의 고통스런 간극에서 생겨나는 것이니까. 이에 비해 소설은 내면성이 갖는 고유한 가치가 감행하는 모험의 형식이다. 소설의 내용은 자기 자신을 알기 위해 길을 나서는 영혼의 이야기이자 모험에서 자기 자신을 시험하기 위해, 자신을 입증하는 가운데 자기 고유의 본질성을 찾아나서는 영혼의 이야기라는 것. "나는 나를 찾아 떠난다"로 요약될 수밖에. 이 소설의 주인공이 헤겔의 "세계사적 개인"임을 내가 알아낸 것은 상당한 시간이 흐른 후였다. 루카치의 소설론은 그러니까 헤겔의 손바닥 위에서의 논의에 지나지 않았다. '영혼'이란 말이 우선 그러했다. 독일 관념철학에서라면 영혼(seele), 정신(Geist), 심정(Gemüt) 등이 준별되어 있는 법. 이를 미분화 상태로 '영혼'이라 묶어서 사용하고 있음으로 보아, 루카치는 헤겔 도당치고는 썩 순진한 편이었다. 공산당이 된 이후의 루카치가 이 책이 출간된 지 46년 만에 스스로 이 점을 비판해 놓았음이 그 증거이기도 하다.

> 오늘날 누군가가 1920~30년대에 있었던 주요 이데올로기들의 전사(前史)를 보다 깊이 알기 위해 『소설의 이론』을 읽는다면 그와 같은 비판적 독서를 통해 얻는 바가 있을 수 있다. 그러나 그가 방향을 잡기 위해 이 책을 손에 든다면 그것은 방향 상실을 증대시키는 결과를 낳을 수 있을 뿐이다. 아르놀트 츠바이크(Arnold Zweig)는 청년 작가 시절에 방향을 잡기 위해 『소설의 이론』을 읽었는데 그의 건강한 본능 덕에 그는 올바르게도 이 책을 단호히 거부할 수 있었다.
>
> — 게오르그 루카치, 『소설의 이론』, 루흐트한트, 19쪽

이 책 앞에 선, 냉전체제 속 반공을 국시로 하는 신생국가의 조교수인 나는 어떠했던가. 1920~30년대 철학사상사 공부를 위해 이 책이 필요할 리 없었다. 내 자신의 "방향을 잡기 위해"(um sich zu orientieren) 이 책 앞에 섰던 것이다. 그 방향성이란 바로 우리=인류, 인류사라는 과제의 방향성이었다. "건강한 본능"이 내겐 결여되었던 탓이었다. 루카치는 필시 나를 유치한 인간으로 치부할 것임에 틀림없으리라. 왜냐면 그는 공산당원이 되어 소련으로 망명했고, 대전 이후엔 모국에 돌아와 화려하게 정계에 복귀할 수조차 있었으니까. 매우 딱하게도 나는 이 책의 '비판적 독서'에 이를 힘이 없었다. 방향을 잡기 위한 책으로 읽었고, 그 때문에 루카치의 예언대로 "방향 상실을 증대시키는

결과”(So kann es nur zu einer Steigerung seiner Desorientiertheit führen)를 낳고 말았다. 내게 있어 방향이란 어떤 것이었을까. 반공을 국시로 내걸었던 이승만 정권이 4 · 19로 인해 축출되었지만 불과 1년 만에 군부독재가 시작되었고, 그들이 반공을 국시로 표방한 이후 16년간을 이 나라를 이끌어갔다. 물론 그럴 만한 이유가 있었는데, 미국 주도의 국제질서와 가난으로부터의 해방인 근대화 사업이 그것들이었다. 이런 현실 속에서의 방향성 찾기였기에 그 가장 근사한 방향성으로의 환각에서 벗어날 수밖에 없었다. 다시 말해 현실 변혁을 위해 실천운동에 나아가든가, 아니면 환각에 나아가기의 길이 그것. 세계를 해석함이냐, 세계를 변혁함이냐, 환각에 나아감이냐의 갈림길에서 내가 택한 것은 바로 이 환각이었다. 환각의 다른 이름은 ‘문학적 현상’이었다. 정확히는 ‘시적 현상’이었다. 이때 중요한 것은 그것이 인류사의 과제라는 점. 도스토옙스키 식으로 말해 “황금시대”가 이에 해당된다. 신이 지상에 인간과 더불어 있을 때의 세계인 것이다.

6. 날조된 환각인가

이 “황금시대”가 끝장났음이란 새삼 무엇인가. 신이 지상을 떠났음을 가리킴인 것. 세상은 어둠으로 기울 수밖에. 바로 이 순간 등장한 것이 소설(장편) 형식이었다는 것. 어둠 속에서 스스로 갈 길을 찾을 수밖에. 창공은 텅 빈 것이 아니라 암흑으로 가득 찼으니까. “나는 무엇인가?” 나를 찾아나서는 인간이 있을 수밖에. 루카치 식으로 말해 “문제적 개인”의 길 헤매기. 왜냐하면 세계가 훼손된 마당이기에 아무리 길을 찾아도 길이 찾아질 이치가 없다. 어떤 소설도 끝내기가 엉터리일 수밖에. "아, 이게 아닌데?"라고 허둥대다가 끝낼 수밖에. R. 지라르는 이런 현상을 두고 "수직적 초월"(『낭만적 허위와 소설적 진실』)이라 하며 비꼰 바 있다.(졸역, 『소설의 이론』, 삼영사)

이러한 소설의 참담한 결과란 과연 무엇인가. 훗날 마르크스 식으로 번안하면, 이를 보통 리얼리즘이라 부르거니와 신의 지상철수란 자본제 생산 양식의 등장을 의미하는 것. 사용가치의 세계에서 교환(시장)가치로 변혁된 세계란 훼손된 가치(dégradierungswert)의 세계일 수밖에. 이 때문에 본래적 '나'를 찾아 세상 끝까지 헤매기가 바로 소설 내용(모험)이며 끝내 '나'를 못 찾고 "이게 아닌데?"라고 끝낼 수밖에 없는 양식이 소설이라는 것이다. 그렇다면 누가 "황금시대"를 꿈꾸지 않겠는가. 사람으로 하여금 미치고 환장케 하는 유토피아의 모색이야말로 설마 환각일지라도 이를 위해 십자가에 매달리지 않고 배기랴.

잠깐, 그 모두 날조된 환각이 아니겠는가. 왜냐면 "황금시대"가 날조된 것이 아니었던가. 너, 루카치는 사기를 치고 있거나 무지하다. 희랍시대란 노예사회였던 것. 거기 무슨 "황금시대"가 있었던가(T. 아도르노, 『강요된 화해』, 1958). 그러기에 자본제 생산 양식의 등장 이래, 그러니까 시민계급의 미학적 창조물인 소설의 모험이 아무리 대단하더라도 결국은 인류를 불안으로 몰아넣을 따름. "황금시대"로 되돌아가자! 자본주의를 초극하는 길밖에 없다! 라고 외치는데, 이런 식의 외침이야말로 출발점 자체가 잘못이 아닐 수 없다고 비판당해 마땅하다. 있지도 않은 "황금시대"를 날조하고 거기에 도달코자 하는 사고방식이란 논리가 아니라 일종의 시적 환상이 자아낸 헛것이다.

그렇다면 아도르노! 너는 무슨 대안이라도 있는가. 그는 있다고 말하면서 『부정변증법』(1966)을 내세웠다. 동일성을 기본 바탕으로 하는 헤겔을 비판, 해체하기. 큰 이야기, 다시 말해 인류사의 방향성 따위란 있을 수 없다는 것. 따라서 그냥 어떤 이데올로기적 방향성 찾기 운동이란 어불성설이라는 것. 유태인 학살을 비판할 수 있는 근거도 이에서 말미암은 것.

이러한 지적 곡예를 당시의 내가 알 만한 수준에 이르지 못했음은 여기 새삼 언급할 필요도 없다. 왜냐면 당시 내겐 "스스로 힘내게 하는 것"(엘리엇의 용어)이 요망되었기 때문이다. 이른바 자기 격려라고나 할까. 이 무렵 나에겐 어떤 방향성도 따로 없었다. 한국 근대문학을 연구과제로 삼았고, 그중에서도 비평사 연구에 몰두했을 뿐이었다. 그 현장 속으로 들어감이 일본 행이었다. 일본에서 공부한 청년들이 이 나라 근대문학 및 비평을 담당해 왔기에 이에 대한 일차적 검정이 요망되었을 뿐이다. 이를 방향성이라 할 수 있을까. 물론 없다. 방향성이란 이념을 향한 실천운동을 가리킴인 까닭이다. 정직히 말해 나는 경계인이 아니라 체제 내에서도 가장 안전한 장소에 머물고 있었다. 자기 열쇠로 자기 사무실 문을 열고 들어가 일하고, 또 그 열쇠로 사무실을 닫곤 하는, 실로 기묘한 직장에 들어 앉아 그것에 겨워 백일몽(상아탑)에 빠져 있었다. 이 백일몽이 빚어낸 최대의 환각이 인류사였다. 백일몽, 그것처럼 인류사는 환각이 막연한 것이지만 이런 것이라도 실체처럼 가장하고 매달리지 않으면 도무지 살아갈 의미를 찾을 수 없었다. 루카치의 『소설의 이론』을 방향성으로 받아들인 것은 이런 심리적 곡절에서 왔다.

그러나 이것이 방향을 잡아주기는커녕 방향 상실을 증대시키지 않았던가. 이 물음에 대해 나는 정직해야 했다. 이 글은 이 물음에 대한 일종의 고백서인 만큼 좀 더 적극적일 수조차 있을 터이다. 루카치, 그것은 당시의 내겐 '인류사=소설사'의 등가개념이었다. '소설사=인류사=근대(자본제 생산 양식)'의 도식이 창공의 별처럼 선명해 보였다. 그러고 이것들이 한결같이 현실과 동뜬 환각이기에 그만큼 래디컬한 데로 치닫게 했다. 속이 허할 대로 허했던 탓에 내가 루카치에 매달렸음이란 어쩌면 그럴 수 없이 자연스러운 것이 아니었겠는가. 이 자연스러움이 루카치 소개에로 나를 이끌어갔다.

7. Selig sind die Zeiten……

하숙으로 돌아온 그날 밤, 설레는 가슴으로 『소설의 이론』을 밤을 새워 읽다가 잠시 숨을 돌릴 때, 고마고메(駒込)역에서 도쿄대 쪽으로 가는 첫 전철(이 전철이 철거된 것은 1971년 초여름으로 기억된다)의 소리가 들렸다. 나는 이 원서를 일어를 읽듯 해독해 낼 재간이 없었다. 이튿날 나는 도쿄대학 종합도서관을 헤매어 마침내 일역판을 찾아낼 수 있었다.

미라이샤(未來社)에서 1954년 간행된 『소설의 이론』의 역자는 하라다 요시토(原田義人)였다. 출판사 미라이샤는 주로 마르크스주의 관련의 미학서, 곧 리얼리즘계 사상 및 미학 전문 출판사로 정평이 나 있었다. 루카치의 이 책이 여기서 나온 것은 우연이 아니었다. 역자에 대해 나는 전혀 무지였다. 하라다 요시토(1918~60)는 도쿄대학 독문과를 나와 동인지를 꾸몄고, 일고, 동 대학 교수를 거쳐 『독일의 전후문학』, 『현대 독일문학론』 등으로 저명한 그 방면의 전문가. 「역자 후기」에서 그는 첫줄에 이렇게 적어놓았다. "루카치에 대해 역자가 일부러 새삼 소개할 필요가 없다. 헝가리 출신의 문예학 및 정신사가인 그가 마르크스주의 입장에 서서 특히 이번 대전 후 눈부신 활동을 보이고 있는 것은 두루 아는 일이다. 본서는 루카치의 전 업적에 있어 어떤 위치를 갖는가를 단언할 충분한 지식이 없다. 아마도 당초 헤겔 연구자로 출발한 저자의 비교적 초기의 소론이라 여겨진다. 그렇지만 이러한 것보다 차라리 이참에 본서에 대한 역자의 사소한 추억을 말하고 싶다"라고.

귀가 쫑긋할 수밖에. 역자의 마음의 흐름을 엿볼 수 있지 않겠는가. 어쩌면 루카치와 역자의 관계가 그대로 나와의 관계로 이어질 수도 있을지 모른다는, 그런 막연한 예감 같은 것이 느껴졌다. 역자의 사소한 추억이란 어떠했을까. 종전 후 복원되어 도쿄대학 문학부 대학원에 돌아온 그는 당시 독일 소설사를 연구 주제로 택한다. 지도 교수는 『이야기 예술의 본질과 제 형식』(R. 페치)과 『소설의 이론』(루카치)을 추천했다. 후자에 대해서는, 「역사소설론」(『역사문화론』, 1938)의 번역밖에 알려진 바가 없었다. 급히 책을 구해 읽어보니 매우 압축된 문체로 씌어진 『소설의 이론』인지라 이해부터 어려웠다. 그 무렵 모씨가 이 책 번역을 하고 있다는 사실을 알고 기다렸으나 어떤 이유인지 번역을 포기했다. 그 결과 10년 전의 자기 번역을 여기에 출간하게 되었다는 것이다. 물론 겸허한 말이겠으나, 역자의 다음과 같은 추억은 독자인 내게 강하게 다가왔다.

이미 완전히 누렇게 된 조잡한 종이와 노트를 잘라 서툰 글씨로 한 번에 내리 번역한 원고를 볼 때 이른바 계급장을 박탈당한 군복을 입고, 해진 군화를 신은 채 자취생활을 하던 그 무렵을 떠올리고 연일 밤을 새워 일기에 본서를 번역하던 당시의 자신의 혈기를 떠올리자 적이 감상에 젖지 않을 수 없다.

요컨대 『소설의 이론』이란 도쿄대학 독문과 교수에게조차 이토록 극적인 만남이자 열정의 만남, 갈증의 만남이었다는 사실. 열정이 아니고서는 번역될 수 없던 사실이야말로 루카치의 초기 논문의 모습이 아니었을까. 왜냐면 변방 헝가리의 유태계 출신, 젊은 루카치의 헤겔 공부란 정히 역자의 이 열정과 흡사한 것이 아니었을까. 『소설의 이론』이란 그래서 '열정'과 무관할 수 없다는 것. 이 느낌에 내가 사로잡혔다 해서 그게 이상할까. 그 증거로 내세울 수 있는 것이 바로 이 책의 문체이다. 일역자 하라다 씨는 「역자의 말」에서 두 번씩이나 이 문체를 강조하고 있었다. "극히 압축된 문체를 가진 본서를 막바로 이해함에는 매우 곤란을 느끼지 않을 수 없었다."(18쪽) 씨는 다시 한 번 이 점을 강조해 놓았다.

"원서가 너무나도 압축된 문체를 가졌기 때문에 충분히 번역하기란 불가능에 가깝다."(183쪽)라고. "압축된 문체"이기에 "번역이 불가능에 가깝다"라고 했는데 대체 이는 무엇을 가리킴일까.

앞장에서 이미 "Selig sind die Zeiten…"를 보아왔다. 두 번째 문장은 "Die Welt ist weit und doch wie das eigene Haus, denn das Feuer, das in der Seele…"로 되어 있었다. 이 서두의 두 문장만 하더라도 그 압축된 문체란 실로 판독하기 난감하다. 항차 번역하기에랴. 어째서 그러한가.

8. 심정이냐 혼이냐

우선 첫 문장이 지닌 비할 바 없는 "압축된 문체"가 계급장을 뗀 군복으로 자취생활을 하며 대학 연구실에서 원서를 대하고 있었던 한 일본인 독문학 전공의 학생에게 있어 난감하지 않았다 하면 오히려 이상한 일이었으리라. 왜냐면 "압축된 문체"란 희랍과 히브리즘의 정신사적 맥락에서 형성된 문체여서, 이를 판독함엔 유럽 정신사 전체의 이해가 전제되었기 때문이다. 국가 신도(샤머니즘)와 불교가 습합된 마음의 바탕 위에서 자란 보통의 일본인으로서는 이 "압축된 문체"의 정신사적 측면이 그럴 수 없이 낯설 수밖에 없었다.

Selig sind die Zeiten……

이 첫 줄을 보시라. 이 표현은 적어도 다음 두 가지 정신사적인 것과 분리되지 않는다.

Ⓐ 노발리스의 『기독교 또는 유럽』의 첫 문장. "유럽이 하나의 기독교 나라였던… 아름답고도 찬란한 시대가 있었다."를 본뜬 것.

Ⓑ 신약성경(「마태복음」 5장)의 산상수훈의 표현인 "마음이 가난한 자는 복되도다."(Blessed are the poor in sprit)에 관련되었다는 것.(루카치, 김경식 옮김, 『소설의 이론』, 224~225쪽, 각주 부분)

안나 보스톡(1971)의 영역의 경우는 "Happy are those ages…"로 되었거니와, 이는 따지고 보면 고의적인 유럽중심주의에서의 이탈이거나 범속한 기계적 번역이라 할 수도 있다. 노발리스의 인용이 잇달아 나옴으로써 창공의 별이 그에게 연유되었음을 알아차리기엔 영역자도, 일본 역자도 역부족이었을 터이다. 대학원생 일본인 하라다 역시 역부족이어서 기계적 번역에 임하고 있었다. "걸을 수 있고 걸어야 할 길의 지도 역할을 별 있는 하늘이 해주며 별의 빛에 의해 길을 밝히고 있는 것 같은 시대는 행복하다." '행복하다'란 일반명사이기에 가치 중립적이다. 신이 지상에 내려와 인간과 더불어 살고 있음을 전제로 서사시의 세계를 논의하는 이 책의 입구에 놓인 이 표현이 아무리 둔감한 일본인이라도 학문에 뜻을 둔 이상 가치중립성으로 치부하기엔 뭔가 약간은 켕겼을 터이다. 이런 불안을 안고 있었음에도 하라다는 "행복하다" 쪽을 택했다.

Ⓒ "I go to prove my soul"이 극 주인공의 말이라고 하기엔 부적절하다고 이 책은 단언했다. 왜냐면 그것은 소설의 주인공에게나 알맞기에. 극의 주인공은 모험을 알지 못하니까. 그렇다면 대체 영혼(seele)이란 무엇일까. 헤겔 철학도인 루카치인지라 헤겔체계의 마법 속에서 이 책을 썼다면 이를 헤겔에게 물어보는 것이 자연스럽다. 아마도 헤겔은 머뭇거릴 것인데, 왜냐면 그에겐 정신(Geist)이 모든 것에 우선하기 때문이다. 그럼에도 루카치는 이 책 전체에서 '영혼'을 통째로 문제 삼았다. 이 점은 해진 군복 차림으로 자취하며 원서에 매달린 하라다에겐 썩 친근한 것으로 느껴졌을지 모른다. 그는 망설임도 없이 이렇게 번역했다.

그러한 시대에 있어서는 모든 것이, 눈에 새로우면서도 친근하며 모험적이면서도 흡사 소유물과 같다. 세계는 아득히 멀어도 자기 자신의 집과 같다. 왜냐면 심정(心情) 속에 타오르는 불은 별들과 동일한 본질적 성질을 갖고 있기 때문이다. 세계와 자아, 빛과 불이란 뚜렷이 나눠져 있으나 결코 서로가 어디까지나 무연한 것이 아니다. 왜냐면 불이란 어떤 빛의 혼(魂)이기도 하며, 어떤 불도 빛으로 되어 나타나기 때문이다. 이리하여 심정의 모든 행위는 이원성 속에 있어 의미에 가득 차며 혼연하여 원이 된다. 심정은 행동하는 동안 자기 속에 쉬고 있기에 원인 것이다. 심정의 행위란, 심정을 떠나 자립하며 자기 자신의 중심점을 찾으며 완결된 원주를 자기 둘레에 이끌어 치기 위해서이기에 원인 것이다.

— 하라다 요시토 역

보다시피 '영혼'을 '심정'으로 번역했다. 그럼에도 단 한 곳엔 '혼'이라 했다. "불이란 어떤 빛의 혼"이라 했음이 그것. 원문이 "불이란 어떤 빛의 영혼"이라 했다면 "불이란 어떤 빛의 심정"이라 해도 되지 않았을까. 그런데 어째서 굳이 이 장면에서 '심정' 대신 '혼'이라고 했을까. 추측건대, 불과 혼의 관계가 일본적 감각에 친숙했다고 본 무의식의 드러냄이 아니었을까.

'영혼', '정신', '마음'의 세 가지 용어를 역사적 관점에서 정리한다면 다음과 같은 도식을 얻어 볼 수 있다.

	영혼	정신	마음
독어	Seele	Geist	Gemüt
불어	âme	ésprit	coeur
영어	soul	spirit	mind

— (A. 랄랑드, 『철학사전』, 42~43쪽)

생의 원리와 사고의 원리 또는 동시에 이 둘의 원리를 포함하는 것이 영혼이며, 이는 넓이 또는 차원과 무관한 본질을 지닌 것이다. '마음'이란 철학적 용어 미달이다. 영혼이 서양의 기독교에서 학문적으로 줄기차게 검토된 바 있기에 단연 신학 철학적 용어에 든다. 마음이란 '비합리적 실체' 이기에 영혼과 더불어 논의될 수 없다. 그렇다면 '정신' 은 어떠할까. 정신이란 이념적이고 합리적인 것이기에 영혼과는 구별된다. 혹은, 실체임엔 틀림없으나 그것은 합리적이라든가 이념적인 차원과는 무관한 것이다. 이념적, 합리적 바탕 위에 선 헤겔이 마음이나 영혼을 물리치고 정신을 내세운 이유도 이로써 설명된다. 이는 좀 더 세련된 설명과도 만날 수 있는데 "영혼이란 회감(回感, erinnerung) 속에 떠오르는 정경의 유동성이고, 한편 정신은 보다 큰 전체적인 것을 자체 속에 제시하는 기능적인 것"(E. 슈타이거, 이유영 · 오현일 공역, 『시학의 근본 개념』, 삼중당, 286쪽)이라고 설명될 때, 주목할 곳은 정신과 기능적인 측면이 아닐까 한다. 이렇게 보면 영혼, 정신, 마음의 세 가지 용어 중 젊은 일본인 하라다가 선택한 것이 마음(심정)이었음이 드러난다.

9. 『소설의 이론』을 넘어선 번역

도쿄대학 정문 앞의 서점에서 가슴 두근거리며 입수한 Luchterhand판 루카치(Georg Lukács)의 『소설의 이론(Literatursoziologie)』 만큼 내가 소중히 보관한 책은 많지 않다. 사회학 텍스트(Soziologische Texte) 제9권으로 간행된 이 책에서 내가 공들여 공부한 부분은 편자 페터 루츠(Peter Ludz)의 긴 해설문이었다. 왈, "Marxismus und Literatur". 가슴 벅찬 것일 수밖에 없는 이유는 자명했다. 『마르크스주의와 문학』의 등가적 제목이 아니겠는가. 말로만 듣던, 그래서 막연히 세계를 두 쪽으로 나눈 냉

전체제 저쪽의 문학을 엿볼 수 있는 이론적 기회가 거기 있었다. 다시 말해 잘 모르는 초심자를 위해 해설을 시도한 것이었다. 부제가 이 점을 강조하고 있었다. 왈, 「게오르그 루카치의 저작에 대한 하나의 비판적 입문」("Eine kritische Einführung in das Werk von Georg Lukács")

이 논문을 몇 번이나 공부 삼아 번역한 나머지 망설였으나, 아무래도 그냥 참기 어려웠다. 일종의 내 열정의 허영이랄까, 혹은 그러한 세속적인 유혹에 이끌렸다고나 할까. 참으로 무모하게도 나는 이 역문을 당시 유력한 월간 문학지 『현대문학』(1973.8~10)에 투고했다. 당시 주간은 조연현 씨. 그는 우익쪽 비평가로서 가장 힘 있는 문사로 정평이 나 있었다. 두 가지 이유에서 나는 주간을 믿고 있었다. 하나는 나를 비평가로 데뷔시킨 장본인이 이 잡지의 주간인 그였다는 점. 물론 『현대문학』을 통해 데뷔한 문인은 나뿐 아니라 여러 명이 있었기에 아주 특별하다고 할 사안이 아니었다. 그럼에도 내가 믿은 것은, 그러니까 다른 하나의 이유는 조씨의 비평관이었다. 이른바 삶의 경륜이 비평의 준거라는 것.

> (비평은) 상대방을 극복하기 위한 필사적인 자신의 역량의 발휘다. 비평의 이와 같은 양상은 우리가 살아가는 실상의 모습이 바로 그대로다. 별안간 6 · 25 동란에 직면했을 때 그것에서 무사할 수 있는 어떤 편리한 생활의 방법이 있었는가. 우리는 다만 사력을 다하여 6 · 25와 대결했을 뿐이다. 승리만이 우리가 살 수 있는 길이요, 그 승리를 위해서 우리는 최선을 다할 수밖에는 없었다. 개인도 그랬고 국가도 그랬다. 이것이 6 · 25에 대한 우리의 진정한 비평이다.
>
> — 『조연현 문학전집』(4), 어문각, 17쪽

몸부림으로서의 비평이란, 그러니까 삶의 경륜에 다름 아닌 것. 이 점에 비추어 볼 때 조씨에게 있어 마르크스주의나 루카치란 "우리가 살아가는 실상의 모습"에서 수용 여부가 결정될 성질의 것이었을 터이다. 삶의 경륜이기에 어느 시점에 이르면 능히 이를 수용할 수 있는 과제가 아니었을까. 나로서는 밑져야 본전. 도쿄 하숙집에 이미 초고 번역이 노트 가득 채워져 있었으니까. 원고지에 정서하여 투고한 뒤 놀랍게도 두 달 만에 즉각 발표되었다. 실로 조속한 조치였다. 반공을 국시로 하는 이 나라 문학판에 루카치 소개가 처음으로 이루어진 역사적 장면이라고나 할까. 오히려 역자인 내 쪽이 거듭 놀라울 따름이었다.

10. 어떤 감격과 위안

첫 평론집 『한국 문학의 논리』는 까마귀와 붕어와 메뚜기를 속이고 고향을 떠난 내게 낯선 세상을 만나는 하나의 몸부림이었다. 몸부림이되 온몸으로 하는 고된 몸부림이었다. 반공을 국가 통치이념으로 하는 후진국의 국립대 조교수인 나는 군부독재 밑에서 비평론 강의를 지속했다. 초롱초롱한 학생들의 눈빛을 마주 대하면서 나는 시종 이렇게 속으로 외쳐 마지않았다.

"별이 총총한 하늘이 갈 수 있고 가야만 하는 길들의 지도인 시대, 별빛이 그 길들을 훤히 밝혀주는 시대는 복되도다."

루카치의 『소설의 이론』의 첫 줄. 인류사의 나아갈 길, 곧 그것은 이 후진국이 나아갈 길이기도 했다. 그런데 무엇이 이 지도와 빛을 막았는가. 어둠 속으로 떨어진 인류사의 타락, 그것은 동시에 후진국 한국의 그것이기도 한 것. 놀랍게도 소설은 이런 타락의 길과 나란히 간다는 것.

"학생들이여, 소설을 공부하라. 또 써라. 그것이야말로 사내대장부가 할 만한 일이 아니겠는가." 이런 말을 감히 입 밖으로 낼 수는 없었지만 나는 그런 것을 암시코자 했다. 타락하고 늙어 초라해진 내 모습을 대하고 있으면 첫 평론집의 거울이 지구 저쪽으로 운석처럼 스쳐 감을 보게 되어 감격스럽다. 그것은 많지 않은 나의 위안의 하나가 되어준다.

교재용 『한국 근대문학의 이해』

1. '일지사' 사장과 관악산의 교양과목

1971년 8월 말 여름방학 특집으로 『동아일보』 문화란에 기자 김병익 씨가 필자의 딱한 사연을 전했던 것으로 회고된다. 수 년 동안 애쓴 원고를 어떤 출판사도 거들떠보지 않는다는 것. 그 원고란 약 5천매 분량으로 된 『한국근대문예비평사 연구』였다. 필자의 학위논문이기도 한 이 최초의 장르사 연구는 우선 대학 출판사에 보였으나 거절당했고, 당시 유수한 출판사로 소문난 '일조각'에 보냈으나 일 년이 지나도록 보따리도 풀어보지 않은 상태였다. 이래가지고 인문학을 어떻게 할 수 있겠느냐고 김병익 씨가 지적했던 것이다. 그 당시 필자의 직함은 서울대 조교수였고, 하버드 옌칭 장학금으로 일본 체류 후 귀국한 상태였다.

얼마 후 『동아일보』 기사를 본, 국어 교재 참고서로 고명한 '일지사' 사장 김성재 씨로부터 연락이 왔다. 자기가 출판하겠으니 만나자는 것이었다. 조계사 뒤편 옛 우정국 근처의 좁은 이층에 '일지사'가 있었다. 필자는 빈손으로 갈 수밖에 없었는데, 왜냐면 그 보따리는 이미 다른 곳에 간 연후였기 때문이다.

말기 『사상계』의 편집위원으로 잠시 있을 때, 당시 주간은 부완혁 씨였고 편집장은 황활원 씨였다. 그 황씨가 모종의 정치적 압력으로 그곳을 나와 '한얼문고'라는 출판사를 차리고 또 인쇄소까지 갖추어 필자의 원고를 첫 번째 사업으로 내기로 했던 것. 당시 인쇄소까지 갖춘 출판사는 드문 일인데, 실상은 이 인쇄사업이 중심이었고 출판사는 단지 명분이었을 뿐. 필자가 찾아간 '한얼문고'는 거대한 인쇄 공장이었다. 서울역에서 아현동 고개 사이에 있는 이 출판사를 필자는 수없이 드나들었는데, 하루빨리 교정지를 처리하기 위함이었다.

책의 초판이 나온 것은 1973년 2월. 이듬해 재판을 찍었고, 문교부 우량도서로 선정되기도 했다. 이 책으로 필자는 세인의 관심을 모았었다. '일지사' 사장을 찾아갔을 때 빈손이었던 것은 이런 사정에서 말미암았다. 그 자리에서 김성재 사장은 앞으로 원고가 씌어지면 자기한테 곧 연락을 달라고 했다.

『한국 근대문학의 이해』가 '일지사'에서 나온 것은 1973년 11월이었다. 이 책은 필자가 대학 교양 과목의 내용을 담은 것으로 현재(2010)까지 25쇄에 이르고 있다. 앞서의 『한국근대문예비평사 연구』가 신제 신문학 학위 제1호였다면, 『한국 근대문학의 이해』는 필자의 대학에서 정년에 이르기까지 교양 과정의 집약이었다.

당시 필자가 봉직하고 있던 대학에서는 학년의 구별 없이 교양 과목 개발에 힘을 쏟아 먼저 5개 과목을 내세웠다. 국어 과목의 경우는 〈일반국어〉라 하여 일학년 학생에게는 필수였는데, 다소 새로운 바가 있긴 했으나 고등학교 국어와 별 차이가 없어서 일부에서는 불편이 있었다. 자기 나라 말을 대학에서까지 가르칠 필요가 있을까. 일본의 도쿄대학에는 아예 국어가 없지 않은가.

필자는 〈한국 근대문학의 이해〉 과목을 매우 소중히 하고 심혈을 기울였다. 당시 교수 책임시간은 9시간이었는데, 필자는 14시간조차 마다하지 않고 정년까지 밀고 갔다. 대형 강의실에서 300~400명 신입생의 초롱초롱한 눈빛 앞에 서면 가슴이 벅찼던 것으로 회고된다. 더구나 『무정』, 『삼대』, 「날개」 등을 과제로 내고 이를 토론에 붙이는 대목은 실로 장관이라면 장관의 하나였다.

지금까지는 『한국 근대문학의 이해』와 관련된 지난날의 사정을 요약한 것이지만, 궁극적으로 이 글은 책의 내용, 구성 방식 그리고 문체 등에 관해 논의하기 위해 쓰였다. 비록 최재서의 『문학의 원론』(1956)에 미치지는 못하지만, 그때까지만 해도 우리식 문학개론서의 유일한 것으로 감히 믿기 때문이다.

2. 대학생들의 독서 경향 조사

이 책의 구성을 말하기에 앞서 필자는 부록 격으로 실려 있는 좌담 「한국문학과 여류작가」와 「대학생의 소설독서경향조사」 두 편을 소개하고자 한다. 좌담회의 발표자는 필자였다. 숙명여자대학 『아세아 여자 연구』 제6집에 발표한 필자(서울대 조교수)의 주제논문을 둘러싸고 사회에는 김남조 교수(숙대), 토론에는 이어령 부교수(이대)가 참가했다. 1969년 5월, 곳은 숙대 강당.

당시 신문학 60년 또 신시 60년을 기념하기 위해 다채로운 행사(소월시비 건립 등)가 펼쳐졌는데, 이 논문은 그 일환으로 『숙대여성연구』지에서 마련한 것이었다. 먼저 사회의 말에 이어 이어령의 질의가 있었다. 요점은 이러했다. "첫째, 여성과 문학의 함수 관계는 작가가 여자인가 아닌가의 문제보다도 독자층에 있어서의 여성의 관계. 둘째로는 왜 리얼리즘에서 여성을 내세우는가 하는 문학적 구성 문제, 또한 이러한 문제들이 앞으로 여성과 문학의 관계를 논하는 방법으로 소용되어야 한다는 것."

필자의 이 논문은 제1기(김명순 등), 제2기(김일엽 등), 제3기(최정희 등)로 나누어 고찰했다. 논문의 결론은 제1기와 제2기생들은 실패했고 제3기인 최정희 정도가 문학적으로 고려될 수 있었다는 것이다. 이 과정에서 학생들의 질문을 받기도 했다. 학생들의 질문은 이어령에게 집중되었고, 이 교수는 능란하게 이에 대한 답변을 했다.

한편 또 하나의 특징적인 부록은 「대학생의 소설독서경향조사」. 이것은 필자가 꽤 힘을 기울인 것으로서 범위부터가 광대했다. 서울대(문리대, 법대, 사대)와 이화여대에서 각각 3학년과 4학년을 대상으로 조사를 실시했다. 1969년 3월이었고, 조사자는 물론 필자였다. 설문지를 보면 아래와 같다.

(1) 당신은 무엇 때문에 소설을 읽습니까?

① 인생에 지식을 공급받기 위해

② 인간이 잘 표현되어 있으므로

③ 특정한 시대의 사회상이 반영되어 있으므로

④ 상상력이 자극되므로

⑤ 언어 표현이 정교하므로

⑥ 다른 사람의 비밀을 엿보기 위해

⑦ 인생이나 사회에 대한 발견이 있으므로

⑧ 유우머가 있으므로

⑨ 다양한 삶의 방식이 동시에 표현되어 있으므로

⑩ 자연 묘사가 아름답기 때문에

⑪ 매력 있는 이성(異性)이 표현되어 있으므로

⑫ 일상생활에서의 이탈을 경험하기 위해

⑬ 인생에의 의욕을 증진하기 위해

⑭ 막연한 느낌에 대한 확실한 표현이 얻어지므로

⑮ 작중 인물에 공감을 느끼기 위해

⑯ 인생을 사는 방법이 제시되어 있으므로

⑰ 스릴과 서스펜스가 있기 때문

(2) 당신은 외국 소설과 한국 소설 중 어느 쪽을 많이 읽습니까?

① 외국 소설

② 한국 소설

(3) 외국 소설은 그 국적이 다음 중 어느 나라입니까?

① 미국 ② 중국 ③ 일본 ④ 러시아 ⑤ 영국

⑥ 프랑스 ⑦ 독일 ⑧ 이탈리아 ⑨ 스페인 ⑩ 기타

(4) 당신이 읽었던 소설 중에서 가장 인상이 깊은 것을 하나만 쓰시오.

① 한국 소설 ② 외국 소설

〈응답〉

—學校별 통계—

1.

설문 번호 / 각 대학	1	2	3	4	5	6	7	8	9	10	11	12	13	14	15	16	17	계
文理大		6	5	2			17	1	10			1	1	4	4	4	3	159
法 大	15	13	1	2	1		53	1	27		3	7	5	9	5	11	6	58
師 大	10	4	1		2		26	1	14	1		10	1	7	4	5	1	87
梨花女大	33	10		4		1	53		63	2	1	2	3	12	2	12	4	202

2.

각 대학 / 소설	文 理 大	法 大	師 大	梨 花 女 大
외국 소설	42	107	66	193
한국 소설	21	50	27	23

3.

각 대학 / 국적	文 理 大	法 大	師 大	梨 花 女 大
미 국	1	3	1	10
중 국	5	6	2	
일 본	4	3	3	7
러 시 아	11	40	16	42
영 국	6	24	34	65
프 랑 스	15	32	14	22
독 일	11	30	10	32
이탈리아		1		1
스 페 인				1
기 타				

4. ① 한국 소설

〈文理大〉

나무들 비탈에 서다	1	소나기	3	메아리(오영수)	1
메밀꽃 필 무렵	1	불꽃	1	波市(박경리)	1
날개	4	흙	5	감자	2
병신과 머저리(이청준)	4	학마을 사람들(이범선)	1	돌(한무숙)	1
배따라기	2	자유부인	1	유정(이광수)	1
흰 종이 수염	1	부부(손창섭)	1	창(최창항)	1
사반의 십자가	1	원형의 전설(장용학)	2	三代(염상섭)	1
서울 1964 겨울	1	인간접목	1	임꺽정	1
소시민(이호철)	1	무정	2	원무(서정인)	1
夜行(김승옥)	1				1

〈法大〉

나무들 비탈에 서다	2	사랑	10	대원군(유주현)	1
메밀꽃 필 무렵	2	요한시집(장용학)	4	현대의 야(장용학)	1
날개	2	상록수	8	백치 아다다	1
병신과 머저리	1	동백꽃	1	山(이효석)	1
사반의 십자가	1	탈출기	1	대춘부	1
서울 1964 겨울	1	사랑 손님과 어머니	1	분례기(방영웅)	1
소시민	1	녹색의 문(최정희)	1	광염 소나타	1
소나기	10	오발탄	3	인형이야기(백인빈)	1
불꽃(선우휘)	3	카인의 후예	2	까치소리(김동리)	1
흙	14	조선 총독부	2	젊은 느티나무	1
부부(손창섭)	1	피해자(이범선)	1	승방비곡	1
원형의 전설	2	총독의 소리(최인훈)	2	꺼삐딴 리(전광용)	1
무정	4	잉여인간(손창섭)	2	학(황순원)	1
감자	2	운현궁의 봄	2	이차돈의 사	2
유정	1	광장(최인훈)	2	지하촌	1
三代	2	바비도(김성한)	1	레디메이드 인생	1

원무	1	잔해(송병수)	1	마인(김내성)	2
광화사	1	자고 가는 저 구름아	1	제2의 청춘(안수길)	1
시장과 전장	4	순애보	1	순교자(김은국)	1
임꺽정	1	발가락이 닮았다	1	대수양(김동인)	1
암사지도(서기원)	1	서울은 만원이다	1	젊은 그들	1
불(현진건)	1	환상곡	1	환상곡(김광식)	1
五분간(김성한)	1	선소리(이봉구)	1	무녀도	1

〈師 大〉

별을 보여드립니다	1	오발탄(이범선)	5	메밀꽃 필 무렵	1
나무들 비탈에 서다	1	소나기(황순원)	6	알렉산드리아	1
신의 희작(손창섭)	2	무진기행(김승옥)	2	오분간	1
불꽃	3	까치소리(김동리)	1	후처기(임옥인)	1
흙(이광수)	5	광염소나타(김동인)	1	카인의 후예(황순원)	2
사랑(이광수)	3	전야제(서기원)	1	광장	1
대원군	1	잉여인간	2	날개(이상)	1
石女(정연희)	1	꺼삐딴 리	1	갈매기	1
감자(김동인)	1	개척자(이광수)	1	원형의 전설	1
이차돈의 사(이광수)	1	제일과 제일장(이무영)	1	동백꽃(김유정)	2
사반의 십자가	1	발가락이 닮았다	2	원효대사(이광수)	1
붉은 산(김동인)	1	잔해(송병수)	1	순애보(박계주)	1
임진왜란(박종화)	1	실낙원의 별(김내성)	1	학	1
회색인(최인훈)	1				

〈梨花女大〉

메밀꽃 필 무렵	5	나무들 비탈에 서다	2	소나기(황순원)	13
알렉산드리아(이병주)	1	흙	5	광염소나타	3
카인의 후예	2	사랑(이광수)	8	전야제(서기원)	3
광장	1	대원군(유주현)	2	石女(정연희)	4
감자(김동인)	1	원형의 전설	1	이차돈의 사	1

동백꽃	1	사반의 십자가	1	발가락이 닮았다	3
순애보	4	학	1	분례기	4
山	1	무정(이광수)	5	춘향전	1
고개를 넘으면(박화성)	4	목마른 나무들	2	전황당인보기	1
학마을 사람들(이범선)	1	분녀	1	시장과 전장	5
날개	13	녹색의 문	1	무영탑(현진건)	1
유정(이광수)	1	젊은 그들(김동인)	2	김약국의 딸들(박경리)	2
벼랑에 피는 꽃	1	장군의 수염(이어녕)	2	한국인(선우휘)	4
바위(김동리)	1	사수(전광용)	1	빛이 쌓이는 해구	2
내 마음은 호수요	1	인간에의 길(김의정)	1	회전목마(이건영)	2
잃어버린 사람들	1	무익조(이어녕)	1	波市	2
메아리(오영수)	2	겨울 개나리	1	표본실의 청개구리	1
서울 1964 겨울 (김승옥)	1	꽃과 제물	1	젊은 느티나무	4
상록수	1	광상곡이 흐르는 언덕	1	배따라기	4
산골(김유정)	1	순교자	2	탈출기(최서해)	1
압록강은 흐른다	1	크리스마스 캐롤 (최인훈)	1	바보 용칠이	1
아가(정연희)	1	표류도	2	비오는 날(손창섭)	1
바비도(김성한)	1				

② 외국 소설

〈文理大〉

카라마조프의 형제들	3	죄와 벌	3	파우스트	2
적과 흑	4	페스트	1	테스	1
데미안	1	빙점	1	개선문	1
젊은 예술가의 초상	1	악령	1	레미제라블	1
좁은 문	1				

〈法大〉

카라마조프의 형제들		삼국지		죄와 벌	
파우스트		적과 흑		페스트	
지성과 사랑		테스		父子	
1984년		제인 에어		데미안	
장 크리스토프		개선문		악령	
유리알 유희		인간의 굴레		주홍글씨	
목걸이	3	악령	1	The American	1
로드 짐	1	델로웨이 부인	1	춘희	1
25시	1	이방인	3	비계 덩어리	1
레미제라블	1	모란꽃	1	父子	1
좁은 문		의사 지바고		이방인	
무기여 잘 있거라		차탈리 부인의 사랑		백치	
선택된 인간	2	생의 한가운데서		사전꾼	2
전쟁과 평화	4	바람과 함께 사라지다	2	전원 교향곡	1
말(사르트르)	1	돈키호테	2	비호	2
면도날	1	고향(노신)	1	젊은 베르테의 슬픔	5
목걸이	2	빵만으로 살 수 없다 (솔제니친)	1	페터 카멘친드	1
Die Braut von Messina	1	안나 카레니나	2	부활	4
인간의 조건(말로)	2	엑소더스	3	Der Zug war punktlich	1
미야모도 무사시	2	두 도시 이야기	1	아메리카의 비극	1
나나	1	007	1	女子의 一生	1
자유의 길	1	구토	1	크눌프	1
Immensee	1	싯달타	1	더블리너	1
천로역정	1	독일인의 사랑	2	어느 시골 신부의 수기	1
분노의 포도	1				

〈師大〉

좁은 문	5	유리알 유희	1	어느 시골 신부의 수기	1
인간의 굴레	5	누구를 위해 종은 울리나	2	싯달타	2
죄와 벌	6	개선문	1	大地	1
데이비드 코퍼필드	1	거신의 추락	3	의사 지바고	3
적과 흑	7	아라비안 나이트	4	노인과 바다	4
카라마조프의 형제들	7	황금충	1	밀회(투르게네프)	1
주홍글씨	1	젊은 예술가의 초상	2	무기여 잘 있거라	2
삼국지	2	데미안	3	바람과 함께 사라지다	1
쿠오바디스	1	부활	2	생의 한가운데서	3

〈梨花女大〉

좁은문	7	유리알 유희	3	누구를 위해 종은 울리나	8
싯달타	5	죄와 벌	8	개선문	10
大地	1	의사 지바고	3	적과 흑	7
노인과 바다	2	카라마조프의 형제들	9	주홍글씨	1
젊은 예술가의 초상	2	무기여 잘 있거라	2	삼국지	1
데미안	1	바람과 함께 사라지다	18	쿠오바디스	1
부활	5	생의 한가운데서	4	목걸이	1
델로웨이 부인	1	춘희	1	25시	1
이방인	1	비계 덩어리	2	레미제라블	3
父子	1	분노의 포도	7	백치	5
제인 에어	13	지성과 사랑	6	귀향	3
젊은 사자들	1	면도날	3	테스	4
진주	1	해믈리트	1	달과 6펜스	2
위험한 아이들	1	파우스트	2	인간이란 괴물	1
연애 대위법	1	아들과 연인	1	무지개	1
아메리카의 비극	1	오만과 편견	2	의가 기온	1
전야(투르게네프)	2	소공자	1	페터 카멘친트	1
장 크리스토프	3	청춘은 아름답다	1	여자의 일생	2

선택된 인간	1	앰배서더	1	Red(S.모옴)	1
젊은 베르테르의 슬픔	2	황혼	1	불만의 겨울	1
대위의 딸	1	산막	1	전쟁과 평화	1
마지막 잎새	1	인형의 집	1	귀여운 여자	1
폭풍의 언덕	1	안나 카레니나	1	아이반호	1
죽은 혼	1	검은 고양이	1	구토	1
허영의 도시	1	거짓된 생활	1	거물을 헤치며	1
인간희극	1	행복에의 의지	1	배덕자	2

－男女別 통계－

1.

	男	女		男	女
1	25 (8.22%)	33 (16.33%)	10	1 (032%)	2 (0.99%)
2	23 (7.56%)	10 (4.95%)	11	3 (0.98%)	1 (0.49%)
3	7 (1.30%)	0 (0%)	12	18 (5.92%)	2 (0.99%)
4	4 (1.31%)	4 (1.98%)	13	7 (1.30%)	3 (1.48%)
5	3 (0.98%)	0 (0%)	14	20 (6.57%)	12 (5.94%)
6	0 (0%)	1 (0.49%)	15	13 (4.27%)	2 (0.99%)
7	96 (31.51%)	53 (26.23%)	16	20 (6.57%)	12 (5.94%)
8	3 (0.98%)	0 (0%)	17	10 (3.29%)	4 (1.98%)
9	51 (16.77%)	63 (31.18%)			

2.

	男	女
외국 소설	215(68.69%)	193(89.35%)
한국 소설	98(31.30%)	23(10.64%)

3.

	男	女
중 국	13 (4.84%)	0 (0%)
일 본	10(3.64%)	7 (3.88%)

러 시 아	67(24.45%)	42(23.33%)
미 · 영 국	69(25.18%)	75(41.66%)
프 랑 스	61(22.26%)	22(12.22%)
독 일	51(18.60%)	32(17.77%)
이 탈 리 아	1(0.36%)	1 (0.55%)
스 페 인	0(0%)	1 (0.55%)
기 타	2(0.71%)	

4. 가장 인상 깊었던 소설 10개 순위

〈한국 소설〉

① 소나기(황순원)
② 흙(이광수)
③ 날개(이상)
④ 사랑(이광수)
⑤ 오발탄(이범선)
⑥ 무정(이광수)
⑦ 메밀꽃 필 무렵(이효석)
⑧ 나무들 비탈에 서다(황순원)
⑨ 배따라기(김동인)
⑩ 병신과 머저리(이청준)

〈외국 소설〉

① 카라마조프의 형제들(도스도예프스키)
② 죄와 벌(도스도예프스키)
③ 바람과 함께 사라지다(미첼)
④ 적과 흑(스탕달)
⑤ 제인 에어(살롯 브론테)
⑥ 개선문(레마르크)
⑦ 인간의 굴레(S.모옴)
⑧ 지성과 사랑(H.헤세)
⑨ 좁은 문(A.지드)
⑩ 싯달타(H.헤세)

매우 복잡하고 산만해 보이는 위의 「대학생의 소설독서경향조사」는 그때만 해도 이상만 높았던, 필자의 미숙함이 드러난다. 설문 자체가 현실적이지 못하며 너무 복잡하고 알쏭달쏭하여 대학생들에게 혼선을 일으켰을 터이다. 따라서 그들의 응답도 그러한 점을 감안했어야 했다고 회고된다. 특징적인 것은 대학생들이 한국 소설로 『나무들 비탈에 서다』(황순원), 「소나기」(동), 「메밀꽃 필 무렵」(이효석) 등을 제일 많이 들었는바, 아마도 고등학교 교재에 실려 있거나 언급된 까닭이 아니었을까 짐작되었다. 외국 소설의 경우는 『죄와 벌』, 『파우스트』, 『의사 지바고』, 『이방인』, 『좁은 문』, 『유리알 유희』, 『개선문』, 『적과 흑』 등이었다. 이 작품들은 적어도 제목은 들어서 아는 것으로 짐작되었다. 그런데 제일 인상 깊은 작품으로 한국 소설은 ①「소나기」 ②『흙』 ③「날개」 ④『사랑』 ⑤「오발탄」 ⑥『무정』 등이었고, 외국 소설로는 ①『카라마조프의 형제들』 ②『죄와 벌』 ③『바람과 함께 사라지다』 ④『적과 흑』 ⑤『제인 에어』 ⑥『개선문』(레마르크) ⑦『인간의 굴레』(S.모옴) ⑧『지성과 사랑』(헤세) ⑨『좁은 문』(지드) ⑩『싯달타』(헤세) 등이었다. 필자는 당시 이런 사실을 문학적 현상으로 받아들이고 싶었다.

3. 정의를 내리는 방법—형식논리학

우선 이 책의 재판 서문을 인용해 두고자 한다.

> 4개월 만에 재판을 내게 되었다. '이해'라는 책 이름 때문에 쉬우리라고 생각한 독자들이 많았던 것 같았다. 저자에게 여러 가지 의문점에 대한 독자들의 문의가 있었던 것은 아마도 이 때문이었으리라.
>
> 오늘날 한국 사회의 지적 수준은 쉬운 상식적인 차원을 이미 넘어서고 있다고 저자는 생각한다. 더구나 한국학에 관한 부분의 탐구열은 치열하다고 생각된다. 따라서 『한국 근대문학의 이해』라는 이 책도 단순한 입문적 상식 개념의 나열이라는 관점에서 쓴 것이 아니었다. 새로운

세대는 자기 세대에 맞는 지적 모험이 요청되는 것이다. 만일 이 책에서 독자들이 문학에 대한 종래의 고정 관념을 깨뜨릴 수 있게 된다면, 그리고 새로운 의문점을 스스로 찾아 낼 수 있다면 이 책의 소임은 끝나는 것이다.(1974. 4)

"단순한 입문서가 아니다"라는 이 명제 속에 당시 필자의 열정이 담겨 있었다. 특히 필자의 열정이 뻗쳐 있는 서문은 '명문'이라 할 만한 것이기에 나중에 다시 언급하기로 한다. 단순한 입문서가 아니라면 전문영역인가? 물론 이 책이 전문 서적일 수는 없다. 굳이 말해 입문과 전문의 '접점지대'에 놓여 있던 것이다.

이 책은 제1부 〈문학이란 무엇인가〉 제2부 〈한국문학이란 무엇인가〉 제3부 〈한국 현대문학 작품론〉 제4부 〈한국 현대문학사 개관〉으로 구성되어 있다. 제1부는 10개 항목으로 구성했는데 그 1에 해당되는 것이 「문학의 정의방법」이다. 정의(definition)를 어떻게 내리는가. 순전히 일반(형식)논리학(General Logic)의 과제에 따르면 지상에 존재하는 모든 사물은 내용(substance)과 형식(form)으로 이루어진다. 내용만 있고 형식이 없으면, 또 형식만 있고 내용이 없다면 유령이 아닐 수 없다. 문학의 정의방법도 이 법칙에서 벗어날 수 없다. 그렇다면 문학의 내용은 무엇이고, 또 그 형식은 무엇인가. 여기까지 이르면 쉽사리 그 구조가 잡힌다. 기존의 모든 문학을 보라. 거기 담긴 것은 살고 사랑하고 죽었다는 이야기다. 이를 체험(경험)이라 한다. experience라는 말에서 온 이 낱말의 원뜻은 EX(바깥)과 perience(삶)에서 왔다. 곧 εrlehnis인 것. 유기체(생명체)가 외부와 교섭하는 일체가 체험인 셈이다(문학에서는 체험이란 말이 선호되는 반면, 심리학과 기타 분야에서는 경험이라 부른다). 문학의 내용이 체험이라면 그 형식은 무엇인가. 당연히도 그것은 말(language)이다. 이들 말은 소리로 되어 있는데, 자연계의 음향과 달리 분절된다. 자음과 모음이 그것이다.

세계의 언어는 2천 개가 넘으며 각각의 자음과 모음의 숫자는 대략 20개 내지 30개를 넘지 않는다. 이 소리들을 기록한 것이 글자(문자)이다. 그런데 내용이 체험이라고는 하나 아무렇게나 체험한 것이 문학의 내용이 아님은 곧 알게 마련이다. 체험 중에서도 유별난 체험, 아주 특별한 체험을 가리킨다. 이를 추상적으로는 '가치'라 한다. 가치는 또 높은 추상으로 진, 선, 미, 성(聖)으로 불린다. 가치 있는 체험을 문자로 표현하는 것을 두고 문학이라 한다. 그림으로 하면 회화, 소리로 하면 음악, 몸으로 하면 무용이다.

그렇다면 이를 정의하는 방법은 어떠해야 할까. 반드시 명제(命題, proposition)로 정리되어야 한다. 그러면 명제란 무엇인가. 그것은 주사(主辭, subject)+빈사(賓辭, predicate)+계사(繫辭, copula)로 구성되어야 한다. '그는 소년이다'를 보자. '그는'은 주사, '소년'은 빈사, 그리고 '이다'는 계사(연결사)이다. 가령 영문법을 두고 8품사라고 하나 'BE'는 동작이 없다. 두 낱말을 연결하는 소임을 하는 것. 그러기에 번거로움을 줄이기 위해 학교 문법에서는 동사 속에 넣었을 뿐이다.

문학이란 무엇인가. 이를 정의한다면 아래와 같다. 곧 일반논리학의 정의에 따르면 된다.

Definitio = specific diffintia+(被定義項)

genus proximum, 定義項(種差)+유개념(類概念에 거의 가까운 것)

이 일반논리학에 문학의 정의를 실현한다면 아래와 같아진다.

> '문학은 가치 있는 체험을 기록한 예술이다'
> '가치 있는 체험을 기록한' 이 '종차' 이며 '예술이다' 가 '유개념' 이다.
> '음악은 가치 있는 체험을 소리로 나타낸 예술이다'
> '그림은 가치 있는 체험을 색깔로 나타낸 예술이다'
> '춤은 가치 있는 체험을 몸으로 나타낸 예술이다' 등등.

필자의 경험으로는 학생들이 곤혹을 느끼는 것이 바로 '유개념' 이었다. 형식논리학(일반논리학, 아리스토텔레스 이래의 것)의 훈련이 없는 학생들이기에 이 점에 대한 인식이 매우 빈약했다. 학교에서 이런 논리학을 공부하지 않은 탓이 아니었을까.

두루 아는 바, 논리학은 일반논리학과 부정논리학(변증법적 논리학)으로 대별된다. 후자는 정(正)→반(反)→합(合)으로 인식되어 있다. 가령 대통령이 당시로서는 가장 바른 정책(正)을 내세우지만 시간이 지나면 그 역기능이 서서히 증가되어 어느 시점에 이르면 감당할 수 없게 된다. 사태가 역전될 수밖에. 그러면 다시 새로운 합(合)을 도출해야 한다. 이 경우 역기능의 반(反)도 수용된다. 우리가 사는 현실은 그만큼 복잡한 까닭이다.

제1부 중 2에 해당되는 것이 「두 가지 문학관」이다. 여기에서 저자는 연속성(continuum)과 불연속성(discontinuum)을 도입했다. 종래의 '인간을 위한 문학' 이냐 혹은 '예술을 위한 문학' 이냐의 낡은 구분 방식에 좀 다른 충격을 주기 위함이었다. 그 때문에 저자는 상당히 긴 설명을 도입했다. 여기 미당의 「국화 옆에서」를 보기로 하자.

한 송이의 국화꽃을 피우기 위해
봄부터 소쩍새는
그렇게 울었나 보다.

한 송이의 국화꽃을 피우기 위해
천둥은 먹구름 속에서
또 그렇게 울었나 보다.

그립고 아쉬움에 가슴 조이던
머언 먼 젊음의 뒤안길에서
인제는 돌아와 거울 앞에 선
내 누님같이 생긴 꽃이여

노오란 내 꽃잎이 피려고
간밤엔 무서리가 저리 내리고
내게는 잠도 오지 않았나 보다.

"내 누님"이라 했으니까, 어릴 때부터 언니, 엄마의 눈물어린 보살핌 속에서 자랐고, 그뿐인가 아빠와 오빠의 '천둥' 같은 야단도 맞았을 것이다. 그 누님이 여학생이 되어 거울 속의 옷깃을 여미며 등교를 한다. 동무도 같은 동무, 선생의 가르침도 판에 박힌 것. 귀가하면 집은 또 그대로이며 부모형제도 그대로. 숨이 막힐 지경. 이를 '일상성'이라 한다. 똑똑한 누님인지라 이 일상성에서 벗어나고자 벼르고 별러 마침내 졸업을 하고 서울로, 부산으로, 뉴욕으로 탈출한다. 거기서 열정을 기울여 세상을 살다가 가수, 작가, 회사원 등이 될 수도 있다. 또 필시 사랑도 했으리라. 사랑이기에 누님은 반드시 실패했을 것이다. 왜냐하면 사랑이란 없는 것이기에. R.M. 릴케는 이 점에 대해 『말테의 수기』에서 이렇게 썼다. 처녀를 상징하는 일각수(로마 신화)가 달려온다. 처녀는 거울을 갖다 댄다. 거울에 일각수의 모습이 비치면 안 된다. 거울에 아무것도 비치지 않아야 진짜 사랑이기에.

이 체험은 누님에겐 위기가 아닐 수 없다. 위기에 처한 사람이면 그 순간 지난날이 필름처럼 스쳐간다고 한다. 누님은 어느 가을비 내리는 날 서울역에 내린다. 집으로 찾아온다. 방도 그대로 있다. 들여다보고 옷깃을 여미곤 하던 거울도 그대로 있다. 그 앞에 가방을 놓고 앉은 누님. 그런데 누이가 '병든 개'처럼 지쳐서 돌아왔다면, 그녀 때문에 무서리가 내리는 이 밤에도 잠 못 드는 사람이 있다! 이렇게 (A)가 해석했다고 치자. (A)는 말한다. 참 마음에 드는 시라고. 인생의 축도라고. 저자는 이런 부류의 사람을 많이 알고 있다. 그러나 (B)는 이런 생각을 일축한다. 왈, 이는 시(Poetry)일 따름이다.

한 편의 시(poem)는 행(行, line, verse)과 연(聯, stanza)으로 구성된다. 「국화 옆에서」는 4연 13행으로 구성되어 있다. 앞의 두 연은 반복이며 서곡(prelude)에 해당된다. 마지막 연은 종곡(finale)이다. 감동이 왔다면 그것은 이 구성에서 왔다. "모든 예술은 음악의 상태를 지향한다"라는 페이터의 말대로 감동의 원천은 이에서 말미암은 것. 어떤 복잡한 소나타도, 서곡과 종곡이 있고 주제는 두 개 정도이다. 장식음을 제하면 제1주제가 나오고 잠시 그치면 제2주제가 나온다. 그 다음엔 이 두 주제가 갈등하고 종곡에서 정리된다.

「국화 옆에서」의 주제는 무엇인가. 아마도 미(schöne)일 것이다. 미의 영역은 풀벌레 소리부터 히말라야 눈 내린 산의 장엄미에 이르기까지 무수하다. 그런 미 중에서 특별히 주목되는 것이 국화이다. 무서리가 내릴 때 피는 꽃, 이를 형성미 또는 원숙미라 부를 것이다. 시인의 의도(주제)는 여기에 있지 않았을까.

4. 모더니즘과 리얼리즘

4에서는 「문학의 비예술성과 예술성」을 다루었다. 저자는 여기에서 주로 「오감도」의 이상(李箱, 김해경(金海卿), 1910~1937)을 내세워 예술성의 근거를 밝히고자 했다. 한 문인이 언어로 작품을 쓰려 할 때, 그는 언어가 가진 일상적 의미로서의 힘의 강도 때문에 필시 절망하지 않을 수 없을 것이다. 그때 작가는 문학만을 위한 예제가 따로 있다면 얼마나 좋을까를 생각할 것이다. 기도하기 위해 무릎이 있는 것이 아니듯이, 본래 문학은 언어 없이는 성립되지 않는다.

"절망은 기교를 낳고 기교 때문에 또 절망한다."라고 이상은 외쳤다. ①기교(技巧, technique)란 무엇인가. 여기 '꽃'이라는 말이 있다. 이 글자의 뜻은 식물 세포의 발현양상이며 글자 모양은 ②Form이며 발음은 ③tone이다. 그러니까 ① ② ③이 다 포함된다. 한 단어에조차 세 가지의 이런 것이 있다면 이들이 하나의 문장을 이룰 때는 기하급수적인 순열과 조합이 형성된다. 그렇다면 작가가 언어를 사용할 때 이런 언어를 사용하지 않으면 문학이 아니다. 문학보다 위대한 것은 세상엔 얼마든지 있다. 이런 일상적 의미를 차단하기 위해서는 sense-form-tone 중에서 우선 sense를 제거하거나 통제하는 방법이 고려될 수 있다. 한 단어에서 sense를 제거했을 땐 form과 tone만 남게 된다. form

을 깊이 추구했을 땐 formation이, tone(성조)을 강조했을 땐 Symbolism(상징주의)이 나타난다고 볼 것이다. 시에서 이런 현상들이 나타났다. 시에서 의미(semantic meaning)는 다소 빈약하더라도 성조(poetic meaning)만으로 성립될 수 있으며 상징주의는 근본적으로 모든 시에서는 다 나타난다고 할 수 있다.

작가가 언어의 일상적 의미를 제거하는 초보적 단계와 그 순서를 다음과 같이 살필 수 있을 것이다. 우선 이상의 시에서 찾아보기로 하자.

> 門을암만잡아다녀도안열리는것은것은生活이모자라는까닭이다밤이
> 사나운꾸지람으로나를졸른다는우리집문폐앞에여간성가신게아니다나
> 는밤속에들어서서제숭처럼자꾸멸해간다…
>
> —「가정」 부분

띄어쓰기와 구두점(개화기 이후 영어식을 도입한 것)이 없다. 독자들이 선뜻 들어오지 못하도록 고안된 것이다. 그리고 "문을암만잡아다녀도"라는 것은 일상적 의미이겠지만 "열리는것은안에생활이모자라기때문"은 내면적 의식이다. 이런 상반된 두 진술이 한 문장 속에 연결될 때 일상적 의미는 차단된다. 또한 '밤'이 주제가 되고 '나'인 인간이 목적으로 전락할 때 이것도 우리의 일상적 상식과는 상통되지 않는 것이다. 두 번째 단계에서 극단에 이르면 일종의 기호가 되고 만다. 이른바 언어의 길이 끊어지는 단계인 것이다. 그 실례가 이상의 「오감도」 시 제4호라 할 것이다.

> 患者의容態에관한문제.
>
> ·0 9 8 7 6 5 4 3 2 1

0 · 9 8 7 6 5 4 3 2 1

0 9 · 8 7 6 5 4 3 2 1

0 9 8 · 7 6 5 4 3 2 1

0 9 8 7 · 6 5 4 3 2 1

0 9 8 7 6 · 5 4 3 2 1

0 9 8 7 6 5 · 4 3 2 1

0 9 8 7 6 5 4 · 3 2 1

0 9 8 7 6 5 4 3 · 2 1

0 9 8 7 6 5 4 3 2 · 1

0 9 8 7 6 5 4 3 2 1 ·

診斷 0 : 1

26.10.1931

以上 責任醫師 李 箱

—「오감도」 시 제4호 전문

언어도단의 상태, 언어가 사용되지 않을 때 문학은 없게 된다. 이러한 차단방법 곧 기교 때문에 절망하지 않을 수 없게 된다. 절망이 기교를 낳았지만 그 때문에 다시 절망하게 되는 과정을 한꺼번에 제시하고 있는 작품으로 이 나라 문학은 이상의 「오감도」 시 제1호를 갖고 있다.

十三人의兒孩가道路로疾走하오.

(길은막다른골목길이適當하오.)

第一의兒孩가무섭다고그리오.

第二의兒孩도무섭다고그리오.

第三의兒孩도무섭다고그리오.

第四의兒孩도무섭다고그리오.

第五의兒孩도무섭다고그리오.

第六의兒孩도무섭다고그리오.
第七의兒孩도무섭다고그리오.
第八의兒孩도무섭다고그리오.
第九의兒孩도무섭다고그리오.
第十의兒孩도무섭다고그리오.
第十一의兒孩가무섭다고그리오.
第十二의兒孩도무섭다고그리오.
第十三의兒孩도무섭다고그리오.

十三人의兒孩는무서운兒孩와무서워하는兒孩와그렇게뿐이모혓소.
(다른事情은업는것이차라리나앗소)
그中에一人의兒孩가무서운兒孩라도좃소.
그中에二人의兒孩가무서운兒孩라도좃소.
그中에二人의兒孩가무서워하는兒孩라도좃소.
그中에一人의兒孩가무서워하는兒孩라도좃소.
(길은뚫린골목이라도適當하오.)
十三人의兒孩가道路로疾走하지아니하야도좃소.
13인의아해가도로로질주하오.
(길은막다른골목길이적당하오.)

—「오감도」 시 제1호 전문

이 작품의 요체는 다음과 같다. 첫째 앞에 나오는 "막다른 골목길이 적당하오"와의 관계. 문학의 출발에 임할 때 작가는 만일 그가 예술가이기 위해서는 언어의 일상적 의미 때문에 절망한다. "막다른 골목"은 이런 절망의 표상인 셈이다. 이 절망은 일방적 의미의 차단방법 곧 '기교'의 동원으로 일단 넘어설 수 있다. 그러나 그 기법을 극단적으로 밀고 나가면 문학이 소멸해 버리게 되는, 또 다른 새로운 절망에 봉착한다. 이 시의 끝에 놓인 "길은 뚫린 골목이라도 적당하오"라는 언표는 문학에 임하는 한 어차피 예술가로서의 작가는 절망하지 않을 수 없다는 것을 의미한다. 막다른 골목이나 뚫린 골목이나 절망하기는 마찬가지인 셈이다.

둘째, 13이라는 숫자로 표현되는 모든 기교의 절차를 들 수 있다. 절망을 극복하기 위해서는 지적 모험이 무서운 것이 아닐 수 없다. 그 지적 모험의 결과는 스스로를 공포에 떨게 한다. 따라서 무서운 것(사동사)과 무서워하는 것(피동성)은 기교로 말미암아 동일한 현상의 이원성인 것이다. 아무리 기교로 일상성을 차단해도 일단 작품이 발표되면 그것은 어느새 재빨리 현실의 일상성이 에워싸버리는 것이다. 여기에 문학의 숙명이 있다. 문학사적으로는 다다이즘, 쉬르리얼리즘 등이 일상성 극복을 위한 또 다른 몸부림의 집단적 현상이었다.

그렇다면 셋째로 13이란 숫자는 무엇인가. 이런저런 의미로 해석되고 있으나 요컨대 12(일상성)에서 벗어난 것으로 보아도 대략 무방하다.

넷째, 「오감도」란 무엇인가. 사전에 있는 것은 조감도(鳥瞰圖, bird-eye's view)이다. 새 조(鳥) 자 대신 까마귀 오(烏)를 썼다. 이상의 작품성이다. 획수 하나를 뽑아서 총천연색에서 흑색으로 바뀌고 만다. 산문 「童孩」에서도 획수를 고쳐 「童骸」라고 한 것과 같은 방식이다. 이러한 모든 것은 기교와 관련된 것. 흔히 이를 문예사조상으로는 광의의 모더니즘이라 부르고 있다.

목차 5에는 앞에서 보인 모더니즘(기교)과 맞서는 이른바 리얼리즘을 다루고자 했다. 저자는 여기에서 리얼리즘=반영론의 도식을 내세웠는데 가능한 혼란을 막고자 한 조치였다. 모든 사물은 본질과 현상으로 구성되어 있다. 물이 있다고 치자. 평이하게 흐르고 계곡을 만나면 넘치고 또 폭포로 쏟아지기도 한다. 그러나 본질(H_2O)은 변함이 없다. 우리가 사는 사회는 이 변증법적 관계에 있다. 이것을 통일하여 보여주는 것이 이른바 반영론이다. 이를 정리하면 다음과 같다.

> 디테일의 진실만이 아니라 전형적 상황에 있어서는 전형적 성격의 정확한 표현이다.
>
> — 엥겔스

이러한 반영론 곧 리얼리즘은 다시 고전적/비판적/사회주의적 등으로 분류되지만 여기서는 더 이상 살피지 않았다. 소련의 혁명완수(1934)와 관련된 것이기 때문이다(이에 대해서는 졸역, 「루카치 문학론 비판」, 『현대문학』(1973.7.8.~10을 참조).

5. 문학에 대한 편견들

「문학이해의 몇 가지 편견」이라는 제목의 5는 저자가 썩 힘주어 강조한 부분이다.

1) "묘사(detail)의 정확성이란 무엇인가"[1)]

언어로 사물의 세부를 자세히 그린다는 것이 가능한가. 물론 불가능하다. 첫째 사물을 보는 우리의 눈이 그렇다. 이 점을 잘 말해 주는 사

1) 김윤식, 『한국 근대문학의 이해』, 일지사, 1973, 44쪽.

례를 아래서 볼 수 있다.

눈에 보기에 그 책상은 길쭉한 네모꼴이고 빛깔은 흙빛, 반들거리다. 손으로 만져보면 매끈매끈하고 차갑고 굳다. 두드리면 소리가 난다. 누가 보고 만지고 들어 보아도 내 말이 옳다고 할 것이다. 그러나 더 따지고 들어가면 문제가 곤란해진다. 그 책상 전체가 '정말' 로 흙빛이라고 나는 믿고 있지만 광선을 반사하는 부분은 유달리 반짝이고 또한 반사된 광선 때문에 희게 보이는 부분이 있다. 내가 움직이면 광선을 반사하는 부분이 달라지니까 그 책상의 빛깔의 분포가 달라진다. 따라서 여러 명이 같은 순간에 그 책상을 들여다본다면 두 사람이 꼭 같은 빛깔의 분포를 보지 못할 것이다. 두 사람이 꼭 같은 관점에서 그 책상을 바라볼 수 없기 때문이다. 한 관점이 다르면 광선이 반사하는 식이 달라지는 것이다.

— B.러셀, 강봉식 역, 『철학이란 무엇인가』

뿐인가. 사물은 원자로 이루어졌는데 그 원자는 시시로 소멸되고 있기에 지금의 사물과 조금 뒤의 사물은 같은 것이 아니다. 또한 여기서 그치지 않는다. 언어를 보라. 언어는 고도의 추상이기에 세부묘사를 위해서는 별 도움이 되지 않는다. 과거, 현재, 미래 및 완료의 시제를 갖는 시간관념에 의존해 있다. 우리가 사는 세계는 사차원이며, 일찍이 레싱은 조형예술과 문학의 차이를 이 공간 차에 두었다. 그렇다면 정확한 묘사란 무엇을 뜻하는 것일까. 세부의 정확성과 전형적 상황에서의 전형적 성격(엥겔스, 「리얼리즘론」)이라고 했지만 한갓 비유에 불과하다. 그렇게 노력하라는 뜻으로 보아야 된다.

사물을 정확히 보는 시점(관점)을 처음으로 보여준 이가 화가 폴 세잔이라고 한다. 가령 사과를 그린다고 치자. 종래의 화가들은 사과를 순수한 사물 자체로 그리지 않고 '사과다움'(Appleyness)을 그렸다. 이때 사과의 사과다움이란 무엇인가. 사과에 대한 기억(색깔, 맛, 사과밭, 사과에 대한 이런저런 사건)이 그것이다. 하지만 세잔만이 사과를 두고 그 자체의 "사과가 되자"라고 무수히 되뇌며 그렸다. 이른바 클리셰(cliché)를 제거하고자 했다. 이를 두고 예술의 진짜 "혁명"이라 했다.

2) "문학과 역사는 판연히 구분되는가"[2)]

여기서 주목할 것은 "판연히"라는 단어에 있다. 문학은 흔히 픽션(fiction)이라 하여 가공의 진실이라는 의미로 풀이한다. 이는 서양 문학론의 원조로 불린 아리스토텔레스의 『시학』(poetica, 문학)에서 기원하는데, 여기서는 주로 비극 창작론을 다루고 있다. 당시엔 소설은 없었다. 그럴 수밖에. 소설은 근대의 산물이니까.

아리스토텔레스는 『시학』 제9장에서 문학과 역사의 구별을 먼저 시도했다. 어째서? 당시만 해도 이 둘은 몸이 한데 붙은 샴쌍둥이로 보였기 때문이다. 그는 이 둘을 이렇게 구별했다.

역사: 일회성, 비철학적
문학: 개연성, 철학적(愛知的)

그럼에도 불구하고 19세기에 와서도 이 문제는 여전히 쟁점화되었다. 저명한 『소비에트 혁명사』(1950)의 저자 E. H.카는 이 책을 이런 식으로 마무리 지었다고 후세 학자들은 말한다.

2) 위의 책, 47쪽.

과학성이 짙은 역사 온도와 문학성이 짙은 역사 온도는 서로 상대편을 배격하기는커녕 오히려 정반대이다. 단 역사 서적이 훌륭하고 또 너절하고의 구별은 그 서적을 쓴 자의 인품과 재능여하에 좌우되는 법이지 결코 그 서술 방법이 문학적이냐 아니냐에서 결정되는 것은 아니다. 그러나 역시 훌륭한 역사 서적이 문장의 표현 또한 훌륭하다는 것은 아무도 의심할 수 없다.

— G.F.Kennan, *History as Literature*, Encounter, April, 1955.

이 문제는 『보바리 부인』(1856)의 작가 G.플로베르(1821~1876)에게서 본격적으로 제기되었다.

혁명은 단순한 이전(déménagement)일 뿐 같은 야만, 부패…… 결국 누구도 모든 신념의 혐오, 환멸에 빠졌다. 나 자신은 물론 플로베르도 다른 문인들도 정치적 정열에서 냉담해졌던 것이다. 사람들은 알게 되었다. 어떤 이유로도 죽어서는 안 된다는 것. 어느 정부 밑에서도 아무리 비위에 맞지 않더라도 생존해야 한다는 것을. 문인들은 오직 예술만을 단지 문학만을 믿지 않을 수 없다는 것. 그 나머지는 거짓이고 시시한 장난이라는 것을.

— Edmund Wilson, *The Triple Thinkers*, Pelican Book, 1962. p.86)

예술에 목숨을 걸 수밖에 없다는 것. 그런데 딱하게도 문학은 역사와 구별되지 않는다는 것. 어째야 할까. 역사와 다른 방식을 고안할 수밖에. 그것이 바로 비속(vulgarity)의 미학이다. 역사가 일반적으로 위대한 사건을 다룬다면, 문학은 가장 사소하고 지루한 인간을 다루는 것. 왜냐면 플로베르 등은 인간에 대한 혐오감을 떨쳐버릴 수 없었으니까. 한갓 시골 의사의 부인인 엠마 보바리는 자기가 꽤 잘났다고 착각(실은 파리에서 나오는 주간지를 읽은 탓)해서 바람을 피운다. 그러다가 결국 들통 나자 청산가리를 먹고 자살한다는 것. 비유컨대 분필로 장편소설 한 편을 쓰는 것이겠다. 콤마 하나 때문에 일주일간 고민하기. 7년간 이 짓을 감행한 것. 『보바리 부인』이 근대소설의 한 모델이 되는 이유도 여기에서 말미암는다.

3) "전면적 진실이란 가능한가"[3)]

'전면적 진실' 과 '부분(사)적 진실' 을 구분할 필요가 있다. 오디세우스 일행은 귀향 도중 사이렌에 의해 7명의 동료들을 잃는다. 살아남은 나머지 오디세우스 일행은 파산한 배에서 필사적으로 도망쳐 무인도에 닿는다. 그 다음은 어떠했을까.

> 그들은 갈증과 공복을 채우자 다정한 동료들의 '죽음' 을 생각하고 울었다. 눈물을 흘리는 동안 졸음이 조용히 그들을 빠지게 했다.
>
> — A. Huxley, *collected essays, Magic of Night*, Chatto and Windas, 1960

공복과 수면이라는 인간의 본능까지 동시에 포착하는 것이 '전면적 진실' 이다. 동료의 죽음을 슬퍼하는 것은 그 다음의 일. 그러니까 침식(寢食)을 잊고 슬퍼하며 울었다는 것은 단지 '부분적 진실' 일 뿐이라는 것.

존슨 박사의 지적에 따르면, 고전이란 전면적 진실을 다루었기에 지

3) 위의 책, 51쪽.

루하며, 다 읽으면 밖으로 뛰어나가 목을 매달고 싶었다고 했다. 그러니까 우리가 어떤 작품을 읽고 감동했다면 틀림없이 작가의 사기술에 걸린 것이라고 의심해야 한다. 모든 현실은 관계개념으로 되어 있는 것. 여기 한 여대생이 있다고 치자. 그녀는 딸이자 국민이고, 학생이다. 또한 기타 등등의 관계로 되어 있다. 이 중 다른 관계를 무시하고 여자라는 한 가지만을 내세우면 어떻게 되는가. 작가는 이런 사기술을 동원한다. 따라서 여기에 놀아나는 독자는 바보이거나 어리석다. 잠깐, 그렇다면 어째야 하는가. 사기술을 간파하는 지적 능력이 있어야 한다. 또는 적어도 그런 노력을 게을리 하지 말아야 할 것이다.

4) "휴머니즘이란 무엇인가"[4)]

휴먼(Human)과는 달리 휴머니즘(Humanism)이라고 발음하게 되어 있다. 쉽게 말해 인간을 중심으로 사고함을 가리킴이다. 실상 식풍(蝕風)에 떨고 있는 나무는 슬프지도 기쁘지도 않은 것. 인간의 감정을 거기에 투영했을 때 드러나는 반응일 뿐. 이것이 의인법(personification)의 거점이다. 가령 여기 뱀이 있다고 치자. 누가 보아도 징그럽기 짝이 없다. 아담과 이브 때문이 아니다. 이 혐오감은 어디에서 오는가. 바로 '이질감' 때문이다. 팔, 다리 등이 없기에 인간과 닮은 데가 없다. 의인화가 불가능하다. 그러나 모든 것을 인간 중심으로 사고하는 것은 궁극적으로 난처함에 부딪힌다. 인간 중심을 재는 척도가 일정치 않아 혼란에 직면한다. 예를 들면 낭만주의라는 것은 인간중심사상을

4) 위의 책, 56쪽.

기축으로 한 것인데, 그 정의만 해도 백 개가 넘는 지경이다.

이러한 혼란을 극복할 수 있는 방법 중의 하나가 20세기에 들어와서 흄(T. E. Hume, 1883~1967)이 제기한 불연속적(discontinuum)이라는 개념이다. 휴머니즘이 인간적이고 생명적(vital)이라면, 흄의 세계관은 인간의 불완전성을 전제함으로써 신과 원죄, 곧 도그마(dogma)를 인정한다. 절대적 세계관으로 르네상스 이래 혼란된 현대사상을 구할 수 있다는 것이다. 그 방법은 이러하다.

(A) 수학 및 물리학의 무기적 세계/ (B) 생물학, 심리학, 역사학에서 다루는 유기적 세계/ (C) 윤리적, 종교적 가치의 세계.

> 종교적 윤리적 가치의 절대성을 본질적으로 상대적, 비절대적, 생명적 영역의 언어로 설명하려는 기도는 마침내 이들의 가치들의 정적 오해 및 제혼합 혹은 불순한 현상의 창조를 가져온다. 곧, 문학에 있어서의 낭만주의 윤리에 있어서의 상대론, 철학에 있어서의 관념론, 종교에 있어서의 순이론적 경향이 그것이다.
>
> —T. E. 흄, *speculation*, Routledge 출판사

이를 도표로 보이면 아래와 같다.

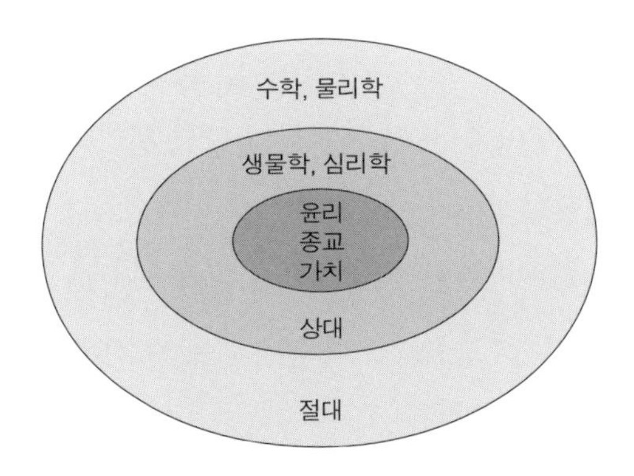

이 세 가지에는 약간의 파열구(chasm)가 있을 뿐이다. 인간이 신을 느끼는 것은 이 파열구가 있기 때문이다. 이를 범박하게 말해 주지주의라 한다. 작고 메마른 것, 물기 없는 미학, 기하학적 문양으로 된 비잔틴 예술이 이 범주에 든다. 1930년대 우리의 김기림, 김광균 등에 나타난 시의 방법이 이와 관련이 있다. 또 T. S.엘리엇, A. 테이트 등이 개신교에서 가톨릭으로 전환한 것, 흑인노예제도를 인정하는 미국 남부의 보수주의 귀족들과 농본주의자들도 이와 관련이 있다. 반민중적이고 귀족적인 이들의 사상은 반인간주의(Antihumanism)가 아닐 수 없다. 이런 주지주의적 세계관에 의한 문학적 방법은 주로 미국에서 개발되었는데 이를 뉴크리티시즘(new criticism)이라고 불렀다. 시를 분석할 때 작가와 시대를 염두하지 않고 오로지 언어의 조직(미학적 구조)에 의거하는 것이다. 미국 인문학의 문학교육도 이에 기반을 둔 것이다. 『시의 이해(Understanding Poetry)』, 『소설의 이해(Understanding Fiction)』 등이 교과서로 사용되고 있었던 것이다. 이육사의 「청포도」에서 "청포를 입고 찾아 올 손님"이라고 했을 때, 시인이 놓여 있는 시대성, 시인이 옥살이를 한 독립투사라는 점 등이 시 해석의 과정에서 작용하지만 이는 어디까지나 추측에 지나지 않는다. 가령 4지선다형 시험 문제에 이런 것이 나왔다면 "무즙 사건"처럼 출제자는 국회청문회에 불려가기 마련이다. 이것은 과학이 아닌 것이다. 미국의 교육제도에서도 4지선다형 시험 문제를 내지만 어디까지나 그것은 과학적 근거(위트, 아이러니, 패러독시컬, 구조 등)에 바탕하고 있는 것이다. 그렇다면 소설에서도 그러할까. 이 물음은 훨씬 뒤에서야 제기되었던 것이다.

5) "문학에서의 사조란 있는 것인가"[5)]

사조란 그 시대의 주된 흐름(사상) 곧, 주조(main current)를 지칭하는 것. 이것을 시대 구분의 척도로 삼음은 예사로운 일이다. 일반적으로 문학예술에서는 고전주의, 낭만주의, 사실주의, 자연주의, 상징주의, 심리주의, 다다이즘, 초현실주의, 행동주의, 실존주의 등을 그 측도로 삼는다. 하지만 후세 사람들이 지난 시대를 정리하기 위해 쓰는 말인 만큼, 당대 사람들은 그런 것을 거의 의식하지 않았다고 할 것이다. 가령 고전주의의 시대라고 불리었던 17세기의 사람들이 스스로의 시대를 고전주의 시대로 의식하였겠는가.

고전주의는 이성을 기반으로 하여 엄격한 희랍시대의 양식을 따른다. 특히 창작방법상에서는 삼위일체론을 기초로 했다. 그러나 고전주의의 경직성에 대한 반동으로 18세기에 낭만주의가 등장한다. 개성을 중시하면서 아득한 것과 영원한 것, 사랑 등을 추구했다. 그러나 불완전한 존재인 인간에게 이런 것의 추구란, 한갓 '공중에 몸이 뜬 형국' 을 빚고 말았다. 그리하여 낭만주의에 대한 반동으로 19세기에 사실주의(리얼리즘)가 등장했다. 발을 땅에 붙이기, 이는 실증주의(positivism)와 무관하지 않다. 다윈의 진화론과 더불어 19세기는 과학사상이 중심이었기 때문이다. 여기에는 플로베르로 대표되는 예술적 사실주의, 에밀 졸라로 대표되는 과학적 사실주의(이를 특히 자연주의라 했다.) 등이 있다. 또한 이를 미학의 차원으로 이끌어 올린 것이

5) 위의 책, 60쪽.

모파상이라 말해진다.

20세기에 들어오면 비로소 보들레르의 상징주의가 등장한다. 신낭만주의의 한 형태이다. 이어서 의식의 흐름의 수법이 등장한다. 버지니아 울프의 「등대로」, 프루스트의 『잃어버린 시간을 찾아서』, 제임스 조이스의 『율리시즈』 등이 이 범주에 든다. 제1차 대전을 전후해서는 '현대'가 시작되어 '근대'와 구별된다. 말로의 행동주의, 다다이즘, 초현실주의 등이 나왔고, 제2차 대전 직후에는 이른바 실존주의가 등장했다.

이러한 이해방법은 세계문학(서양 문학)에 관한 것이지만 한국의 경우도 이에 비추어 정리함이 부당하다고 하긴 어렵다. 가령 『백조』파를 낭만주의로 『창조』파를 사실주의로 하는 경우이다.

6) 「비유의 기능」[6)]

언어란 사회적 필요에 의해 창조되고 그 언어를 사용하는 언중들의 역사성과 사회성을 반영하면서 존재하고 있는 만큼 하나의 약속인 셈이다. 그러나 개인의 감정은 복잡 미묘해서 이를 표현하는 언어도 미묘할 수밖에 없다. 이러한 언어의 절대량 부족을 해결하는 방도로 생겨난 것이 바로 비유다. 가령 '병의 모가지'라는 것은 비유다. 모가지란 사람의 머리에서 몸통 사이에 연결돼 있는 잘록한 부분을 가리킴인 것. 사람들이 '병'을 처음 만들어 '병'이라고 이름 지었다. 그렇지

6) 위의 책, 66쪽.

만 병의 잘록한 부분에도 이름을 지어야 했다. 그러면 언어의 통화량이 붙어나 끝내 감당할 수 없게 된다. 다음과 같은 유추작용이 일어날 수밖에.

사람의 모가지(잘록한 부분)
병의 X (잘록한 부분)

다음의 경우도 사정은 같다.

A. 하루의 해 질 녘(황혼)
인생의 만년 (X) = 인생의 황혼
B. 주신 디오니소스의 술잔
군신 아킬레스의 방패 = 디오니소스의 방패

현대시에서는 고도의 창조성이 요청된다.

순정은 물결같이 바람에 나부끼고
— 유치진, 「깃발」 부분

순정과 물결을 직유(~같이)로 포착하고 있다. 순정은 추상적인 것, 이를 구체화시키기 위해 '물결' 이 동원되었다. 이 경우 고도의 창의성이 요청되는 바, 곧 둘 사이에서 최대의 차이성과 최대의 유사성이 동시에 작동되어야 한다. 일단 순정은 물결과 '최대의 차이성' 을 갖는다. 그렇다면 '최대의 유사성' 이란 무엇인가, 곧 무엇이 같은가. 순정은 격하면 걷잡을 수 없는 것. 물결 역시 해인(海印) 상태에 있다가 흘러서 계곡에 이르면 폭포가 되어 격하게 비류 직하한다. 이처럼 시인은 직관적으로 혹은 면밀한 계산에 의해 '유사성 ↔ 차이성'을 확보한다. 이 순간, 시적 창의성이 달성된다. '내 마음은 호수요'도 마찬가지의 경우이다. '그대 노 저어 오오'는 그저 보충 설명일 뿐.

한편 이를 두고 매개어와 취의로 가르기도 하고 주지와 원관념으로 가르기도 한다. 또 직유(simile)와 은유(metaphor)로 구분하기도 하지만 결국 같은 비유일 뿐. 그러나 상징(symbol)은 썩 다르다. 비유란 (A)와 (B)의 비교이지만 상징은 (A)만 있는 경우이다. '장미'라고 하면 서양의 경우에는 사랑과 정열 등을 상징하는바, 이는 그 사회의 문화적 총체와 연결된 것이다.

7) 「시정신과 산문정신」[7)]

보통 운문(verse)은 무용에, 산문(prose)은 보행에 비유된다(P.발레리). 또 혹자는 산문은 투명한 유리, 운문은 색칠한 유리로 보기도 하며(H.리드), 어떤 경우에는 산문을 탄환이 든 총으로, 운문을 탄환이 들어 있지 않은 총으로 비유하기도 한다(사르트르). 어느 쪽이든 다 가능하지만 소설 장르(근대의 산물)에 오면 산문으로 일관된다. 목적을 향해 제일 빠른 쪽으로 치닫기 때문이다. 서사시가 운문으로도 산문으로도 씌어졌지만 모두 시 범주에 드는 것이었다.

7) 위의 책, 71쪽.

6. 문학과 정치의 갈등

1) 「문학의 기능과 정치의 기능」[8]

시와 정치의 갈등 문제는 일찍이 저 플라톤(BC.427~347)의 『국가론』에서부터 압도적인 의미를 띠고 나타난다. 플라톤의 '시인 추방론'이라는 악명 높은 스캔들은 널리 알려진 것이다. 어째서 플라톤은 이 문제를 제기했을까. 첫째, 이상국가를 건설하려는 정치적 차원이라는 점. 둘째, 시(문학)와 정치의 갈등양상. 그리스 문화를 거의 전면적으로 수용한 로마국가에서도 이 갈등양상은 그대로 있었다. 뿐인가, 오늘날에도 사정은 마찬가지다. 그렇다면 그 내재적 원인을 플라톤은 어떻게 적출했고, 또 어떻게 정리했을까.

첫째, 시란 가상(假象)에 불과한 만큼 원상(原象)인 철학에 미치지 못한다는 것, 따라서 진리에 도달하지 못한다는 것이다.

> 시인이 자기의 주제를 잘 알고 있지 못한다면 훌륭한 창작을 할 수 없을 것이고 또 이러한 지식이 없는 자는 결코 시인이 될 수 없을 것이다. 이런 이유로, 사람들이 비극 시인군과 호머는 모든 예술과 인간적인 모든 일을 알고 있었고 또 악과 덕 심지어 신성한 일들까지도 알고 있었다는 말을 들을 때, 우리도 거기에 또한 망상이 있지 않은가 생각해 봄이 마땅하다. 그렇게 말하는 사람들은 아마도 속았을 것이다. 이들 시인은 진리에서 세 단계 멀어진 모방자에 지나지 않으며 그들의 작품은 진리에 하중의 지식 없이도 능히 제작될 수 있다. 그들은 실제가 아니고

8) 위의 책, 76쪽.

> 가상이기 때문이다.
>
> — tr. B. Jowett, *Republica*

이념(원상, Idea)에 의하면 한 사물의 본질은 창조자의 영역임을 전제로 한다. 이 창조자를 모방하는 것이 제작자(imitator)이며 이를 또 모방하는 것이 시인이기에 진리에서 세 단계나 멀어진 것이다.

둘째, 시는 교육적 효능이 없다는 것.

> 호머를 비롯하여 모든 시인들은 덕과 기타의 형상을 흉내 낼 뿐이고 결코 진리에는 도달하지 못 한다 (…) 시의 색채와 음악을 벗기고 나서 그 이야기를 간소한 산문으로 쓰면 얼마나 초라한 모양이 되는가도 몇 번이고 경험했을 것이다.

셋째, 교육기능이 없을 뿐 아니라 유해하다는 것.

> 인기를 노리는 모방적 시인은 영혼의 합리적 원리에 만족을 주는 일을 목적하지 않고 도리어 감정을 흥분시키고 조장하고 강화하는 일을 목표로 하는 것이다.

플라톤이 이러한 논리를 강력히 주장한 것은 당시 시인의 위상이 매우 세고 높았음과 무관하지 않다. 법과 질서로 새로운 국가를 만들고자 하는 플라톤에겐 이를 물리치지 않으면 철학자의 "이상적 국가"가 이루어질 수 없었다. 그러나 그의 직계 제자인 아리스토텔레스는 심리학적 경지에 서서 모방설을 강력히 주장하여 스승과 맞섰다. 모방이란 인간의 본성이라는 것이다. 이성과 모방이 인간의 본성이라면 이 두 가지는 공존할 수밖에 없는가. 이에 대한 명백한 견해는 나치에 쫓겨 미국으로 건너간 E.카시러에 의해서 나왔다.

> 플라톤이 싸우고 부정하는 것은 시 그 자체가 아니라 시가 지니고 있는 신화를 만드는 기능인 것이다. 그에 있어서는, 또 다른 모든 희랍 사람들에 있어서도 이 두 개의 것은 불가분의 것이었다.
>
> 예로부터 시인들은 참된 신화작가였던 것이다. 헤로도토스가 말한 바와 같이 호머와 헤시도스는 신의 족보를 만들고, 그 모습을 그리고, 그 직무나 권한을 전했던 것이다. 여기에 플라톤의 『국가론』에 대한 진짜 위험이 존재했던 것이다. 시를 인정하는 것은 곧 신화를 인정하는 것을 의미한다. 그러나 만약 신화를 인정할 거 같으면 모든 철학적 노력이 무효화되어 플라톤의 『국가론』 기초 자체를 무너지게 하는 것이다. 이상 국가에서 시인들을 추방함에 의해서만 철학자가 세운 국가는 파괴적 적대 세력의 침입을 막을 수 있을 것이다.
>
> — E. Cassirer, *The Myth of State*, Yale Univ. Press

이 두 가지 기능은 인간 본성이기에 어느 쪽도 부정할 수 없는 사안이다. 이성이 합리성이라면 신화는 비합리성이지만 이 둘은 균형이 요망됨이 정상적인 셈이다. 카시러의 말을 다시 들어보자.

> 사회생활이 위험에 빠지는 순간에는 낡은 신화적 사고에 저항하는 합리적 힘은 그 근거를 잃는다. 이때부터 다시 신화의 시대가 온다. 신화는 참으로 정복되거나 극복되는 것이 아니다. 그것은 늘 어둠 속에 엎드려 있다가 때가 오기를 기다린다. 어떤 이유에서 사회생활을 결합하고 있던 합리적 힘이 상실되어 영적인 신화의 힘과 대결할 수 없게 되었을 때 그 '시기'는 오게 된다.

가령 히틀러의 나치즘이 그러한 사례이다. 나치 정권은 합리적 사고를 추방하였다. 토마스 만, 카시러 등등은 모두 추방된 인물이다. 600여만 명을 죽인 아우슈비츠의 비극도 이를 말해 주는 것. 이처럼 어느 한쪽만으로 치우칠 때 막대한 에너지가 분출되지만, 결국은 망하고 만다. 우리의 군사혁명도 결국은 이러한 운명을 안은 것으로 모두가 체험한 것이 아닐 수 없다. 저자는 이 사실을 강의실에서 아주 작은 목소리로 언급하곤 했다.

7. 개념상의 문제점과 민족문학

1) 「개념상으로 본 문학의 요소」[9)]

(1) 성악적 요소

(A) 말의 소리: 음악성, 모사설, 상황성 등을 간략히 내세웠고,

(B) 운율: 리듬 (C) 정형시형 (D) 산문율

(2) 의미적 요소

(A) 수사: (ㄱ) 수사적 형용어 (ㄴ) 형상 (ㄷ) 비유 (ㄹ) 의인 (ㅁ) 우의 (ㅂ) 반어

(B) 조사(措辭): (ㄱ) 말의 선택과 배치 (ㄴ) 시제 (ㄷ) 문맥

(C) 문체

9) 위의 책, 83쪽.

(3) 대상적 요소

(A) 소재 (B) 모티프 (C) 인물 (D) 상황 (E) 플롯 (F) 테마 (G) 문제 (H) 이데아

(4) 장르

(A) 기본형

(B) 변종1형: 서정 양식/서사 양식/극 양식

(C) 변종2형(지방종): 서정 양식/서사 양식/극 양식

(5) 문예사조

(A) 고전주의 (B) 낭만주의 (C) 사실주의 (D) 유미주의 (E) 상징주의 (F) 실존주의

저자는 이상과 같이 간략히 다루었다.

8. 구체적인 적용, 한국 근대문학 – 제2부 〈한국문학이란 무엇인가〉

1) 「한국문학의 정의」[10]

저자는 이 책의 첫 대목을 「문학의 정의방법」이라 했거니와, 이번의 경우는 그것의 적용이라 볼 것이다. 곧, "피정의항=정의항(종차+유개

10) 위의 책, 100쪽.

념", "한국문학=한국어로 씌어진 예술이다". 그런데 문제는 '종차' 인 한국어에서 온다. 예술이어야 함은 당연한 일이 아닐 수 없지만 '종차' 인 한국어(한국 문자)란 어떤 것일까. 차자(향찰, 이두), 정음(한글), 한문 등이 각 시대에 따라 한국 문자로 규정된다. 신라의 향가는 향찰로 기록된 것이며 『한중록』이나 『홍길동전』은 정음으로, 또 『열하일기』나 『금오신화』 등은 한문으로 기록된 것이다. 그러나 근대 이후의 문학에서는 이른바 속문(屬文)주의가 원칙으로 되어 있다. 국민국가를 거의 절대적인 것으로 내세운 것이 근대인만큼 한글로 씌어진 것이 제일의 조건이 된다. 가령 이미륵의 『압록강은 흐른다(Der Yalu fließt)』나 강용흘의 『초당(The Grass Roof)』 등은 독일어로 또 영어로 쓴 것이기에 한국문학일 수 없다. 작가가 한국인이어도 그렇다는 것이다. 이에 따라 한국어의 특질을 알아두는 일이 새로이 요망될 것이다.

2) 「한국어의 특질」[11)]

알려진 바에 의하면 한국어는 그 언어 족보상 알타이어군(터키어, 몽고어, 퉁구스어, 일본어 등)에 속하며 그 형태상으로는 부착어군에 속한다. 고립어(한문), 굴절어(영어) 등과는 달리 후치사이며 또한 '집집', '사람사람', '역전' 등에서처럼 부착되는 형태를 취하고 있다. 굴절어의 경우 'man→men' 이지만 한국어는 "사람들"에서 보듯 붙어지고 있다. 굴절어의 'I' 도 '나는, 나의, 나도, 나에게' 등으로 붙어지고 있다.

11) 위의 책, 102쪽.

둘째, 관념의 빈약함과 감각어의 상대적인 과다함. 관념은 주로 한자를 빌어서 사용했고, '붉다, 불그스름하다. 새빨갛다' 등의 감각어가 많다.

셋째, 관계대명사가 없다. "아침에 일어났다. 밥 먹었다. 학교에 갔다. 공부했다. 집에 왔다. 잤다."라는 투로 쓰고 있으면 "다다다" 하는 기관총 소리가 난다.

넷째, 일상어와 학문적/전문적 용어와의 단절이 크다. 그러나 이러한 것들은 한국어 자체의 결함으로 돌려지는 것은 아니다. 각 언어는 저마다의 특성이 있기에 우열이 있을 수 없다. 다만, 후진국의 경우 선진국의 문화를 배우는 처지에 있는 만큼, 선진국의 언어를 우러러 보게 되는 것이다. "인도와 셰익스피어를 바꾸지 않겠다."가 그것. 만일 한국이 선진국이었다면 큰 소리를 칠 것이다. "정송강과 영국을 바꾸지 않겠다."라고.

3) 「한국문학의 연속성 문제」[12)]

한국 문학은 단일개념이지만 고전문학, 근대문학, 현대문학 등의 용어들이 있다. 그 이유는 첫째, 한국사 자체에서 연유된다. 둘째는 국민국가를 지향하는 근대문학은 계몽주의를 이루어냈다. 왕조시대에서 근대로 향한 계몽이 그것. 이광수, 최남선 등이 대표적 주창자들이었다. 셋째, 한국 문학이 학문적으로 시작된 것은 '경성제국대학'(1926년

12) 위의 책, 107쪽.

개교)에서인데, 서구식 근대적 방법론을 이 대학에서 배운 조윤제, 김태준, 이희승, 김재철, 구자균, 김사엽 등이 그 주역이었다. 예외적으로는 『고가 연구』의 양주동을 들 것이다. 넷째, 식민지기간 중의 근대문학은 저항성과 창조성의 공존으로 인해 한국사의 연속성을 알게 모르게 의식한 것이었다. '민족문학' 이란 말이 성행한 것도 이와 무관하지 않다.

4) 「한국문학과 민족문학」[13)]

첫째, 민족문학이란 민족주의 문학이란 뜻으로 사용되었다. ①계급투쟁의 민족문학 ②민족주의 문학으로서의 민족문학 ③민족문학 본격문학으로서의 민족문학 등으로 되어 있는바, ①은 카프계 ②는 보수주의계(이광수, 월탄) ③은 김동리의 주장.

해방공간에서는 ①과 ②, ③의 대립이 뚜렷해졌다. 순수와 비순수로 구별되는 것은 여기에서 온 것이다. 물론 문학은 이데올로기로만 판결나는 것일 수 없고 보면, 대한민국 성립(1948.8.15.) 이후에 ①은 월북했고 이도저도 아닌 중립파들은 월북하거나 전향할 수밖에 없었다. 정지용, 임화 등이 ①이라면 전향파는 염상섭, 황순원 등이었다. 자유민주주의의 선택이냐, 민족주의의 선택이냐의 시련이 4 · 19에 와서 크게 폭발했고 이어서 참여파와 순수파의 시비가 따랐다. 이러한 한국 근대문학에서 벌어진 일들은 이데올로기를 문학과 연결시킴으

13) 위의 책, 113쪽.

로써 빚어진 것들이라 할 것이다.

5) 「한국적인 미란 무엇인가」[14)]

모든 예술이 궁극적인 목표로 하는 것은 미의 추구이다. 이는 인간의 본능인 만큼 보편성을 띤 것이다. 이런 보편성은 진(眞)이나 선(善)과는 달리 지역이나 민족 단위의 특수성이 있다. 그렇다면 이러한 '미'의 구조는 어떠할까.

(1) 미의 개념

미(beauty/영어, das Schöne/독일어, beauté/프랑스어)는 개념 정의가 썩 까다롭다. 그러기에 "미적인 것"이라는 용어가 활용되고 있다.

(2) 미의식(das ästhetische bewusstein)

미의식은 그 활동 형식에 따라 수동적인 것과 능동적인 것으로 분류된다. 자연의 미란 수동적인 것이며 창작은 능동적인 것이 감상자의 향수(enjoyment)의 형태를 갖는다. 미의식은 이론적 실천적 의식에 비해 여러 가지 특성을 갖고 있는바, 그 주요한 것을 들면 다음과 같다. ①조화성 ②직관성 ③무관심성(어떤 이념이나 신앙을 목적으로 하지 않음) ④깊이 ⑤창조성 ⑥쾌감성. 그렇다면 한국적 미의식이란 어떤 것일까. 한국어에 미를 표현하는 말에서 그 실마리를 찾을 수 있다.

14) 위의 책, 118쪽.

①아름다움계－ ‘아름답다’ 는 매우 폭넓은 말이다. 이 속에는 ‘고움’ 도 ‘멋’ 도 포함될 수 있다.

②고움계－아름다움에 비해 폭이 좁다. 한자 ‘麗’ 에 해당하는 것으로 ‘곱다’ 란 사물의 질이 윤택한 것(살결이 곱다), 유순한 것(마음씨가 곱다), 치밀하고 세련된 것(솜씨가 곱다) 등. 고움은 아름다움의 일부만이 포함되는 것이다. 가령 살결이 곱지 않아도 얼굴이 아름다울 수 있으며 마음씨가 억세어도 정신이 아름다울 수 있다. 곧 고움이란 구체적인 규격미(規格美)인 것이다.

③멋계－변형미 또는 풍류미로 규격성을 벗어난 것. ‘멋있다’ ‘멋지다’ 는 외국인이 알아차릴 수 없는 특수한 것인 까닭이다.

(3) 미의 범주 내부의 분화된 가치관념

①형태미－맵시, ②구성미－태깔, ③표현미－결, ④정신미－①, ②, ③을 함께 작용할 수 있는 형식작용.

(4) 멋에 대한 학자들의 해석

①조윤제－멋이란 한국에만 있는 것이 아니라 그것을 가져오게 하는 것에 의의를 두는 견해.

②이희승－한국에만 있는 것.

③정병욱－데포르마시옹(déformation).

④김동욱－한, 애수, 체념.

⑤조지훈－여러 학자들의 의견을 조정하여 온건한 이론을 펼쳤는데, 그 주장의 근거는 ‘주체성’ 에서 찾았던 정병욱의 설에 두고 있다.

"우리는 유교나 불교 또는 주자학이나 실사구시 학을 그 발생지의 형태대로 받아들여서 육성 발전시키지 않고 우리의 주체성 아래 '데포름' 시켜 발전시켰던 것이다. 따라서 '멋' 은 우리 문학의 주체적 성격의 구체적인 표현 방식이었고 그 본질적인 특성은 '데포르마시옹', 즉 정상적인 것에 약간의 변화를 부여함으로써 정상적인 것으로 다시 육박하여 가는 곳에서 찾을 수 있다 할 것이다." 정병욱의 이 주장에 다시 주석을 가한 조지훈은 이렇게 정리했다. "'멋지다' 는 모든 미의 초월적 변형미로서 이 말을 좀 야비하게 사용할 때는 '시큰둥하다' 또는 '한물 넘었다' 로 표현된다. 시큰둥하다는 '시다' 의 멋진 표현이오, '시다' 는 말은 적정을 넘은 미각의 뜻이다. 성의 쾌감도 시다는 말의 하나인 '새큰하다' 로 표현된다. 술과 김치의 발표는 물론 모든 무르익은 것은 시큰한 것이다. '한물 넘었다' 도 마찬가지다. 생선이 약간 변했을 때 김치가 시어졌을 때 한물 넘었다고 한다. 결론적으로 말해 '변격이합격(變格而合格)' 이다."

9. 한국 근대문학의 전개

1) 「한국문학의 이해 방법」[15]

(1) "역사주의 방법"[16]

우리가 사물이나 현상을 이해하려 할 때 일반적으로 취하는 방법이

15) 위의 책, 130쪽.
16) 위의 책, 130쪽.

역사주의다. 그 사물의 발생, 변천 과정, 배경 등을 설명하는 것. 가령 성당에서 미사를 보는 행위를 처음 본 사람은 도저히 그것을 이해할 수 없겠지만 서적이나 신부나 선생의 설명을 듣고서 보면 금방 이해된다. 선생이 가르치는 교육은 모두 이 범주에 든다.

(2) 분석주의 방법[17)]

역사주의가 아무리 편리해도 그것은 따지고 보면 어디까지나 추정(대강)에 불과하다. 대충 이해한 것이다. 만일 엄밀성이 요구된다면 어림도 없다. 관찰하는 것, 추리하는 것이 불가피하다. 가령 미사일을 백 번, 천 번 관찰해 보라. 그러면 거기에 어떤 시공간의 구조가 인식된다. 일 초, 일 밀리만 틀려도 미사일은 빗나가는 것. 정확성이 아니라 '엄밀성'이어야 하는 것. 문학에서는 미국 인문학이 개발한 뉴크리티시즘(new criticism)이 이에 해당한다.

(3) 종합주의 방법[18)]

(1)과 (2)를 필요에 따라 조화시키고 제3의 방식으로 정리한 것이 이에 해당한다. 한국 근대문학의 경우를 살펴보기로 한다.

–역사주의적 이해방법의 '실례'

:『한국현대시 약사』(서정주)–①초창기 ②낭만파 전기 ③낭만파

·····

17) 위의 책, 132쪽.

18) 위의 책, 134쪽.

후기 ④순수시파 ⑤주지주의와 초현실파 ⑥인생파 ⑦자연파

: 『한국현대소설 50년』(백철)

개화기 이인직의 「혈의 누」(1906), 이광수의 『무정』(1917), 김동인의 「감자」(1925), 염상섭의 『삼대』(1934), 카프문학, 구인회, 김동리의 『무녀도』(1936) 등. 이들은 모두 필자들의 주관에 따른 것.

– 분석주의적 이해방법의 '실례'

: 『의미와 음악』(김종길)

–①시의 네 가지 요소, ②「추천사」의 형태, ③유기적 관련성, ④역설적 구조, ⑤주제와 구성

: 「서구 소설과 한국 소설의 기법」(유종호)

– 극적 방법이란 작가가 소재를 객관적으로 제시하는 것. 편집자적 평론을 피하는 것. 가령 체홉의 「비탄」과 이효석의 「메밀꽃 필 무렵」을 비교해 보자.

「비탄」의 내용 요약: 설경의 환혼이다. 승용 마차꾼 이오나가 하얗게 눈을 맞고 등을 구부린 채 운전대에 앉아 있다. 흡사 유령 같다. 눈을 털 생각도 않고 부동의 자세다. 그의 작은 말도 하얗게 눈을 맞으며 꼼짝 않고 서 있다. 흡사 '비스킷' 말 같다. 깊은 생각에 잠겨 있는 듯하다. 그들은 한 곳에 오랫동안 머물러 있었다. 한 승객이 마부를 불러 비보르크촌으로 가자고 한다. 도중에 사람을 스치자 이오나는 욕설을 듣는다. 이오나는 무엇인가 말하고 싶어 하다가 승객의 재촉으로 자기 아들이 지난 주일에 죽었다고 말한다. 승객이 병명을 물어 대답을 하는 도중, 다시 행인의 욕설을 한다. 이야기는 중단되고 승객은 빨리 가자고 재촉한다. 승객은 이야기를 들을 생각도 않고 이내 눈을 감는다. 비보르크에

서 승객을 내려놓고 이오나는 주막 마당에서 전처럼 한 시간 넘게 앉아 있다. 술 취한 세 청년이 와서 목적지를 대며 가자고 한다. 이오나는 청년들의 비위를 맞추려 애쓰면서 죽은 아들 이야기를 하다가 본론으로 들어갈 때, 청년들이 목적지에 당도하여 내린다. 주차장으로 들어가 젊은 동료에게 다시 아들 얘기를 꺼내 보았으나 잠에 취한 그는 다시 곯아떨어진다. 이오나는 외양간으로 가서 자기 말에게 말을 걸고 자기 아들이 죽었다는 이야기를 모두 들려준다.

—『체홉 전집』, 모던 · 라이브러리 판

이 인용문은 미국의 대학용 문학 교과서인 *Understanding Fiction*에 실린 것으로, 우리 신라 신문왕 때의 유언비어 "임금님 귀는 당나귀 귀"를 연상하게 한다. 이에 비해 이효석의 「메밀꽃 필 무렵」은 어떠한가. 도처에 작가가 나서서 편집자적 논평(editorial comment)을 하고 있다. 파장 무렵 여름 장터를 배경으로 한 서두에 벌써 '쓸쓸한' 작품의 정서가 제시되어 있고, 주인공 허생원은 왼손잡이임이 드러나 있다. 이렇게 작가가 나서서 작품을 통제하는 것은 아직 소설에 익숙하지 않은 저질의 독자 측에게 기능적 작용을 한다는 장점이 없지는 않지만 고급 독자들에게는 오히려 역효과를 낸다.

– 종합주의적 이해방법의 '실례'

: 적절한 사례를 찾기 어려워 이 항목은 저자의 것으로 대치했다. 곧 「식민지의 허무주의와 시의 선택－김안서, 김소월의 문학사적 위치」가 그것이다. 물론 이는 시에 관한 '실례'에 속한다.

안서 김억은 동경 유학에서 돌아와 외국의 시를 번역하였다. 물론 일본 역을 통해서였고 후에는 에스페란토를 통해서였다. 그 역시집이 이름난 『오뇌의 무도』(1921)이다. 그러나 훗날에 그는 『망우초』(1943), 『동심초』(1944) 등의 시집을 내어 전통 민요적인 쪽으로 향했다.

> 시단의 시작이 현재의 조선 혼을 조선말에 담지 못하고 남의 혼을 빌여다가 옷만을 조선 것을 (…) 다시 말하면 양복 입고 조선 갓 쓴 것이며 조선 옷에 일본 게다를 신은 것 (…) 먼저 우리는 잃어버린 조선 혼을 찾아야 할 것이다. 파묻힌 진주의 발견만이 진정한 조선의 '만인의 거울이 한 사람의 거울' 인 국민적 문학을 수립게 한다. 현대의 조선 혼의 배경이 없는 시가는 (…) 장난감이며 노리개다.
>
> — 김억, 「시단 1년」, 『동아일보』, 1925.1.1

여기에 김소월이 보여준 허무주의 극복의 직관이 있다. 한편 소설의 '실례' 는 어떠할까. 저자는 「1920년대 한국 소설의 계열적 체계화–문학사적 의미강시고」를 내세웠다. 소설 장르의 선택과 그 의미는 어떤 계열적 체계화를 이루어 냈을까. 1920년대 한국 소설의 고찰방법을 ①장르 선택조건의 측면 ②소설 구성의 측면 ③인접학문과의 측면 등으로 나눌 수 있는바, 여기서는 ③을 살펴보기로 한다.

> 신흥문예의 가장 열심한 독자는 남녀학생일 것이다. 그들에게 있어서는 문예는 하루도 절할 수 없는 정신적 양식이 되어 오락을 여기서 받고 사상과 감정의 방향을 이것으로 결정하게 되고 학교에서 못 배우는 조선어문을 여기서 배우게 된다.
>
> — 이광수, 「우리 문예의 방향」, 『조선문단』 13호, 1920.9, 85쪽

그러나 이에 대한 비판도 잇달았다.

> 다만 3 · 1운동 이후 가장 현저히 발달된 자는 문예운동이라 할 수 있다. 일반 학생들이 신문예의 마취제를 먹은 후로 혁명의 칼을 던지고 문예의 붓을 잡으며 (…) 3 · 1운동 이후 신시, 신소설의 성행이 다른 운동을 소멸함이 아닌가.
>
> — 신채호, 「낭객의 신년만필」, 『동아일보』, 1925.1.2

아나키즘 사상에 의거한 단재 신채호에게 있어서는 혁명이 우선했던 것이다. 문학적 측면에서 본다면 신경향파(1924)에 이어진 계급사상의 단체 KAPF(1925.8)의 목적의식적 방향전환(1927)은 이데올로기적 상관관계이지만 또 하나의 작품계열별 체계화가 가능하다. 「붉은 쥐」(김팔봉), 「기아와 살인」(최학송), 「전투」(박영희) 등의 등장은 카프계의 계열별 체계화, 또 브나로드 운동의 우익적 농촌계몽운동에 대한 비판으로 좌익적 농민계몽운동인 『낙동강』(조명희, 1927)에서 큰 흐름을 보여주었다. 이어서 또 『고향』(이기영, 1933)이 나타났다.

(4) 문학 연구의 방법적 반성

이로써 저자는 1920년대 한국 소설의 계열별 체계화를 ①장르 선택의 측면 ②구성의 측면(묘사법, 문체) ③사회적 측면 등으로 살펴보았다. 문학사적 의미강을 찾기 위해서는 이러한 계열별 고찰이 우선적으로 다루어져야 한다고 저자는 생각했다.

10. 시작품 – 제3부 〈한국 현대문학 작품론〉

1) 시작품

(1) 창가

4 · 4조 노래곡을 기반으로 한 이 형식은 육당의 「경부철도노래곡」(1908.3)에서 우선적으로 볼 수 있다. 일본의 신체시 형식인 「철도가」를 모방한 육당의 이것을 곡조대로 보이면 이러하다.

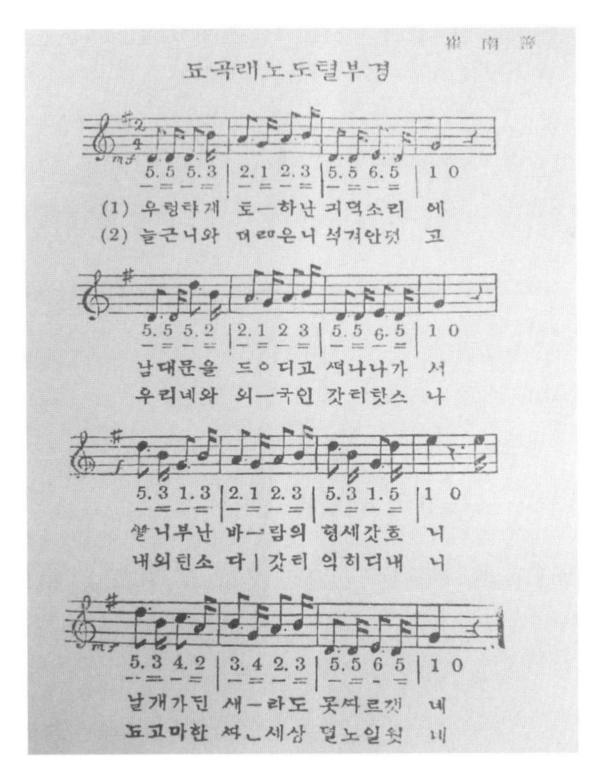

〈사진〉 경부텰도노래곡됴

(2) 「해에게서 소년에게」(최남선)

이른바 최초의 신시(근대시)로 알려진 이 시는 그 첫 수만 보이면 아래와 같다.

> 텨..... ㄹ썩, 텨..... ㄹ썩, 척, 쏴.....아.
> 따린다, 부순다, 문허 바린다.
> 태산 같은 높은 뫼. 집채 같은 바윗돌이나.
> 요것이 무어야, 요게 무어야.
> 나의 큰 힘 아느냐, 모르나냐, 호통까지 하면서
> 따린다, 부순다, 문허 바린다.
> 텨..... ㄹ썩, 텨..... ㄹ썩, 텩, 튜르릉, 꽉.
>
> —『소년』, 1908.11

신체라 불리긴 했지만 정작 육당은 그냥 "시"라 했다. 또 바이런의 장편서사시 「차일드 해럴드의 편력(Childe Harold's Pilgrimage)」의 맨 끝 대목을 빌려온 것이라고도 알려져 있다. 문제점이 많은 초기 근대시의 한 정경이라고 할 수 있다.

(3) 「가을의 노래」(김억, 번역시)

근대시의 초기엔 번역시가 큰 몫을 했다. 프랑스의 상징시 및 세기말의 시가 한국어로 옮겨짐으로써 근대시는 내면성을 서서히 갖게 되었다. 번역시집 『오뇌의 무도』(1921)가 그 결실이다.

(4) 상징적인 시

(A) 「겨울의 황혼」(김억)

(B) 「봄」(황석우)

(5) 「비소리」(주요한)

우리말로만 된 시. 시집 『아름다운 새벽』(1924)에 수록.

비가 옵니다.
밤은 고요히 깃을 벌리고
비는 뜰 우에 속삭입니다
몰래 지껄이는 병아리 같이

—첫 수

"으스러진 달이 실낱같고"에로 이어지는 이 시는 김소월의 민요조를 예견한 것이기도 하다.

(6) 「진달래꽃」(김소월)

나보기가 역겨워
가실 때에는 말없이
고히 보내들이우리다.

영변의 약산
그 진달래꽃을
한 아름 따다 가실 길에 뿌리우리다

가시는 길 발걸음마다

뿌려놓은 그 꽃을
고히나 즈려밟고 가시옵소서

나보기가 역겨워
가실 때에는
죽어도 아니, 눈물 흘리우리다

— 『개벽』, 1922.7

발표 당시 "민요시"라 표기되어 있고, 시집 『진달래꽃』(1925)에 수록될 때 일부 수정되어 오늘에 이르고 있다.

(7) 「논개」(변영로)

거룩한 분노는
종교보다도 깊고
불붙은 정열은
사랑보다도 강하다.
아 강낭콩보다도 더 푸른
그 물결 위에
양귀비꽃보다 더 붉은
그 '마음' 흘러라!

— 첫 수, 시집 『조선의 마음』(1924) 수록

식민지 시대의 분노를 원색을 도입하여 승화시킨 것.

(8) 「청천의 유방」(이장희)

고아의식이 투철한 시로 하늘에 커다란 유방이 걸려 있음을 갈망하는 것.

어머니 어머니라고
어린 마음으로 가만히 부르고 싶은
푸른 하늘에
따스한 봄이 흐르고
또 흰 볕을 수 놓으며
불룩한 유방이 달려 있어
이슬 맺힌 포도송이보다 더 아름다워라

— 첫 연, 1922

(9) 「빼앗긴 들에도 봄은 오는가」(이상화)

지금은 남의 땅— 빼앗긴 들에도 봄은 오는가?

나는 온 몸에 햇살을 받고
푸른 하늘 푸른 들이 맞붙은 곳으로
가름아 같은 논길을 따라 꿈속을 가듯 걸어만 간다

— 첫 연, 『개벽』, 1926.6

카프에 가담한 후의 대표작.

(10) 「님의 침묵」(한용운)

님은 갔습니다 아아 사랑하는 나의 님은 갔습니다
푸른 산빛을 깨치고 단풍난무 숲을 향하여 난 작은 길을 걸어서 차마 떨치고 갔습니다.
황금의 꽃같이 빛나던 옛 맹서는 차디찬 티끌이 되어서 한숨의 미풍에 날아갔습니다.

— 시집 『님의 침묵』, 1926

(11) 「그날이 오면」(심훈)

그날이 오면 그날이 오며는
삼각산이 일어나 더덩실 춤이라도 추고
한강물이 뒤집혀 용솟음 칠 그날이
이 목숨 끊기기 전에 와주기만 하량이면
나는 밤하늘에 나르는 까마귀같이
종로의 인경을 머리로 드리 받아 울리오리다
두개골은 깨어져 산산조각이 나도
기뻐서 죽사오매 오히려 무슨 한이 남으로리까

— 첫 연, 1930.3.6.

(12) 「사행소곡(四行小曲) 5首」(김영랑)

허리띠 매는 시악시 마음실 같이
꽃가지에 은은한 그늘이 지면
흰 날의 내 가슴 아지랑이 낀다
흰 날의 내 가슴 아지랑이 낀다

— 첫 수, 1930

순수시의 시범작. 아무 내용도 없고 다만 운율만 내세운 것.

(13) 「거울」(이상)

거울속에는 소리가 없소
저렇게까지 조용한 세상은 참 없을 것이오
거울 속에도 내게 귀가 있소
내말을못알아듣는딱한귀가두개나있소.

거울속의 나는 왼손잡이오

내악수를 받을줄모르는—왼손잡이요
(…)
거울속의나는참나랑은반대요마는
또꽤닮았소
나는거울속의나를근심하고진찰할수없으니 퍽 섭섭하오

—『카톨릭청년』, 1933.7

기하학적 대칭성을 시작한 것. 이상의 이러한 새로운 시도는 그가 건축과를 나온 것과 무관하지 않다. 이 새로운 시도는 정서적 반응으로서의 종래의 서정시와는 썩 다른 것이다.

(14) 「난초」(정지용)

난초닢은
차라리 수목색
난초닢은
엷은 안개와 꿈이 오다.

난초닢은
한밤에 여는 다문 입술이 있다
(…)
난초닢은
칩다

—『신생』 37호, 1932

감각에 전적으로 의존한 경우.

(15) 「바다와 나비」(김기림)

아무도 그에게 수심을 알려준 일이 없기에
흰나비는 도무지 바다가 무섭지 않다.

청무우밭인가 해서 내려 갔다가는
어린 날개가 물에 절어서
공주처럼 지쳐서 돌아온다

3월달 바다가 꽃피지 않아서 서글픈
나비 허리에 새파란 초생달이 시리다

—『여성』, 1939.4

(16) 「수선화」(이병기)

풍지에 바람 일고 구들은 얼음이다
조그만 책상 하나 무릎 앞에 놓아두고
그 우엔 한두 숭어리 피어나는 수선화

—『가람 시조집』, 1939

근대시조의 대표작. 시조를 단수에 한정하지 않고 연장으로 이루어 내었다.

(17) 「광야」(이육사)

까마득한 날에
하늘이 처음 열리고
어디 닭우는 소리 들렸으랴

모든 산맥들이
바다를 연모해 휘달릴 때도

차마 이곳을 범하지 못하였으리라

(…)

다시 천고의 뒤에

백마타고 오는 초인이 있어

이 광야에서 목놓아 부르게 하리라

— 『육사시집』, 1946

(18) 「생명의 서」(유치환)

나의 지식이 독한 회의를 구하지 못하고

내 또한 삶의 애증을 다 짐지지 못하여

병든 나무처럼 생명이 부대낄 때

저 머나먼 아라비아의 사막으로 나는 가자

— 첫 연, 1939

(19) 「자화상」(서정주)

애비는 종이었다. 밤이 깊어도 오지 않았다.

파뿌리 같이 늙은 할머니와 대추꽃이 한 주 서있을 뿐이었다

(…)

환장히 티워 오는 어는 아침에도

이마 우에 얹힌 시의 이슬에는

몇 방울의 피가 언제나 섞여 있어

볕이거나 그늘이거나 혓바닥 늘어뜨린

병든 수캐마냥 헐떡거리며 나는 왔다

— 1939.

(20) 「또 다른 고향」(윤동주)

고향에 돌아온 날 밤에

내 백골이 따라와 한방에 누웠다

(…)

지조 높은 개는
밤을 새워 어둠을 짖는다
어둠을 짖는 개는
나를 쫓는 것일게대

가자 가자
쫓기우는 사람처럼 가자
백골 몰래
아름다운 또 다른 고향에 가자

— 1941

(21) 「승무」(조지훈)

얇은 사 하이얀 고깔은 고이 접어서 나빌레라

파르라니 깎은 머리 박사고깔에 감추오고
두볼에 흐르는 빛이 정작 고와서 서러워라

(…)

소매는 길어서 하늘은 넓고
돌아설 듯 날아가며 사뿐이 접어 올린 외씨보선이여

— 1, 2, 4연, 1939

(22) 「기」(김춘수)

제일 용맹한 전사의 손에 잡힌 너는 질타하고 명령하던 전장에서는 너는
우리들 마지막 성이었다
기여……

(…)

지금은 저마다 가슴에 인격어야 할 때

아! 1926년 노을 빛으로 저물어가는 앞프스의 산령에서 외로이 쓰러져간 라이나 마리아 릴케의 기여.

— 시집 『기』, 1951

(23) 「폭포」(김수영)

폭포는 곧은 절벽을 무서운 기색도 없이 떨어진다

(…)

번개와 같이 떨어지는 물방울은

취할 순간조차 마음에 주지 않고

나타(懶惰)와 안정을 뒤집어 놓은 듯이

높이도 폭도 없이

떨어진다

— 시집 『달나라의 장난』, 1959

2) 「시사적인 검토」[19]

(1) "주요한론"[20]

근대시의 단초를 연 「불노리」(1918)는 산문시의 일종이었다. 상해 망명에서 귀국한 주요한은 조선적 정조인 민요조로 방향을 바꾸었다. 「비소리」 시집 『자연송』 등이 이를 대변한다. 그렇다고 해서 서구 지향적 근대시의 큰 흐름을 바꿀 수는 없었다.

19) 위의 책, 241쪽.

20) 위의 책, 241쪽.

(2) "소월 · 만해 · 육사론"[21]

이들의 시집에 미수록된 작품을 저자가 발굴하여 제시했다. 소월의 「나무로별 노래」(『백치』 2집, 1928)와 한글날을 노래한 만해의 「가갸날」(『동아일보』, 1926.12.7.). 육사의 「한 개의 별을 노래하자」(『풍림』, 1936.12)

> 한 개의 별을 노래하자 꼭 한 개의 별을
> 12성좌 중 그 순한 별을 어찌 다 노래하겠니
>
> — 첫 연

(3) "시와 계절인식"[22]

겨울의 속성과 시의 관계를 저자는 논의하고 싶었다. 김동환의 「적성을 손가락질 하며」를 비롯해서 육사의 「절정」에서 선연하다.

> 매운 계절의 채찍에 갈려
> 마침내 북방으로 휩쓸려 오다
>
> 하늘도 그만 지쳐 끝난 고원
> 서리발 칼날진 그 위에 서다
>
> — 1~2연

(4) "시조와 그 명맥"[23]

저자는 부제를 이호우론이라고 하였다. 가람과는 달리 오직 단수로

21) 위의 책, 250쪽.
22) 위의 책, 268쪽.
23) 위의 책, 271쪽.

결판을 내는 방식.

일찍이 천길 불길을
터뜨려도 보았도다

끓는 가슴을 달래어
가듯이 이 날을 견딤은

언젠가 있을 그 날을 믿어
함부로 하지 못함일레

—「휴화산」

11. 소설작품

1) 소설작품

(1) 이광수의 장편소설 『무정』(1917)

배경 – 20세기 초엽 조선의 개화기

인물 – 이형식: 경성영어학교 교사, 신사상을 배운 청년

김선형: 김장로의 딸, 여학교 출신

영 채: 평양 기생, 이형식과 어릴 때 부모들이 짝 지어준 약혼자

줄거리 – 이형식이 미국 유학 준비를 하는 김선형의 가정교사로 가는 장면부터 시작되어 두 사람이 약혼하여 미국 유학을 떠나다가 삼랑진 수해로 기차가 불통하는 사건을 거쳐 유학을 마치고 귀국하는

것으로 끝맺는다. 『무정』의 특징으로는 한국 근대소설의 첫 장이라는 점, 문체의 근대성, 삼각관계 연애소설의 전형을 보였다는 점, 영채의 구세대적 세계관과의 갈등을 묘사했다는 점, 총체적으로는 자유사상을 내세웠다는 것을 들 수 있다.

주제 및 비판 – 동경 유학차 일본으로 가던 영채와 이형식 일행이 함께 수해로 발이 묶였을 때 이형식의 일장 연설이 이 소설의 클라이맥스다. 문명을 주어야 수해를 극복할 수 있다는 것, 그것은 교육으로 실행 가능하다는 것.

(2) 나도향의 「물레방아」(1925)

배경 – 1920년대 한국의 어느 농촌.

인물 – 이방원: 머슴살이하는 무식하지만 선량한 인물

그의 처: 예쁘지만 창녀형

신치규: 주인집 영감

줄거리 – 신치규의 유혹에 넘어간 이방원의 처가 이를 말리는 이방원을 비웃고 달려가자 그를 칼로 찌르고 저도 그 위에 절명한다.

주제 및 비판 – 여자의 본능적 허영과 남자의 본능적 잔악성.

(3) 최서해의 「해돋이」(1926)

배경 – 1920년대 초의 간도와 성진

인물 – 김소사: 3 · 1운동 때 고향을 떠나 북간도로 간 아들 만수를 따라간 어머니

만 수: 독립운동가, 간도에서 잡혀 국내로 압송되어 7년 징

역에 처해진다.

주제 및 비판 – 독립운동가의 수난사. 주인공이 “아 조선의 해돋이여”라고 외치는 것은 이 때문.

(4) 김동인의 중편소설 「감자」(1928)

배경 – 1920년대 초 평양 칠성문 밖 빈민촌.

인물 – 복녀

줄거리 – 복녀는 빈민굴에 오기 전까지 가난한 농문의 딸이었으나 건달과 혼인하여 타락하기 시작하고 급기야는 정조를 판다. 중국인 채소밭의 감자를 훔치다 붙잡혀 왕서방을 죽이려다 오히려 죽임을 당한다.

주제 및 비판 – 주제는 질투. 전지적 시점으로 쓴 것이며 간결하고 고압적인 문체가 특징. 자연주의적 기법을 활용. 농민의 딸이 점점 퇴락으로 빠져가는 이런류의 자연주의 수법은 이상주의자 이광수라면 타락한 복녀가 점점 정상으로 옮아가는 것으로 그렸을 것이다.

(5) 염상섭의 장편소설 『삼대』(1932)

배경 – 1930년대 식민지 경성

인물 – 조의관: 조선 말기의 중인계층, 자기 힘으로 재산을 늘린 천부형. 돈과 실리만 따진다. 의관이란 돈으로 산 택호이며 첩을 얻고 족보도 만든다.

조상훈: 조의관의 장남. 신지식인으로 교육에 투자하다 오히려 타락한 인물.

조덕기: 경도 3고(오늘날 교토대학 졸업생) 졸업반인 그는 최고의 지식인. 방학을 맞아 귀국해 있다. 조부의 신뢰를 얻어 상속자로 인정받는다. 그는 마르크스주의에도 관심을 가졌으며 '필녀' 라는 직공도 동정하나 결코 도를 넘지 않는다.

주제 및 비판 – 1930년대 서울 중산층의 삼대의 의식구조를 반영한 리얼리즘 소설의 대표작.

(6) 김유정의 「소나기」(1935)

배경 – 강원도 산골

인물 – 춘호: 시골의 노름꾼

그의 아내: 한국적인 소박한 여인

줄거리 – 서울 가서 새사람 되겠다는 노름꾼 남편의 감언이설에 속아 아내는 마을 부자에게 몸을 팔아 돈을 염출하고 남편은 이를 도와준다.

주제 및 줄거리 – 비정상적으로 연출된 소박한 부부애, 유머 있게 처리된 문체.

(7) 유진오의 「김강사와 T교수」(1935)

배경 – 1930년대 초 서울의 어느 사립 전문학교

인물 – 김만필: 일본제국대학 출신이자 진보적 지식인. 전문학교 강사로 되었으나 일인 교수의 압력에 시달림

T교수: 일인 교수, 약삭빠르고 비굴한 인물

줄거리 – T교수가 김만필의 과거를 들추어내 비판하는 갈등을 묘파한 것.

주제 및 비판 – 1930년 한국 지식인의 고민과 불안. 식민지 백성과 지배민족의 보이지 않는 갈등. 지식인 소설의 전형.

(8) 이효석의 「메밀꽃 필 무렵」(1936)

배경 – 1820년대 강원도 봉평 장터와 장돌뱅이들

인물 – 허생원: 얼금뱅이로 왼손잡이인 늙은 장돌뱅이. 한 필의 당나귀에 의지해 살아가는 사람

조선달: 장돌뱅이 허생원과 같이 살아온 사람

동이: 젊은 신참 장돌뱅이. 왼손잡이

줄거리 – 달밤에 이 장터에서 저 장터로 이동하는 도중 허생원이 물레방앗간에서 맺은 단 한 번의 인연 얘기를 동이에게 들려준다. 소금을 뿌린 듯한 메밀꽃을 보면서 허생원이 물에 그만 빠진다. 이를 건져낸 동이는 그를 업고 다시 길을 걷는다. 동이의 채찍이 왼손에 들려 있음을 허생원이 본다.

주제 및 비판 – 자연 속에 녹아 있는 인물, 그 속엔 당나귀도 들어 있다. 왼손잡이가 과연 유전일까. 이는 지금도 검토의 대상이다.

(9) 이상의 「날개」(1936)

배경 – 1930년대 서울의 어느 골방

인물 – 나: 어린애의 의식 수준에 있는 청년.

아내: 유능한 창녀형으로 남편을 먹여 살림

주제 및 비판 – 일인칭 관찰자 시점으로 씌어진 심리주의 소설. 자의식에 관련된 것. 본래적 자아(나)와 생활 속의 자아(아내)의 갈등. 생활 속의 자아란 소갈 데 말갈 데를 가야 하는 창녀가 아닐 수 없다는 것.

(10) 최명익의 「심문」(1939)

배경 – 1930년대 말기의 하르빈

인물 – 김명일: 화가, 상처한 소시민적 지식인. 여옥이라는 '바' 출신의 여인을 사랑하나 적극적으로 나서지 않음.

여옥: 현혁이라는 왕년의 사회주의자를 사랑했으나 그의 타락으로 자살함.

현혁: 아편장이로 전락, 여옥을 괴롭히는 시대적 인물

줄거리 – 화자인 '나'(김명일)는 하르빈으로 간다. 옛 애인 여옥을 만나기 위해서다. 여옥을 만나자 여옥은 현혁과 김명일 사이에서 갈등하다 자살한다.

주제 및 비판 – 「심문」이란 마음의 무늬를 가리킴. 의식의 흐름의 수법이 빈틈없이 이루어져 성격묘사의 묘미를 보여준다는 점에서 평가됨. 「날개」의 도식과는 달리 생활에 밀착.

(11) 황순원의 「목넘이 마을의 개」(1947)

배경 – 북간도로 이주하는 어느 산간지방 길목에 있는 목넘이 마을.

인물 – 신둥이라는 이름의 개와 갓난이 할아버지.

줄거리 – 북간도 이사꾼들이 스쳐간 어느 봄날 마을에 개 한 마리가 등장. 중간쯤 된 암캐. 마을에서는 미친 개라 여기고 쫓아내자 밤에만 내려와 먹이를 구한다. 그러나 갓난이 할아버지는 이를 믿지 않는다. 산에 갔다가 신둥이 새끼 5마리를 몰래 마을로 데려와 개의 종자를 이어갔다.

주제 및 비판 – 전반부는 신둥이와 할아버지, 후반부는 작가 자신의 것으로 되어 있다. 해방 직후 좌우익 이데올로기를 겪으면서도 이어오는 생명력의 존재방식. 의미 있는 문학적 달성임.

(12) 김동리의 「역마」(1948)

배경 – 전라도와 경상도 사이의 화개장터. 시대는 해방 전으로 추정됨.

인물 – 주막을 경영하는 옥화, 그 아들 성기, 체장수 영감과 그 딸 계연이.

줄거리 – 인심 좋고 마음 착한 옥화의 주막은 번성한다. 옥화는 아들 성기를 절에 보냈다. 다만 장날이면 내려와 책장사를 하게 한다. 왜? 당사주 팔자에 '역마살'이 끼어 떠돌아다녀야 하니까. 어느 날 체장수가 그 딸과 주막에 들린다. 딸 계연이를 맡겨놓고 훌쩍 떠난다. 성기는 계연이를 사랑하게 된다. 그러나 계연이는 옥화와 핏줄이 같은 사이. 이를 말리자 성기는 앓아눕는다. 겨우 깨어난 그는 엿판을 지고 콧노래를 부르며 마을을 가볍게 떠난다. 인간은 타고난 운명에 따름이 순리라는 것.

(13) 선우휘의 「불꽃」(1957)

배경 – 3 · 1운동에서 6 · 25까지

인물 – 고현: 3 · 1운동에 희생된 아비를 목격한 아들이 성장하여 일본식 교육을 받고 학병으로 중국 전선에 갔다가 탈출 하여 귀국함.

고노인: 묘자리와 운명관을 믿는 인물.

현의 어머니: 과부로 종교에 의지함

연호: 현의 친구이며 공산당원

주제 및 비판 – 1부와 2부로 구성됨. 1부는 식민지 교육 속의 자기 의미 알기, 곧 이데올로기에 대한 생리적 혐오감이 그것. 해방 후의 이데올로기도 마찬가지. 그러나 6 · 25를 당한 제2부에 오면 결단이 요망된다. 한국사를 살아온 자유주의 지식인의 역사에의 변명과 죽음. 행동주의 문학의 백미.

(14) 강신재의 「바바리 코우트」(1956)

배경 – 6 · 25를 전후한 도시

인물 – 숙희: 미군부대 타이피스트. 기혼여성

동호: 그녀의 남편, 시골 중산층 출신. 우유뷰단함.

줄거리 – 숙희는 혼자 힘으로 방을 얻어 직장을 다닌다. 시골서 남편이 올라온다. 남편을 싫어하지도 좋아하지도 않는 양성 사이의 부조리를 그린 것.

주제 및 비판 – 미의식이 돋보임. "그 낯익은 내용을 감싸가지고 아주 다른 것 같이 보이게 하는 바바리 코우트"라는 것. 사치감각과 미의식의 교묘한 밀착.

(15) 안수길의 장편소설 『북간도』(1959)

배경 – 구한말 북간도에 이민 간 조선인의 3대에 걸친 정착을 위한 투쟁

인물 – 이한복: 이민의 후예

장손: 그 아들

창윤: 그의 손자

줄거리 – 금단의 강 간도를 역사적 배경을 들어 장활히 그려놓고, 이민족과의 생존 투쟁을 다룬다.

주제 및 비판 – 북간도 개척사. 농토 개척은 시대를 따라 몰락하고 그 대신 장사를 하는 쪽이 성공한다. 너무 지나치게 정공법으로 나갔기 때문에 평면화에 기울어졌다고 비판되지만 큰 장편인 만큼 어쩔 수 없었는지도 모를 일.

(16) 최인훈의 중편소설 「광장」(1960)

배경 – 6 · 25 전후 서울과 평양, 낙동강 전선 포로교환

인물 – 이명준: 이북에 고관 아비를 둔 대학생

윤애: 주인공이 남한에서 사귄 여자

은애: 주인공이 이북서 사귄 여자

줄거리 및 주제 – 이북엔 광장만 있고 이남엔 밀실만 있다. 이 두 가지는 싫다. 제3국을 택한다. 중립국 인도행. 선박 타고르호에 실려 가던 이명준은 두 마리 갈매기가 돛대 위에서 꾸짖는 소리를 듣고 투신자살한다. 반공을 국시로 하는 당시로서는 매우 획기적인 평가를 받은 것. 이는 4 · 19 정신과 무관하지 않다.

(17) 김승옥의 「무진기행」(1963)

배경 – 무진이라는 어느 지방 도시. 1960년 초엽.

인물 – 나: 시골 출신, 30대 초반이며 명색이 출세한 촌놈. 서울에서 데릴사위로 있음

한인숙: 나와 고향 무진에서 만난 시골 중학 음악 선생. 안개 속을 헤매고 있는 허무주의자.

주제 및 비판 – 1960년대 의식을 대표함. 지식인은 모두 허무주의자일 수밖에. 10개를 배운 사람에게 5개만 알라고 강요하는 사회에서 그 누가 허무주의자가 아닐 수 있으랴. 그것은 안개다.

> 무진을, 안개를, 외롭게 비쳐가는 것을, 유행가를, 술집여자의 자살을, 배반을, 무책임을, 긍정하기로 하자 (…) 마지막으로 꼭 한 번만 꼭 한 번만

3) 「소설사적 검토」[24)]

(1) "이광수의 처녀작고"[25)] – 이광수의 첫 작품, 일문으로 쓴 「사랑인가」를 통해 본 와세다대학 시절의 이광수

저자는 1970년 체일 때 오무라 교수의 도움을 받아 이광수의 와세다대학 성적표 등을 발굴했고, 이어서 그가 다닌 메이지가쿠인(明治學院)

24) 위의 책, 314쪽.

25) 위의 책, 314쪽.

의 교지 『白金學報』(『핫킨학보』)에 「愛か」(사랑인가)라는 처녀작을 찾아냈다. 저자는 이를 처음으로 번역하고 또 해설까지 한 바 있는데(『문학사상』), 후에 다시 이것을 책에 소개했다.

> 분기찌(文吉)는 시부야에 있는 미사오를 방문하였다. 무한한 즐거움과 기쁨과 희망이 그의 가슴에 흘러 넘쳤다. 도중 몇 사람의 친구를 방문한 것은 단지 구실을 만들기 위함이었다. 밤은 길고, 길은 질퍽했지만 그럼에도 귀찮아하지 않고 분기찌는 미사오를 방문한 것이다.

분기찌는 아마도 유학생. 미사오는 일본 학생. 둘 다 남자다. 그러나 미사오는 분기찌를 거절하지 않겠는가. 만나지 못하고 돌아오는 분기찌는 철도에 드러누워 자살을 꾀한다는 내용이다. 사랑기갈증 콤플렉스라고나 할까. 이광수의 초기 소설 「어린 벗에게」(1917)에서도 이런 현상을 볼 수 있다.

(2) "이광수론"[26]

평북 돌고지 산촌에서 1892년에 태어난 이광수는 어릴 적 부모가 돌림병으로 죽자 동가식서가숙 하다가 동학 심부름꾼이 되어 글을 익혔고, 동학(천도교)의 도움으로 도일하여 메이지카쿠인에서 중등 과정을 마치고 귀국했고, 오산중학 교원 인촌 김성수의 장학금으로 1915년 다시 도일하여 와세다대학에서 배웠고, 『무정』을 냈고, 1919년 상해

26) 위의 책, 326쪽.

임시정부에 가담했다가 1921년 귀국. 『동아일보』 편집국장을 거치며 왕성한 작품 활동을 했다. 그중에서도 『흙』(1931), 『사랑』(1939), 『원효대사』(1941) 등은 문학사의 큰 획을 그은 것으로 평가된다. 이후 2 · 8 독립선언을 썼는데, 이는 육당의 기미독립선언과 함께 역사적 아이러니라고 할 수 있다. 그는 일제 말기 친일파로 활동했고, 해방 후 민족반역자로 재판을 받았다.

(3) "한국소설의 문제점"27)

이 문제를 논하는 것은 단지 당시 저자의 소설에 대한 의견을 논한 것이어서 오늘의 처지에서 보면 매우 혼란한 것이다. 그렇기는 하나, 다음 몇 가지 사실은 유의할 만한 것이라 할 수 있다.

첫째, Fition과 Roman과의 논의. 이 논의는 한낱 원론에 불과하지만 한국 소설에서는 여전히 문제적이다.

둘째 반영론(리얼리즘)에 관한 것. 이 역시 원론이긴 해도 역사 및 경제(현실)와의 관계를 떠날 수 없다. 한국 소설은 이 점에 깊이가 모자란다. 사회경제사에 대한 연구를 작가들이 좀 더 공부했어야 했다.

셋째, 4 · 19에 대한 것. 이른바 4 · 19세대의 등장은 한국 소설을 크게 고무하고 진작시켰다. 특히 최인훈, 이청준, 김승옥 등의 존재는 소설과 언어의 밀도를 내면적으로 포착해 섬세한 내성소설의 바탕을 이루어내었다. 「광장」, 「환각을 찾아서」 「별을 보여드립니다」(이청준) 등이 그러한 사례를 말해준다. 이로써 소설은 '이야기' 와 확실한 선을

27) 위의 책, 334쪽.

그었다.

(4) "한국문학과 세계문학"[28]—『초당』과 『압록강은 흐른다』의 두 작품을 중심으로

그 나라 문학을 규정하는 규칙은 이른바 속문주의로 가령 김은국의 『순교자』나 김용익의 『뒤웅박』 등은 영어로 쓴 것이기에 영어권 문학에 분류됨이 원칙이다. 강용흘의 『초당(The Grass Roof)』은 1931년 미국의 유력한 출판사 chahes scribner'sons사에서 나온 장편소설이다. 원산 송둔지에서 태어난 강용흘이 선교사를 따라 도미한 후에 쓴 이 소설은 조선의 온갖 민속적 풍속 등을 집대성한 것(가령 복날 개고기를 먹는 것)으로 문학적 형상화로 보기보다는 조선의 풍속 소개서로 읽었다. 이에 비해 이의경(미륵)의 『압록강은 흐른다(Der Yalu flieβt)』는 문학성 있는 작품으로 평가되었다. 1946년 뮌헨에서 나온 이 작품은 전후 독일 중학 교과서에 그 일부가 실릴 정도였다.

> 이 책의 초개인적인 문제는 동양과 구라파의 접촉에 있다. 그러나 독자적이고 내면적인 사상성은 소설가의 성격을 강조하지 않는 불혹의 동양적 현명에서 발견할 수 있다. 그의 고상하고도 고결한 문체 속에는 동서양의 접촉을 수행하려는 저자의 은밀하고도 겸손한 태가 나타나 있다. 이것은 진정한 소설이자 격렬한 점이 없이 조용히 흐르는 산문이다. 이 사랑스런 책에 내포되어 있는 불변성과 모든 인간적인 것에 대한 균일성은 위안을 준다. 비록 슬픔이 어떤 사람의 영혼에서도 없어지

28) 위의 책, 356쪽.

지 않을지라도

— W. 하우젠슈탄

황해도 해주에서 1898년에 태어난 이의경의 이 작품은 「수암과 같이 놀던 시절」에서 「꽈리에 붉게 불타는 향수」에 이르기까지 전체 24장으로 되어 있다. 유교 집안에 태어난 이의경은 의학을 공부하던 중 3·1운동 때 압록강을 건너 독일로 쫓겨 갔다. 그때 그의 어머니가 한 말이다.

"나는 겁쟁이가 아니다."

오랫동안 잠자코 가시다가 말씀하셨다.

"너는 자주 낙심하기는 하였으나 그래도 충실히 너의 길을 걸어갔다. 나는 너를 무척 믿고 있다. 용기를 내라! 너는 쉽사리 존경을 얻을 것이고 또 결국은 구라파에 갈 것이다. 이 에미 걱정은 말아라. 나는 네가 돌아오기를 조용히 기다리겠다. 세월도 그처럼 빨리 가서 비록 우리들이 다시 못 만나는 한이 있더라도 슬퍼 마라. 너는 나의 생활에 많고도 많은 기쁨을 가져다주었다. 자! 내 애기야. 이젠 혼자서 가거라."

— 전혜린 역

가벼운 양복과 회중시계와 돈 보따리가 든 조그만 버드나무 고리짝을 주면서 어머니가 한 말은 가편이 아닐 수 없다. 지금 저자가 읽어도 마찬가지다. 그 어머니가 죽었다는 편지를 받고 고향집 꽈리가 붉은 것을 기억하면서 「꽈리에 붉게 불타는 향수」로 끝을 맺었다.

12. 문학사적 검토

1) 「한국현대문학사 개관」[29)]

(1) 범위와 대상

고전문학과 얼마나 단절되었는가, 그것의 의의를 따지고자 했다.

(2) 개화기 가사와 소설

창가, 신체시 등과 이인직의 「혈의 누」(1906), 이해조의 「화의 혈」(1911), 최찬식의 「추월색」(1913), 안국선의 「금수회의록」(1908) 등을 신소설이라 했다.

(3) 이광수의 소설

단편 「무정」(1910)과 장편 『무정』(1917)은 신소설과는 확연히 구분되는 것으로, 일상어의 사용이 가장 큰 성과로 꼽힌다.

(4) 식민지의 허무주의와 시의 선택

3 · 1운동의 실패로 허무의식이 크게 스며들어 시 쪽으로 문학이 기울어졌다. 『장미촌』(1920), 『백조』(1922), 『금성』(1924) 등의 동인지는 거의 시로 채워졌다. 퇴폐적, 낭만적 흐름이라고 규정할 수 있을 정도다. '월광으로 짠 병실' (회월)로 말해지는 것은 이에서 연유되었다.

29) 위의 책, 381쪽.

(5) 김동인과 염상섭

『창조』(1919) 파의 두목이자 출자자인 그는 이 동인지에 시를 거부하고 소설만을 싣고자 했다. 그의 첫 작품 「약한 자의 슬픔」(창간호)을 비롯해 「마음이 옅은 자여」로 그 진면목을 보였다. 스스로 톨스토이 쪽이 아니고 도스토옙스키 쪽이라 외치며 유명한 '인형조종술'을 내세웠다. 그러나 염상섭은 이와는 크게 달랐다. 그는 중립노선을 내세웠다. 단일묘사법이 아니고 복합묘사법이었으며, 계몽주의에도 반대하고 개성의 자각에 앞섰다. 「만세전」(1921)을 비롯해서 대작 『삼대』(1931)에서 그 성과를 보였다.

(6) 식민지에의 응전력과 소설의 선택

소설이 문학의 주류로 인식된 것은 계급사상의 유포에서이다. 식민지하에서 조선 민족은 모두 미천하다, 싸워야 한다며 계급투쟁의 이데올로기에로 달려갔다. 자연발생적인 것과는 현저히 달랐다. 마침내 KAPF(1925.8)의 결성에 이르렀는데 이는 세계적 추세와 함께 가는 것이기도 했다. 소련의 RAPP, 일본의 NAPF가 있어 기댈 수 있었다. 한국 문학이 세계와 연결될 수 있는 가능성을 안고 있었다.

(7) 순문학과 역사소설

계급사상이 탄압을 받게 되자 (1) 순문학 (2) 역사소설 (3) 자기고발 (4) 풍자문학 등으로 나타났다. 구인회(1933)의 작가들이 순문학을 외쳤고, 박종화의 『금삼의 피』, 현진건의 『무영탑』, 이광수의 『단종애사』, 김동인의 『대수양』 등이 이를 받았다. 한편 김남천의 「소년행」에서 보듯 전향을 계기로 자기 고발에 나아가기도 했다.

(8) 외국 문학의 방법론 도입

이상의 「오감도」, 박태원의 『천변풍경』 등의 극히 지적이고 낯선 전위작품을 최재서는 「리얼리즘의 심화와 확대」(1936)라 하며 이를 정리했다.

(9) 『삼대』와 『태평천하』

1930년대 장편소설은 염상섭의 『삼대』와 채만식의 『태평천하』(1937)로 대표된다. 전자는 심파다이저 사상을, 후자는 풍자수법을 내세웠다.

(10) 토속적 세계의 탐구

중일전쟁(1937) 이후의 시대는 파시즘적인 분위기로 바뀌었다. 문학은 토속적 소재 발굴과 주제를 탐구했다. 김동리의 「무녀도」, 서정주의 「귀촉도」 등이 이와 같은 궤도에 든다. 구경적 생의 형식의 탐구라고도 말해진다.

(11) 저항의 서릿발과 백골의 이미지

이육사의 「절정」과 윤동주의 「또 다른 고향」에서 그 빛이 드러난다. 서리발이 번뜩이는 칼날 위에 선 절정, 백골 몰래 또 다른 고향으로 가자는 윤동주의 조용한 몸부림.

(12) 전후 문학과 신인군

6 · 25 이후의 신인층은 어떠할까. 극한상황에 선 인간들을 다룬 선우휘의 「불꽃」, 장용학의 「요한시집」, 서기원의 「암사지도」, 곽학송의 「독목교」 등등은 물론, 손창섭의 「비 오는 날」과 「인간동물원 초」, 이호철의 「판문점」, 최인훈의 「광장」 등이 이를 잘 말해 준다.

(13) 1960년대와 4 · 19

김승옥의 「무진기행」, 이청준의 「병신과 머저리」 또 김수영의 「달나라의 장난」 등을 들 수 있다. 4 · 19정신이 깔려 있는 것. 곧 자유와 저항이다.

2) 「해방에서 60년대까지의 한국문학」[30]

문학사적 문맥을 정리하는 일 중 제일 손쉬운 방법은 당대의 사회 역사적 관계를 따지면서 문학을 그 하위개념에 두는 것이다. 이때 당연히도 문학은 한갓 부속물의 처지에 놓이는 것이다.

해방이란 1945년 8 · 15를 가리킴인 것. 1960년대란 4 · 19를 가리킴인 것. 심훈이 「그날이 오면」에서 염원한 우리 민족의 해방.

> 이 해방된 감격
> 이 공통된 환희가
> 오늘 자유의 기원 되야

30) 위의 책, 399쪽.

> 조국을 향하야 바치는
> 한 덩이 열이 되고 힘이 된다면
> 누가 우리의 길을 막으랴
> 아 조선의 의지와 지혜의 생명
> 영원토록 생동하라 약동하라 비상하라」
>
> — 김광섭, 『해방기념시집』, 중앙문화협의회 편, 1945, 32~33쪽

그러나 한반도는 금방 38선을 두고 미군정 소련군정하에 놓이게 되었고, "한국인은 극동의 폴란드인이자 까다롭고 영악하고 (…) 두 사람만 모여도 정당을 만든다"라는 미국 특파원들의 평가를 들었다. 심지어 미국 군정 총책임자 하지 중장은 "한국인은 왜귀와 같은 인종"이라고까지 했었다.

> 재한 미국인 선교사의 영식이며 해군 소좌인 조지 수임스 씨가 한국인 관리 선택의 임무를 맡게 되었다. 동 소좌는 주로 기독교신자 중에서 뽑았는데 대부분이 중류 지주이며 친일파로 된 소수당이었다. 그중 모 씨는 전시 일본인을 위하여 한국 청년들에게 조국(일본)에 신명을 바치라고 수차의 격려 연설을 한 사람인데 (…)
>
> — R. E. 라우터백크, 『한국 미군정사』 국역, 45~46쪽

이런 친일파의 기용 문제는 문학과 어떤 관련이 있을 것인가. 반민족특위법이 제정되고 친일파 처단 문제가 제기되었으나 거의 유야무야하게 끝났다. 이것이 현실이었다. 그렇지만 문학에서는 세 가지 태도가 문인들 사이에서 형성되었다.

첫째는 임화 중심의 문화건설중앙협의회. 구카프계 및 좌익사상에

동조하는 세력(뒤에는 조선문학가동맹). 둘째는 친일파도 포함된 보수파들의 세력인 중앙문화협회(후엔 문총). 셋째는 중도파. 염상섭 등이 이에 속하는데 여기에는 남로당 소속의 전향자들도 속해 있었다.

대한민국이 성립(1948.8.15)된 이후 이승만 정권은 반공(反共)을 국시(통치이념)로 하여 강력한 독재를 행사하였는데 그 반동으로 학생층에서 제기된 것이 이른바 4 · 19혁명(1960.4.19)이었다. 그 이념은 '자유' 였다. 그러나 혁명으로부터 불과 1년이 지났을 때 5 · 16군사혁명(1961.5.16.)이 일어났다. 그 후 군부독재는 16년간이나 이어졌다. 이 독재에 저항하는 것, 그것은 4 · 19의 이념인 자유였다.

4 · 19문학이란 무엇이뇨. 그것은 이 자유의 내면화로 볼 것이다. 최인훈, 이청준, 김승옥 등의 내성소설의 개척, 계간지 『창작과 비평』(1965), 『문학과 지성』(1970)의 창간은 이 내면화된 문학의 거대한 싸움이었다.

13. 흰빛의 비전

1) 「흰빛을 통해 본 문학적 형상의 분석」[31]—하얀 vision

(1) 숭고—「킬리만자로의 눈」

E. 헤밍웨이의 중편소설. 부자인 과부를 애인으로 삼아 살아감으로써 그 육체가 망가지기에 앞서 정신적 멸망을 초래하는 길을 걷고 있

31) 위의 책, 414쪽.

는 한 소설가의 고뇌와 죽음을 그려낸 작품이다.

> 킬리만자로의 높이 19,710피트. 눈에 뒤 덮힌 산으로 아프리카 대륙의 최고봉이라 한다. 서쪽 봉우리는 마사이어로 '누가예 누가이', 즉 신의 집이라 불리어지고 있다. 이 서쪽 봉우리 가까이엔 말라 얼어 빠진 한 마리 표범의 시체가 놓여 있다. 도대체 그 높은 곳에서 표범은 무엇을 찾고 있었던가. 아무도 설명해 주는 사람이 없었다.
>
> — 서두 부분

신의 집에 가까이 가는 것은 절대 불가능한 것. 그럼에도 표범은 감히 이를 시도했던 것일까. 작가 헤밍웨이는, 또 작가란 이 한 마리 표범이 아닐 것인가.

작가는 써야 한다. 쓰지 않고 허송세월을 보냈다면 죽을 수밖에 없다. 헤리라는 이 미국 작가가 바로 그런 사례이다. 과부를 얻어 그 돈으로 아프리카 사파리에 나아갔으나 병에 걸려 죽게 되는바, 죽기 전에 그는 그를 구조하러 오는 친구(컴프튼)의 환각을 본다.

> 그러자 비행기는 아루샤를 향하여 날지 않고 왼쪽으로 방향을 돌렸다. 분명 연료는 넉넉한 모양이다. 아래를 내려다보니 체로 친 듯한 핑크색의 가는 구름이 땅 위 공중에 떠돌고 있었다. 그것은 어디서 왔는지 모르는 눈보라의 첫눈 같았다.
>
> 그러자 그것은 남방으로부터 날아온 메뚜기 떼라는 것을 알았다. 비행기는 상승하기 시작했고 동쪽을 향해 날고 있는 것 같았다. 그러자 비행기 주위가 어두워지고 폭풍우 속으로 들어갔다. 비가 굉장히 쏟아져서 마치 폭포 속을 뚫고 나는 것 같았다. 마침내 그곳을 빠져 나왔다. 컴프톤은 뒤로 돌아보며 싱긋 웃고 손가락으로 가리켰다. 그 곳에는 전 세

계인양 폭이 넓은 거대하고도 높은 킬리만자로의 네모진 꼭대기가 햇빛을 받아 믿을 수 없을 만큼 희게 보였다. 순간 자기가 가고 있는 곳이 바로 저곳이라는 것을 깨달았다.

백설의 흰빛, 그것은 정결함도 냉정함도 아닌 것. 숭고한 것이 아니었을까.

(2) 절망—「유예」

오상원의 단편. 누가 죽었든 지나고 나면 아무것도 아닌 전쟁터, 6·25. 포로가 된 국군 소대장의 '의식의 흐름'을 다룬 것.

몽롱한 의식 속에 갓 지나간 대화가 오고 간다. 한 시간 후면 모든 것은 끝이 나는 것이다. 사박사박 걸음을 옮길 때마다 발밑에서 부서지는 눈, 그리고 따발총구를 등위에 느끼며 앞장서 가는 인민군 1병사를 따라 무어진 초가집 뒷담을 끼고 이 움 속 감방으로 오던 자신이 마음에 삼삼히 아른거린다. 한 시간 후면 나는 그들에게 끌려 예정대로의 뚝길을 걸어가고 있을 것이다. 몇 마디 주고받은 다음 대장은 말할 테지. 좋소. 뒤를 보지 말고 똑바로 걸어가시오. 발자국마다 사박사박 눈 부서지는 소리가 날 것이다.

흰 눈뿐이다. 죽음이다. 이 때 흰빛은 절망의 비전이 아닐 수 없다.

(3) 공포—『모비딕』(백경)

19세기 미국 문학의 걸작인 H.멜빌의 『모비딕』(1851, 『백경』이라고도 함. 흰 고래라는 뜻)은 세계 고전의 반열에 드는 것. 이 작품 속에는 고래에 대한 온갖 문헌과 그 내용이 소개되어 있거니와 그중에서도 흰 고래를 대상으로 삼았다.

> 모비 디크에 관한 성질들 중에서 어떠한 사람의 마음에고 무슨 놀라움을 자주 일으키게 하지 않을 수 없는 더 뚜렷한 성질은 고사하고서도 또 하나의 생각–오히려 막연하고도 무어라 말할 수 없는 공포감이 있으며 그 강렬함은 때에 따라서는 나머지 모든 이념을 압도하고 마는 것이었다. 그런데도 그것은 매우 신비적인 감정이며 H의 말로 다할 수 없는 감정이므로 이것을 이해할 수 있게 쓴다는 것은 나에겐 거의 절망이다. 무엇보다도 나를 전율케 한 점은 그것은 고래가 희다는 것이었다. 여기서 나의 기분을 설명하기를 어떻게 감히 바랄 수 있겠는가마는 그래도 어떻게 해서든지 애매하고 엉터리 같지만 나의 기분을 설명해야겠다. 그렇지 않으면 모든 장이 무의미하게 되고 말거다.

작가의 말 그대로 흰색의 고래, 그것의 거대한 힘이 에이하브 선장의 배를 산산조각나게 만들었던 것.

(4) 환희—「광장」

최인훈의 고명한 중편(나중에 장편으로 개작). 반공 포로 이명준이 남북을 모두 거부하고 제3국(중립국) 인도로 가는 도중 배에서 본 갈매기 두 마리. 한 마리는 남쪽서 사귄 여자, 다른 한 마리는 북쪽에서 사귄 여자.

> 그는 갈매기들을 눈으로 찾았다. 인제 그들은 배와 평행으로 비행하고 있었다. 그들은 두 땅의 흰 바닷새들은 오늘 아침 출항한 이후로 이

배와 같이 여행하고 있었다. 배 끝에 보이지 않게 됐는가 싶으면 어느 새 마스트 중턱에 와서 서커스에 나오는 곡예사 소녀처럼 옆으로 살짝 달라붙곤 했다. (…) 그것은 미처 뒤에다 버리고 온 두 여인이 바닷새로 변신해서 도피해가는 그를 따라 바다 끝까지 따라오고 있는 것이라는 환상이 한 눈 그를 어찔하게 만들었다. 희고 부드러운 맵시가 그녀들의 보얀 얼굴, 둥그런 어깨 매끄럽던 허리를 연상시키는 것일까.

갈매기의 꾸지람을 듣고 타고르 호를 타고 제3국으로 가던 이명준은 동중국해 근처에서 투신자살한다. 이때 이명준은 '환희'에 차서 활짝 웃고 있었다. 정직해야 인간다우니까. 이데올로기보다, 또 어떤 사상이나 신념보다도.

흰빛의 비전(vision)이 어찌 위에 든 네 가지만 있겠는가. 찾아보면 수많은 동서고금의 작품들이 있을 것이다. 다만 여기서는 저자의 한계가 아쉬울 따름이다.

※ Ⅰ－과제(Report) 제출의 의미

『한국 근대문학의 이해』의 저자는 이에 멈추지 않고 수강생들에게 Report(과제) 제출을 요구했고 이를 학점(3학점)에 반영했다. 그 Report는 다음에 든 해방 후의 한국 장편소설 10편 중 한 편을 반드시 읽고 쓰는 것이었다. 그 열 편은 물론 저자가 임의로 선택한 것으로, 아래에 보이기로 한다.

解放 이후 Best 10 小說

* 대상작품

1. 염상섭(1897~1963 서울). 『취우』 …1952년 7월부터 1953년 2월까지 『조선일보』에 연재. 6·25 발발로부터 9·28 서울 수복까지 3개월 동안 적군치하의 서울을 공간적 배경으로, 극한적 상황 속에서 펼쳐지는 범속한 군상들의 생활풍속도를 작가 특유의 담담한 사실주의 기법으로 표출해 내고 있는 작품이다.

2. 황순원(1915~2000 평양). 『카인의 후예』 …1953년 9월부터 1954년 3월까지 『문예』에 연재. 해방 직후 북한에서 체험했던 살벌한 테러리즘을 소재로 삼고 있는 작품으로 격동기를 살아가는 인간의 의지와 그것을 여지없이 짓밟아버리는 맹목적인 이데올로기의 횡포를 그려냄으로써 당대적 현실상황에 대한 비판적인 재인식을 촉구한 작품이다.

3. 최인훈(1836~ 회령). 「광장」 …1960년 『새벽』 10월호에 발표. 이

후 여러 차례 손질을 거쳐 장편으로 개작했기 때문에 판본에 따라 내용, 문체상의 차이가 있다. 남북 분단의 비극을 이데올로기적 측면에서 본격적으로 다룬 작품으로 남과 북에 대한 객관적인 반성이 나타나 있고 그 초월의 갈등과 상황의 비극성이 밀도 있게 표현되어 있다.

4. 박경리(1926~2008 통영). 『시장과 전장』…1964년 현암사에서 출간된 전작 장편. 사회주의자, 국수주의적, 기회주의자, 그리고 전쟁의 소용돌이 속에서 불행한 운명을 겪는 여러 인물들을 통해 이념과 전쟁의 문제를 정면에서 다룬 작품이다.

5. 박완서(1931~2011 개풍). 『나목』…1970년 『여성동아』 여류장편소설모집 응모 당선작. 6·25전쟁으로 인한 깊은 상처를 안고 있는 한 처녀가 진정한 예술가이기를 열망하는 한 화가와의 만남과 이별을 통해 인간적으로 성숙하는 과정을 그리면서 삶의 기반이 송두리째 무너져버린 상황 속에서 인간의 가치가 어떻게 규정될 수 있는가를 진지하게 묻고 있다.

6. 이문구(1941~2003 보령). 『관촌수필』…1972년부터 여러 문예지에 발표한 8편의 연작소설. 「공산토월」을 포함한 이 연작집은 작가의 자전적인 요소를 많이 포함한 것으로 작가의 특이하고도 독보적인 문체를 통해 근대소설의 영역을 넓힌 작품이다.

7. 이청준(1939~2008 장흥). 『당신들의 천국』…1974년 4월부터

1975년 12월까지 『신동아』에 연재. 소록도 나병환자 수용소를 배경으로 입장의 차이에서 연유하는 서로 다른 유토피아적 전망의 갈등을 통해 그러한 갈등의 해결 전망과 진정한 자유와 평등의 의미를 되묻고 있는 작품이다.

8. 김동리(1913~1995 경주). 『을화』 … 1978년 4월 『문학사상』에 발표. 기독교 수용 과정에서 일어나는 토착적인 민간신앙과의 갈등을 소재로 하고 있지만 이 작품의 심층적 주제는 거기에 그치지 않고 인간과 신과의 갈등 문제는 물론 비극적인 상황에 처한 인간 자신이 자기 자신의 자아를 지키면서 자신의 한계를 초월하기 위해 어떠한 의지를 구현하고 있는가 하는 것에 관한 것이다.

9. 김원일(1942~ 진영). 『노을』 … 1977년 9월부터 1978년 9월까지 『현대문학』에 연재. 과거에 대한 무조건적인 거부를 보이는 '현재의 나'와 외적 상황이 가지는 의미를 제대로 파악할 수 없으면서도 과거의 상황을 모두 보아버린 '과거의 나'가 29년의 시차를 두고 교대로 등장하면서 분단의 현재적 의미와 해결방법에 대한 모색을 보여주고 있는 작품이다.

10. 조세희(1942~ 가평). 『난장이가 쏘아올린 작은 공』 … 1978년 문학과지성사에서 간행된 작품집으로 모두 12편의 단편이 연작 형태로 묶여져 있다. 1970년대 한국의 산업사회화 과정에서 생존의 기반을 빼앗긴 사람들의 비참한 현실과 꿈 그리고 그 꿈을 실현하려다 겪

는 절망이 한 난장이 일가의 삶을 통해 조명되고 있다.

저자는 제출받은 Report를 읽고 그중 10편을 골라 집필한 수강생들이 직접 나와서 여러 학생들 앞에 발표케 했다. 10편 중 9편을 읽지 않은 학생도 이 발표를 통해 이해하게 함이 그 목적이었다.

Ⅱ. 수강생들에게 – 젊은 조교수의 호소

저자가 제일 아껴두었던 이 책의 서문을 보이고 싶다. 제목은 「출발의 의미와 회귀의 의미」.

出發의 意味와 回歸의 意味

– 책머리에 부쳐

K君, 君과 나와의 이러한 記號的 地平 內에서의 만남이 바람직한 일이라고는 할 수 없다. 그러나 그것은 最小限의 가능성이라고 생각해주길 바란다. 文字로서의 이러한 記號란 너의 것도 아니지만 더구나 나의 것은 아니다. 동시에 그것은 우리의 것이 될 수 있다. 이 信念 때문에 이 자리를 빌어 두 가지를 이야기를 해 두기로 하였다.

첫째 번 이야기는 出發에 관한 것이다. 出發이란 무릎이다. 무릎의 메타포가 出發인 것이다. K君, 君은 傷處 없는 무릎을 보았는가. 우리가 未知를 向할 때, 우리가 보다 멀리 손을 뻗치려 할 때, 그리고 우리가 일어서려 할 때, 피를 흘려야 하는 곳은 바로 이 무릎이었다. 그러나 우리가 이미 뜀박질을 할 수 있게 되었을 때, 山과 大地와 江의 흐름과 칸트의 星空(Kants Sternenhimmel)은 사정없이 우리를 막아선다. 그것은 가정이고 네 이웃이고 親舊이며 社會이다. 너를 에워싸는 이 감옥에서 너는 出發해 나와야 한다. 이미 날 때부터 너는 그 出發의 욕망의 씨를 안고 있었기 때문이다. 하늘의 구름 때문에 네가 넋을 잃고 시무룩해 있을 때 아마도 어머니는 너의 건강을 근심할 것이고 심지어 강아지도 네 표정을 살필 것이다. 이 수없는 거미줄 같은 人緣의 끈에서 君은 질식해 본 적이 없는가. 이 감옥에서 탈출하기 위해 이번엔 보이지 않는 또 하나의 너의 무릎을 사용해야 한다. 모든 것이 보이지 않기 때문에 이번의 出發은 보다 아픈 것이다. 그것은 未知를 向한 너의 理性的 本能이다. 내가 목마른 너에게 물을 떠준다면 너는 그 물을 마셔서는 안 된다. 그것은 네 갈증의 욕망을 無化시키기 때문이다. 너의 몸을 눕힐 자리를 내가 만들어준다면 너는 거기서 잘 수가 없으리라. 너는 저 새벽의 광야, 청청한 호수, 태풍 속에 존재이어야만 하기 때문이다. 헛된 所有가 아니라 욕망 자체여야 하기 때문이다. 어떤 所有도 너를 죽이는 것이다. 안일한 나날보다도 비통한 나날을, 죽음 이외의 휴식은 없는 것이다. 참으로 두려운 것은 못다 한 욕망이 죽음 후에도 남지나 않을까에 있을 뿐이다.

K君, 이 욕망이 바로 사랑의 의미이다. 그것은 동정이 아니라 사랑이다. 설사 내가 '아홉 개의 교향곡'을 짓고, 〈최후의 만찬〉을 그렸고 中性子를 발견했다 할지라도 너는 영원히 나를 비웃을 권리가 있다. 그것은 오직 너만이 가진 순수 욕망 때문인 것이다. 行爲의 선악을 판단하기도 전에 행위하는 것, 그것이 바로 熱情(passion)이며 아픔인 것이다. 그 아픔이 本能的 慾望의 純粹라면 무엇을 주저할 것인가. K君,

보이지 않는 무릎의 상처가 아물기 전에 너는 모든 책을 버리고 떠나야 한다. 너의 골방에서, 거리에서, 都市에서 脫出해 가라.

K君, 여기까지가 너에 있어서의 文學이다. 그것은 영혼의 충격이고 모랄이다. 실상 여기가지는 舊約聖書에 나오는 「蕩兒의 歸家」와, R.M. 릴케의 「말테의 手記」와 토마스 만의 「토니오 크뢰거」와 A. 지드의 「地上의 糧食」을 읽었을 때 가능한 너의 言語다. 그런데 이러한 아름다운 言語를 어째서 우리는 서서히 背信하게 되고 말았는가. 어째서 너는 주름살이 늘 때마다 비굴한 몰골과 발맞추어 평범한 사나이가 되고 말았는가. 어쩌자고 행위의 판단 이전에 행위하던 네가 살얼음판을 걷듯 그렇게 움츠리고 말았는가. 장기나 두면서 백발과 함께 주저앉게 되었는가. 그 감수성과 本能과 感覺의 匕首는 어디로 갔는가?

이 모든 물음에의 해답을 찾는 것은 이미 너에게는 文學이 아니다. K君, 이 점에 주목하기 바란다. 文學은 그보다 더 위대한 것이라고 적어도 君은 말해야 한다. '아홉 개의 교향곡'과 〈최후의 만찬〉과 中性子의 발견에 대해서도 네가 영원히 비웃을 권리를 가졌을 때까지가 문학이라면 그 이상 최고는 없다(non plus ultra). 대체 그것은 무엇이었던가. 바로 너의 젊음인 것이다. 그 아픔인 것이다. 현실의 代置物로서 예술이 놓인다면, 그러한 것이 예술이고 문학이라면, 너는 이미 敗北한 것이다. 그리하여 너는 평범한 俗物로 주름살을 늘이며 사라져야 한다. 베토벤과 미켈란젤로와 오펜하이머를 수용하고 절을 할 때 너의 의미는 없다.

K君, 여기서부터 우리의 回歸의 意味가 시작된다. 살아있는 精神(der lebendiger Geist)이 사라질 때 닥치는 추악함을 견디기 위해 우리가

돌아갈 길에는 파우스트적인 악마의 시련과 도스토예프스키의 地獄이 놓여 있다. 그것은 本能的 욕망의 대가로 지급되는 보편적 아픔이다. 이러한 磁氣回路를 비교적 완벽하게 갖추고 있는 것이 아른바 文化라는 裝置이다. 물을 것도 없이 문학도 그러한 裝置 중의 하나이다.

K君, 이러한 어리석음과 확실함의 승인 위에서 韓國文學이란 무엇인가를 나는 썼다. 따라서 이 책은 단순한 入門書가 아니다. 그 以下이면서 그 以上이다.

물론 君은 아직도 失手할지 모른다. 그러나 그 失手가 어떤 비참의 경지에 이를지라도 君은 우리에게 최소한 다음과 같은 線上에 머물 것으로 믿는다. 그것은 君이 純粹했다는 過去的인 사실 자체에서 마침내 달성되리라.

어리고 성신 柯枝 너를 믿지 아녔더니
눈(雪) 期約 能히 지켜 두세 송이 피여세라
獨 잡고 가까이 사랑할 제 暗香조차 浮動터라)(「歌曲源流」)에서

1973.10.

著者

이 글은 『월간조선』편 『한국의 명문』(2001)에 수록되어 있다. 저자는 이 글이 명문인지 졸문인지 알지 못한다. 다만 그때의 내 느낌을 적은 것일 따름이다. 독일어가 끼어든 것은 저자가 제2외국어로 독어를 했기 때문에 단어들이 조금은 익숙했을 뿐이고 다른 뜻은 없었다. 국립대학 젊은 조교수였던 저자는 열정이 아픔임을 어렴풋이나마 느끼고 있었으니까.

한없이 지루한 글쓰기, 참을 수 없이 조급한 글쓰기

— 『백철 연구』의 경우

1. 내가 백철을 존경하는 이유

나는 그동안 이백여 권의 비평서 및 연구서를 내었다. 그중에는 『한국근대문예비평사 연구』(1973)나 『이광수와 그의 시대』(1986)와 같이 매우 힘을 기울인 것과, 『청춘의 감각, 조국의 사상』(1999)이나 『아득한 회생, 선연한 초록』(2003) 등의 감성적인 것들이 있다. 어쨌거나 이들 저술은 통틀어서 그 나름의 의의를 가진 것이었다. 그렇다면 200여 권 중에서 제일 안타깝고, 그래서 제일 아끼고 싶은, 흡사 내 초상화와 같은 저서는 무엇일까. 바로 『백철 연구』(2008)이다.

"남의 글 애써 읽고 그것에 대한 글쓰기와 가르치기에 생을 탕진한 모든 너에게"라는 머리말을 나는 썼다. 바로 백철의 생애 자체였던 것이다. 또 나는 곳곳에서, 또 책의 표지에다 이렇게 적었다. "한없이 지루한 글쓰기, 참을 수 없이 조급한 글쓰기"라고. 680페이지에 이르는 이 평전에서 나는 또 이런 투의 표현을 일삼았다. "훌륭한 평전이 쓰이지 못한 것은 그 인물이 훌륭하지 못했기 때문"이라고.

나는 시종일관 그 "훌륭하지 못한 인물"의 하나가 평론가 백철이라고 믿었다. 그 "훌륭하지 못한 인물이 백철"이자, 동시에 바로 "나 자신"이었기 때문이다. 백철, 그는 최재서보다, 세속적으로 말해 실력이 모자란 이류급에 지나지 않았다. 또한 영문학 중심의 고급 독자 및 학생들을 상대하여 가르치지도 못했다. 이런 말을 함부로 해서는 안 되지만, 그는 질 낮은 국문과 교수였고 또 그가 속한 대학도 당시로 보아서는 일류급이 못되었다. 그럼에도 그는 참으로 지속적으로 글을 썼고, 보따리장수식 강의를 하며 서울 시내를 뛰어다녔다. 어디 그뿐이랴! 평단에서는 쉼 없이, 닥치는 대로 평론을 썼다. 물론 그런 평론도 격조가 높거나 논리적 구조를 지닌 것이 못되어서 곳곳에 허점이 보였다. 그것은 앞뒤 돌봄도 없는 "한없이 지루한 글쓰기"이자 "참을 수 없이 조급한 글쓰기"의 소치였다.

그런데도 나는 『백철 연구』를 쓰면서 이 인물에게 매력을 느낄 수밖에 없었다. 생각건대 그는 '나 자신'의 거울이었던 까닭이다. 물론 나도 이류에 속하는 인물이다. 영문학도 모르며 학술적 이론을 깊이 있게 공부한 적도 없다. 내가 '조급하게 쓴 글'들은 '한없이 지루한 것'들이었다. 내가 그에게서 나 자신을 보기 시작한 것은 이런 곡절에서 왔다. 그러니 백철의 생애를 차근차근 따라가 볼 수밖에.

2. 명문 동경고사생과 NAPF 활동

민족과 겨레가 일제 통치하에 힘겨웠던 무렵, 삼대 민간신문 중의 하나인 『동아일보』는 1927년 3월 새 희망을 품은 전국 각 학교 졸업생 소개란을 꾸미는 마당에서, 유독 신의주고보(新義州高普)와 그 최우수 학생의 사진을 맨 앞에 함께 내세웠다.

> 신의주공립고등보통학교에서는 지난 5일 오전 11시경 동교 강당에서 제2회 졸업식을 거행하였는데 (…) 금년 졸업생 수는 56명이라 하며 우등생은 없으나 제1호는 의주군 비현(枇峴) 출생인 백세철(白世哲, 21세) 군이라 하며 동 군은 동경고사(東京高師)에 금번 합격되었다 한다. 졸업생 중 경대원자(京大願者) 13명, 체조학교 2명, 경성의전 2명, 만주교육전문학교 3명, 광도고사(廣島高師) 1명, 경성사범학교 속수과(速修科) 1명으로 상급학교에 가는 사람이 23명이라 하더라.
>
> ― 『동아일보』, 1927.3.8

이들 중 합격된 것은 백세철뿐이고 나머지의 입학여부는 알 수 없다. 동경고사는 정책상 서울에 상주하는 식민지의 수재를 서류만으로 입학시켰던 것이다. 평안북도 의주군 비현면 정산동의 백씨 가문에 태어난 그는 위로는 6살 많은 형이 있었고, 아래로는 누이와 아우 등 3남 1녀이며 소지주 계급의 소속이었다. 장남이 속한 곳은 어디였을까. 이름은 백세명(白世明). 그는 천도교(동학) 간부로 크게 활약한 인물이다. 훗날 백철(白鐵)이란 이름으로, 문학의 거목으로 자란 아우와 분리시켜 논의하기 어려운 관계에 놓인다. 요컨대 이들 형제의 일생을 지배한 제1원리가 있다면 바로 이 천도교라는 조선적인 종교의 이데올로기 및 그 뿌리라고 하지 않을 수 없다.

백철이 태어난 1908년에 일제는 통감부를 설치했고, 11년 뒤에 3·1만세운동이 터져 나왔다. 소년은 이때 어렴풋이나마 민족의식에 눈떴는데, 형의 힘에 감염되었다. 형은 계몽운동을 펼쳤던 것이다. 그 형이 이번엔 동생을 데리고 서울로 왔다. 그러나 일어를 잘 몰랐기에 입학할 수 없어서 신설된 신의주고보에 들어갔다. 국경 도시 의주에서 그는 하숙을 하고, 졸업을 했다. 동경고사는 중등교사 양성학교로 일본에서는 광도고사나 기타 교원양성학교보다 격이 훨씬 높았다. 최고급 교수들이 있었는데, 특히 영문과가 그러했다. 백철은 영문학 전공으로 갔고, 학비 조달은 두 곳에서 가능했다. 하나는 동경에 있는 천도교지부(교도자녀들의 모임)에서 받았고, 다른 하나는, 이 점이 중요한데, 신의주고보 재학 중 진학을 앞둔 시기에 약혼을 했고 동경고사 입학 통지를 받자 결혼을 해 버린 것이다. 그곳의 부잣집 외딸이었다. 지참금은 200석.

그러나 첫 결혼은 실패(1931년 이혼), 재혼(1938)은 상처, 삼혼(1940)도 상처, 그리고 사혼(1941). 사혼 때의 신부 나이는 19세. 본인 소생 5남매와 3혼과 초혼 때의 소생 각각 딸과 아들 등 도합 7남매를 맡아 키운 양처였다.

동경고사 영문학과에 입학한 백철은 학교 공부는 아예 팽개치고 프롤레타리아 문학운동에 뛰어들어 맹활약을 했다. "만국의 노동자여 단결하라 너희들은 족쇄 이외는 잃을 것이 없다!". 이 계급운동은 반제투쟁의 한 가지 방식이었고, 3·1운동 실패 이후 국내에서는 KAPF

가 조직되었는데 이는 일본의 NAPF(1925), 소련의 RAPP와 같은 흐름이었다. 백철은 서투른 일어로 시와 평론을 맹렬히 썼는데, 그가 조선 민족이며 또 동경고사생이어서 크게 돋보였다. "일본의 프롤레타리아트여, 조선독립을 위해 투쟁하라!"라는 메시지가 그 속에 있었다.

조선노동자(B):
노동의 날이 다가온다
9월 X일 …
조선노동자(C):
우리는 생각하고 있다
놈들의 악랄한 XX에 대해
(…)
일본노동자(A):
그날은 우리들의 기분도 미칠 지경으로 격앙되어 있다.
(…)
일본노동자(B):
우리들의 신성한 분노는 천박한 민족적 반감으로 바뀌어 버렸다
같은 형제를 XX하면서
우리들은 진짜 적군처럼 불타버린 거리를 싸돌아 다녔다
우리는 그 이상을 알고 있지 않다.
일본노동자(C):
그러나 우리들은 이제 알고 있다.
낯 뜨거운 수치심으로 그날을 돌이켜 보고 있다
앞날의 일은 조선의 형제들과 함께 투쟁하는 것이다.

—「9월 1일」, 『전위시인』, 1930.9. 일문

아직 확인되지는 않으나, 이로써 백철은 NAPF의 맹원이 되었다고

스스로 회고하고 있다.(『문학자서전』, 박영사, 185~186쪽)

3. 전주사건과 「비애의 성사」

조선인으로 NAPF 회원이 된, 일본 프롤레타리아 문학운동의 신예 비평가이자 동경고사생인 백철은 졸업을 해야 했다. 물론 학교 수업은 물론 영어 전공 교육을 포기한 것에 대한 큰 대가를 치러야 했다. 그렇지만 거기에는 뛰어 넘을 수 없는 더 큰 한계가 있었다. 무산자 운동이라 해도 지배자 일본과 피지배자 조선 사이의 절대적인 차이. 그는 귀국하지 않으면 안 되었다. 그러기 위해서는 우선 졸업을 해야 했다. 다행히도 교수들은 썩 관대했고, 또 의무적으로 졸업장을 주었다. 이제 비로소 그는 어느 곳에 가더라도 고보의 영어 교사 노릇을 할 수 있는 유자격자가 된 것이다.

1931년 10월, 24살의 백철은 현해탄을 건너 귀국했다. 그는 「농민문학 문제」(『조선일보』, 1931.10.)라는 평론을 들고 나왔다. 하리코프대회에서 규정한 논리를 그대로 본받은 것으로 '동맹자 문학' 개념이 그것이다. 귀국한 그가 취직한 곳은 맏형 백세명이 주선한 천도교 기관지 『개벽』사였다. 이후 그는 기자로서 또 평론가로서 맹활약을 했고, 1933년까지 무려 28편의 평론을 썼다. 가히 초인적이라고 하지 않을 수 없다. 그런데 어째서 그는 교원 노릇을 하지 않았을까. 나는 이 점이 항상 큰 의문이었다. 『백철 연구』의 상당한 비중이 이를 밝히는데 있는 것도 이와 무관하지 않다.

한편 KAPF 측에서는 백철을 어떻게 보았을까. 천도교란 계급사상과 적대관계까지는 아닐지라도 대립되는 성격의 것이었다. 또한 천도교는 『개벽』을 비롯해서 『혜성』, 『신여성』, 『어린이』 등의 저널리즘을 석권하고 있어 삼대 민간신문인 『동아일보』, 『조선일보』, 『조선중앙일보』 등에 버금가는 큰 세력권이었다. KAPF 측에서 볼 때 백철의 평론, 특히 「인간묘사시대」(1933)는 난감했다. 계급사상의 투쟁성에 대해 인간론을 내세웠기 때문이다. 훗날 이것이 「웰컴! 휴머니즘」(1937)으로 발전하게 되는 것이다. 카프 측의 비판이 쏟아질 수밖에. 반역 행위라고. 이때 백철 옹호론을 편 것은 다름 아닌 서기장 임화였다. 「동지 백철군을 논함」(1936)이 그것. 두 사람의 우정은 그 후에도 아름답게 지속되었다.

전주사건은 일제가 KAPF 맹원 23명을 전주에서 옥살이를 시킨 것. 백철이 예비 구속된 것은 1932년 8월이었고, 예심 종결은 1935년 2월 5일이며 1935년 10월 28일에 공판이 열렸다. 박영희와 이기영 등은 징역 2년, 한설야와 백철 등은 징역 10개월이었다. 물론 이들 모두는 기소유예로 석방되었다.

백철이 출옥한 것은 1935년 12월 21일 아침이었다. 689호였던 수감번호가 드디어 떨어져 나갔다. 이때부터 그는 또 맹렬히 저널리즘에 달려들었다. 「비애의 성사－출감소감」(『동아일보』, 1935.12.22.~12.27)이 그것. 부모형제가 있는 고향 가기를 포기하고 글쓰기에 매달린 것이었다. 이 조급성, 이 맹렬함. 이 신속한 전향.

일제는 6만여 명의 공산주의자를 재판하고 전향자를 사회 복귀시키는 조취를 취했는데, 식민지 조선에도 이를 적용했다(미첼, 졸역, 『일제의 사상통제』). 김남천은 서울의 모 약방으로 갔고, 1939년 3월 백철은 『매일신보』 기자로 취직했다. 천도교 두령 최린이 사장으로 있었던 덕분이었을 터. 그동안 그는 무엇을 하고 있었을까. 비평의 공백기일까. 스스로 룸펜생활이라고 한 것은 빈 말. 「시대적 우연의 수리」를 비롯해서 정치적 시국에 문학이 따라야 한다는 글이 씌었다. 그러나 그는 『매일신보』 기자로 갈 것이냐, 영생고보 교사로 가느냐의 갈림길에서 임화와 상의했고, 단연 임화는 기자로 갈 것을 권유했다.

앞에서도 언급했지만 『백철 연구』에서 내가 난처했던 것은 바로 이 대목. 곧 「비애의 성사—출감소감」 이후 그는 바로 교사 노릇을 했다는 사실. 『매일신보』 기자로 가기까지 그가 뿌리를 둔 것은 한설야가 있는 함흥이었다. 거기서 영생고보 영어 교사로 있었다. 그러니까 룸펜생활이라고 하고, 또 낙향이라 했으나 실상은 함흥에서 교사노릇을 한 것이다. 나는 그의 자필 이력서를 보았는데 거기에는 '1935.4~1939.3' 동안 근무한 것으로 되어 있었다. 물고기가 물을 만났다고나 할까. 1941년 1월에 백철은 『매일신보』 학예부장이 되었다. 백철은 이때부터야말로 비평적 글쓰기와 신문 칼럼 쓰기에 맹렬했다. 그럴수록 일제의 감시도 날카로워졌다. 네 번째로 숫처녀(한시봉)와 결혼한 그는 개운사 근처에 보금자리를 꾸미고 뻐꾹새 소리를 들으며 딸을 낳았다. 평화로웠으나 또 다른 야망에 불탔다. 서울을 떠나고 싶었다. 일제의 감시를 벗어나야 했다. 어떻게? 방법은 있었다. 북경의 특파원으로 자청해서 가기가 그것. 이로부터 8 · 15 해방 직전에 귀국하기까지 백철의 눈부신 북경생활이 시작되었다.

4. 조선사설 총영사격인 북경특파원 백철과 김사량

"여기가 북경이다! 여기가 북경이다!". 바바리코트를 휘날리며 백철은 천안문 광장을 걸었다. 1943년 3월 2일 밤, 북행열차 히카리(光)를 타고 서울역을 떠난 총독부 기관지 『매일신보』의 학예부장은 장안가 한복판에 있는 북경반점(北京飯店)에 행장을 풀었다. 북경이 일본군에 함락된 것은 1937년 8월 8일이었다. 서구 제국주의자들을 몰아낸 일본군이란 중국인의 처지에서 볼 때 같은 침략군이라도 동문동종(同文同種)이었기에 적대감이 덜했다. 서양 특파원은 이렇게 적었다.

> 물론 일본군은 점령하의 중국 영내에서 갖가지 압력과 폭력을 동반한 공포정치를 행했다. 그러나 나는 적어도 화북(華北)에서는 갖가지 보고나 동문에서 예상한 것보다는 일본인의 행동이 매우 적었음을 보았다. (…) 일본인은 중국인을 일본화하고자 생각하지 않으며 거꾸로 중국인을 중국인의 생활의 원천인 유교에 되돌아가기를 희망하고 있다. 이 움직임은 표면적이지만 북경 거리의 표정 속에서도 드러나 있다.
>
> — C. 로스, 『새로운 아시아』(일역판), 1940, 188쪽

백철이 북경에서 맨 먼저 한 일은 물론 신혼생활이었지만, 이는 개인적인 것이다. 혼신의 힘으로 해야 할 일은 『매일신보』 북경특파원이라 '일본 기자 구락부'에 지사장의 자격으로 가입하는 것이었다. 이 구락부는 군의 비호 아래 치외법권의 위치에 있었다. 보도의 자유가 최대한 보장되는 것. 실로 어마어마한 특전. 참으로 다행스럽게도 총독부 기관지이자 일본인 신문이며, 일문으로 제작되는 『경성일보(京城

日報)』의 특파원 가와베(川倍)가 있었다. 한글 신문인 『매일신보』와 분리체제였으나 여전히 예속 상태였던 것(백만 엔 출자 가운데 총독부 10만 주, 조선식산은행 10만 주, 경성일보 45만 주, 민간공모 35주). 가와베는 카프 출신의 비평가이자 『매일신문』의 학예부장 백철에게 호감을 갖고 있었다. 그의 도움으로 백철은 일본 기자 구락부에 가입할 수 있었던 것이었다. 시라노 세이데츠(白失世哲). 그의 북경 신혼생활은 거칠 것이 없었고, 야심 또한 그러했다.

루쉰(1881~1936)이 죽고 없는 마당에 중국 문인을 대표하는 사람은 누구일까. 백철은 루쉰의 친동생 저우쩌런(1885~1967)이라고 생각했다. 저우쩌런은 일본 문학 전공자이자 유명 수필가로, 또 북경대학 교수로 저명한 문사. 일본군 점령하의 중국 교육부장관이자 북경대학 학장이었다(이 때문에 종전 이후 한간(漢奸)으로 징역에 처해진 인물). 기자 따위를 만날 처지에 있지 않았다. 방법은 하나, 조선의 대비평가로 만날 것. 조선 문인이라면 좋다는 전갈을 받고 달려간 백철이 서투른 영어로 인사를 하자, "Wellcome Mr. Back"이라고 대답했고, 저우쩌런의 아내가 유창한 일본어로 나왔다. 그녀는 일본인이었다. 백철이 이 대담에서 느낀 것은 아무리 현실주의자인 그도 점령자 일본을 억지로 참고 있음이란 것.

백철이 북경에서 만난 인물은 많았다. 떼로 몰려온 일본 문인들, 여류시인 노천명, 남인수, 장세정 등등. 1944년 노천명은 『매일신보』 기자로 석 달간 육국반점에 머물렀는데, 가까스로 설득하여 귀국시켰다. 김사량이 처음 북경에 온 것은 1939년 3월, 두 번째는 1944년 6월이었고, 노천명과 함께 들른 것은 1945년 5월 8일이었다.

종전의 북경반점은 복마전과 흡사했다. 연안 첩자사건 이후 백철은 이곳 도박판에서 줄곧 밤을 새웠다. 상대는 거물 계택수.

> 계택수: 백군, 노는 것도 좋지만 그래 어린 아내를 만 리 이역에 데려다 놓고 매일 밤 같이 집을 빈다니 그게 될 말인가.
>
> 백철: 옛날의 현인은 일부러 광인인 척하기도 했다는데 도박하는 것을 뭘 그렇게 보는가.

백철은 인생의 승부를 걸고 있었다. 아무쪼록 악명이 북경 천지에 진동하기를 겨냥한 것이었다. "조선인 총영사의 끄나풀"이라는 소리 듣기가 그것. 타락한 인물로 평가되기.

탈출을 결심한 김사량은 31세. 1945년 3월. 인삼 한 근, 손목시계 두 개. 김사량의 집안은 맏형이 총독부 국장을 지냈고, 막대한 국방헌금을 낸 가문. 미국 유학한 모친을 둔, 아쿠다가와상 후보에 오른 문인. 도쿄제대 독문과 출신의 김사량. 훗날 연안 탈출에 성공한 김사량은 이렇게 써놓았다.

> 대수롭지 않은 이 기록이 조금이라도 이와 같은 점에 이바지함이 있다면 필자로서 이에 더한 행복이 없을 줄 안다. 너무도 절절한 사실 앞에 너무도 조그만 붓끝이 무색함을 다만 슬퍼하는 바이다. 중국의 영광이여, 민족의 해방이여, 영원하라.
>
> —『노마만리』, 광동출판사 판, 1945, 258쪽

해방과 더불어 연안에서 귀국한 김사량은 서울에 잠깐 들렸다가 고향 평양으로 돌아가 김일성대학 교수로, 문인으로 활약했고 6 · 25가

나자 종군작가로 서울에 와서 백철을 만난다. 소좌 견장을 단 김사량의 첫마디는 "색시 잘 있어?"였다. 낙동강 전선에서 그는 「바다가 보인다」를 쓰고, 후퇴 시에 춘천 근교에서 심장병으로 죽었다(심장 쇠약은 『노마만리』에도 나온다).

『노마만리』에도 나오지만, 연안 탈출 직전의 김사량은 귀국하는 노천명에게 평양에 있는 아이들에게 보낼 선물을 전해주면서 "우리 집에 가거든 아무런 일이 있어도 놀라지 말도록, 그리고 오늘 나도 떠나더라고 일러 주시오"(『노마만리』, 광동출판사 판, 270쪽)라고 했다. 한 일본인 기자는 육국반점에 머물던 노천명, 백철, 김사량이 택시 타는 모습을 보고 "나비처럼 아름다운 여인"이라고 묘사했다(나카죠노 에이스케, 「북경반점 구관에서」, 『中央公論』, 1988, 겨울호). "여기가 북경이다! 여기가 북경이다!"라고 외친 비평가이자 총독부 기관지 『매일신문』의 북경 지사장이며 특파원인 백철은 실상 창씨 개명한 '시라노 세이데츠'였다. '조선사설 총영사'였던 것이다.

5. 해방공간에서의 활동

백철이 솔가하여 귀국한 것은 1945년 8월 2일이었다. 아침 10시에 서울에 도착하니 장모가 마중을 나왔고 세 살짜리 아들 인경은 제 발로 걸어 역전 마당으로 나왔다. 해방 13일을 앞둔 귀국. 8월 6일 원폭이 히로시마에 떨어졌고 8일에는 소련이 대일 선전포고를 하고 만주 국경을 돌파했다. 이 절묘한 귀국은 백철의 예리한 감각, 곧 1945년 5월 독일의 항복 등에서 예감한 기자적 민감성이기는 해도, 실상 행운은 백철 편에 있었다.

귀국한 그는 안암동 개운사 자택에서 신문사로 출근했다. 도둑처럼 온 8 · 15 해방. 총독부 기관지인 조선어 신문 『매일신보』는 어떻게 되었을까. 종업원 500명과 완벽한 인쇄시설을 갖춘 매일신보사에 대한 쟁탈전이 벌어질 수밖에 없었다. 어째서? 적산(敵産)이었으니까. 미군정은 『경성일보』와 『매일신보』를 접수하고 정간을 요구했다. 매일신보사 자치위원회가 『서울신문』으로 제호를 바꾸었고, 『신천지』, 『주간 서울』 등 최대의 종합지를 간행하였다. 주로 좌파세력이 쥐게 되었다. 『서울신문』의 주도권은 대한민국 정부 수립(1945.8.15) 이후, 보수 세력인 김동리와 조연현 등에게로 넘어갔다. 청년문학의 대표인 김동리가 이를 장악했고, 조연현은 『문예』를 맡았다. 상세한 것은 필자의 저서 『해방공간문단의 내면풍경』(민음사, 1996)에서 볼 수 있다.

한편 백철은 어떻게 되었을까. 기자로서 설 자리는 아무데도 없었다. 그렇지만 비평가 백철은 여전히 살아 있었다. 1945년 8월 18일 오후, 문학자들의 첫 모임이 시내 원남동의 한 음식점에서 열렸다. 유진오, 이태준, 김남천, 이무영 등이 참석했는데, 주도한 인물은 임화였다. 임화는 백철에게 서기장을 맡아달라고 요청했으나, 백철은 사양했다. 새 문인회의 서기장으로 되기엔 과거 자신의 친일적 행위가 스스로에게 윤리적 자제를 요청하였기 때문이다.

> 이 사실은 당시 그 자리에 있었던 유진오, 이무영 씨 등이 직접 목도한 것이다. 또한 이 말은 하나의 생색같아서 지금까지 사담에서도 구외에 한 일이 없으나 이것도 이 경우에 부득이하게 되는 말이다.
>
> —「문학자로서의 나의 처세와 모랄」, 『신천지』, 1953.11, 198쪽

문학자전에서 백철은 Y씨 L씨라 한 것을 여기서는 유진오, 이무영이라고 밝혔다. 그들은 백철 못지않은 친일문인들이 아니던가. 궁지에 몰린 백철식 처세술의 한 단면이다. 그렇다면 임화는 어떠했을까. 유진오의 회고록 「편편야화」(『동아일보』, 1974.5.4)에 의하면 임화는 경성제대 출신인 남로당의 최용달에게 포섭되어 있었다. 이렇게 보면 임화 중심의 조선문화건설협회 및 조선문학가동맹은 남로당 최용달 휘하에 있었던 것이 된다. 신문사에서도 밀려났고, 문학가 동맹 측에도 낄 수 없는 처지의 백철 앞에 또 하나의 행운이 닥쳐왔다. 동국대학, 또 중앙대학 국문과 교수되기가 그것.

『조선신문학사조사』

해방 직후 그는 서울여자사범대학 영어 교수로 갔다. 서툰 영어인지라 겁을 먹고 있었는데, 국대안 반대로 밀려나 국문과로 바꾼 것. 여기에는 당연히 그럴 만한 이유가 있었다. 그것은 바로 실력. 곧, 『조선신문학사조사』(상권 1948.9/하권 1949.7)가 그것. 이 책은 실로 획기적인 것이었다. 오랜 준비 끝에 막대한 자료를 갖춘 그만이 구사할 수 있는 것. 명문출판사 백양당에서 나온 이 책을 나는 제일 높이 샀다.

풍부한 자료, 특히 월북작가들의 해방 이전의 행적들이 '원문' 그대로 인용되어 있었다. 반공을 국시로 하는 대한민국에서 이 책은 교과서처럼 문학도에게 읽혔다. 그만이 할 수 있는 신문학 중심부에 서서 비평을 해 왔다는 것. 그는 카프계이기는 해도 '인간묘사론'을 외쳤다. 요컨대 순사 노릇을 하며 교통정리를 했다는 것. 이것만 해도 국문과 교수되기에는 최적임자였다. 더욱 놀라운 것은 시내 대학 곳곳을 찾아다니며 보따리 장사를 한 점. 그의 이 보따리 장사를 나는 경멸했다. 하지만 가장 존경해 마지않는 대목이다. 그 보따리 속에 든 것은 바로 『문학개론』(1947.1, 제7판은 1952).

『문학개론』이란 무엇인가. 당시는 문학 지망생은 물론이고, 문학에 조금이나마 관심이 있는 대학생의 갈증을 해소시킬 수 있는 대중적 서적이 절실히 요청되는 시기였다. 여기서 나는 서둘러 '주석' 을 달고자 한다. '수준 낮은 대학생' 의 요청이라는 점. 만일 '지적으로 우수한 대학생' 이라면 김기림의 『현대문학개론』(1946)이나 핸더슨의 『문학입문』, 또 최재서의 문학 강의 등으로 향하겠지만 이류급 대학생들에게는 백철의 『문학개론』이 가장 접근하기가 쉬웠다.

백철은 무슨 실력으로 방대한 이 책을 낼 수 있었을까. 그는 스스로 이렇게 고백하였다.

> 이 문학개론이 조선의 학도를 위한 것인 이상 조선문학적 개론이 되기를 스스로 희망한 바였으나, 첫째는 조선적인 문학에 대한 내 연구가 너무 부족한 것과 둘째로 역시 자료가 결핍한 관계로서 도저히 소기의 백분지 일을 이루지 못하고 단편적인 인용과 무계통한 설명의 정도를 넘지 못한 것이 다시금 필자로서의 자괴를 금하지 못하는 곳이다. 아울러 독자 제씨의 관대한 양해를 구하는 바다
>
> — 초판 「서문」

그렇지만 이것만 해도 대단한 일이겠는데, 대체 그는 어떻게 이런 『문학개론』의 지식을 얻었을까. 나는 그의 장서(〈아단문고〉에 기증된 것)를 찾아보았다. 거기엔 일본에서 나온 문학개론서들이 빈틈없이 갖추어져 있었다. 그중에서도 혼마 히사오(本間久雄)의 명저 『문학개론』(1926년에 처음 나온 것이 1936년엔 무려 33쇄를 돌파했으며, 개고판은 1944년이었다.)이 그 내용면에서나 목차상에서 백철의 『문학개론』과 흡사했다.

서두에서도 말했지만 나는 백철의 『조선신문학사조사』와 『문학개론』을 통해서 문학 공부를 했다. 곧, 나는 이류급 학생이었던 까닭이다. 교원 양성대학을 다닌 나는 문학 지망생이었고, 학문에 별 흥미가 없어 재학 중 자진입대(1957)했다. 그 뒤로 나는 문학 지망생이 아니었고, 백철과도 멀어졌다.

6. 황순원과의 논쟁

백철 교수와 다시 가까워지기 시작한 것은 내가 대학원을 나온 후 박사학위 논문을 준비하면서부터였던 것으로 회고된다. 다음의 두 가지 점에서였다. 하나는 비평계의 중심부에 여전히 그가 서 있었다는 점. 특히 (A)논쟁과 월평쓰기가 그것. 다른 하나는 (B)뉴크리티시즘의 소개와 도입. (A)부터 살펴보기로 한다. 1960년의 창작계를 총평하는 자리에서 백철은 최대의 문제작으로 최인훈의 「광장」(1960)을 내세웠다. 이 작품을 논의하기 위한 준비단계로 그가 언급한 것이 황순원의 장편 『나무들 비탈에 서다』였다. 두 회에 걸친 「전환기의 작품 자세」

(『동아일보』, 1960.12.9.~12.10)의 첫 회는 『나무들 비탈에 서다』에 할애되었는바, 그 한 부분을 보이면 다음과 같다.

> 끝으로 구체적인 것과 관련하여 사건의 해결인데 비탈을 걷게 할 바엔 내쳐서 4 · 19적인 가파른 비탈에까지 세워보는 것이 필요치 않을까 하는 생각이다. 이것은 강요가 아니다. 하지만 기왕 근래의 위기적인 현실의 무대로 쓸 바에는 그 무대가 여기까지 연장되는 것이 필연성이 아닌가 보기 때문이다. 그렇게 되었다면 결말이 크게 극화되는 조건도 생기고 막을 내리는 대사도 이 작품의 것과 같이 여자의 작은 목소리의 것이 아니고 좀 더 큰 암시를 던진 것이 되었을지 모른다고 느껴졌다.
>
> —『동아일보』, 1960.12.9

이에 대해 잡문 안 쓰기로 이름난 작가 황순원의 반응은 다음과 같거니와, 백철의 현장비평의 어떠함도 감지되는 터이다.

> 지난 12월 9일자 동아일보 석간에 게재된 백철 씨의 「전환기의 작품자세」라는 글 속에 내 졸작 『나무들 비탈에 서다』에 대한 평문을 읽고 작가로서 몇 마디 하지 않을 수 없어 붓을 들기로 한 것이다. 비평가란 인상비평이건 분석비평이건 간에(뉴크리티시즘도 예외일 수 없다) 우선 대상 작품을 이해하는 데서부터 시작되는 걸로 나는 알고 있다. 이 지극히 상식적인 이야기를 여기 해야 하는 것은 다름 아니라 백철 씨는 남의 작품을 이해는커녕 그 줄거리조차 제대로 붙잡지 못하고 있기 때문이다.
>
> —「비평에 앞서 이해를」, 『한국일보』, 1960.12.15

첫째, 작품을 정독하지 않았다는 것. 백철의 시선에서 보면 별로 비난 받을 성질의 것이 아니다. 중단 없이 현장비평을 해온 백철로서는 정독 따위란 대수로운 것이 못 된다. 그만큼 소설을 매달 읽고 이를 괴발이든 개발이든 월평으로 써본 비평가는 백철을 빼면 신문학 이래 아무도 없었다. 이 논쟁에서 줄거리라던 트리비얼리즘도 별로 비난받을 일은 못된다. 그러나 문제는 따로 있었다. 그것은 황순원이 다음과 같이 결론을 내린 것과 관련이 된다.

> 끝으로 한 가지만 더 이야기하고 그만 두겠다. 씨는 '주체적인 것' 과 관련 하에 사건의 해결인데 (…) 했는데 나는 이 구절을 읽고 아연실색하지 않을 수 없었다.
>
> 씨가 내게 강요하건 안 하건 간에 이런 망언을 어떻게 할 수 있는가. 『나무들 비탈에 서다』가 금년 정월 『사상계』에 발표되기 시작했을 때는 이미 작품 전체의 구상이 완료돼 있었던 것이다. 따라서 처음부터 내가 4 · 19와는 관계없는 하나의 독립된 작품인 것이다. (…) 가령 도스토예프스키에게 다음과 같은 주문을 했다고 치자. 어째서 당신은 『죄와 벌』에다 『카라마조프 형제』를 덧붙여서 좀 더 위대한 소설을 만들지 않았는가. 이 주문을 들은 도스토예프스키는 무어라 대답할 수 있을 것인가. 모르긴 몰라도 그저 어이없이 웃는 수밖에 별도리가 없을 것이다.
>
> 제발 앞으로 다시는 이런 문제를 가지고 이렇게 원고지에다 잉크를 묻히는 일이 없었으면 좋겠다.
>
> —『한국일보』, 1960.12.15

이런 작가의 고압적 자세에 백철이 항복을 했을까. 천만의 말씀이다.

> 황 씨는 자신의 소설 작품을 합리화할 생각으로 멀리 도스토예프스키를 증언 석에 초대했는데 이것은 좀 착각을 한 것 같다."라고 한 뒤에 백철은 이렇게 증언했다. "그(도스토예프스키)는 1870년 10월의 편지에

서 『악령』을 쓸 때의 이야기를 고백하며 '나는 연구할 때까지 연구하고 완전히 구상된 것으로 알고 있었는데 다음에 정말 인스피레이션이 왔기 때문에 이미 쓰기 시작했던 것을 삭제하기 시작했다. 나는 이 일년간째 버리고 변경하는 일 밖에 하지 않았다. 적어도 10회는 플랜을 바꾸고 전혀 다시 처음부터 쓰기로 했다.'" 운운. 여기서 도스토예프스키의 창작적인 수법도 암시되는 것 같다.

이왕이면 플로베르와 같이 작품을 쓰기 시작할 때는 벌써 끝의 행구를 예상하고 만다는 창작관을 표시한 사람의 예를 들 것이지 하필이면 도스토예프스키를 증언으로 택했는가. 하여튼 나의 경애하는 황순원 작가의 문학에 대한 지성이 이렇게 도도하고 그 소설작법이 이렇게 고전주의(?)적인 데 대하여 나도 한번 '아연실색' 해 본다.

—「작품은 실험적인 소산」, 『한국일보』, 1960.12.18

'아연실색'하기는 황순원도 백철도 똑같다. 백철의 이른바 (A)는 이처럼 탄탄한 것이었다. 그렇다면 (B)의 측면은 어떠할까. 나는 이 대목에서 먼저 두 가지 면을 언급해야 할 것 같다. 그 하나는 이른바 뉴크리티시즘. 당시 우리 세대에게는 미국이 천상의 국가로, 영어가 하늘의 언어로 인식되었다는 사실. 그런 초국가 미국 인문학의 방법론이 뉴크리시티즘이라는 것. 그 인문학의 중심에 문학이 있었다는 것. 다시 말해 과학의 나라의 핵심에 놓인 방법론이 뉴크리티시즘이라는 것. 6·25를 겪은 초토 위에서 초근목피로 살아가고 있던 우리 세대가 어찌 뉴크리티시즘을 우러러 보지 않을 수 있었으랴.

다른 하나는 뉴크리티시즘을 선도적으로 "웰컴!" 한 장본인이 백철 교수라는 점. 비평가 백철은 무슨 사조나 새로운 사상이 있으면 대번에 "웰컴!"이라 했다. "웰컴 마르크시즘!", "웰컴 휴머니즘!", "웰컴!

사실수리설!" 등이 그것. 그리고 동시에 또 무슨 새로운 것이 나오면 대번에 그 전에 외친 "웰컴!"을 여지없이 버렸다. 나는 뉴크리티시즘을 가운데 두고 백철이 아카데미즘과 저널리즘의 절묘한 균형감각을 유지하는 장면을 참으로 생생하게 목격했던 것이다. 그것을 나는 상세히 기록해 놓고 싶다.

7. 뉴크리티크들과의 인터뷰

중앙대학교 문과대학장 백철 교수가 익스체인지 프로그램의 재단 스미스먼트의 초대를 받아 교환 교수 자격으로 도미한 것은 1957년 7월이었다. 통칭 미국무성 초청 방문이었다. 한국인 중 유력한 인사를 초청하여 일 년간 미국을 시찰하게 함으로써 6 · 25전쟁의 후유증을 치유하고 미국식 민주주의를 한국 사회 부흥에 활용하고자 한 이 기획에, 백철이 문화계 대표 중의 하나임을 고려한 조치였다. 그는 일 년 동안 어떤 것을 보았는가.

> 그리하여 내가 미국 대학에 1년간 있으면서 나 개인의 입장으로 미국 문학 비평계의 한 주류를 이루고 있는 소위 '뉴크리틱'을 많이 만나볼 기회가 되었다. 알다시피 '뉴크리틱'이란 일종의 교수 비평가들이다. 이 비평은 본시 대학 캠퍼스에서 일어난 비평가였기 때문에 내가 있던 예일대학만 해도 거기엔 뒷날 우리 국내 문학계에도 잘 알려진 르네 웰렉을 위시하여 클리언스 브룩스 웹세츠 주니어 등이 있어 자주 접촉할 기회를 가졌다. 여행을 하는 중에 프린스턴대학에서 블래즈머를, 코넬대학에서는 마이즈너 교수, 미네소타대학에선 앨런 테이트 그리고 스탠포드에선 이블 윈터즈 등을 만났다. 그래서 이들과 만나 의견을 나눌 기

회(그때마다 대화기사는 당시 국내 신문에 발표하였다)가 발표되어 내 비평관에 큰 전환을 이루었다. 그러나 내가 이때에 간 주 목적은 미국 대학교육의 본지(本旨)와 같은 것을 연구하는 일이었기 때문에 나는 가는 곳마다 그 대학의 행정을 맡은 사람들과 만나서 미국 고등교육 기구와 그 내용을 공부하는 것을 게을리 할 수 없었다.

그런 과정에서 특히 내가 인상 깊었던 것은 MIT에 들렀을 때에 젊은 사람들과 대화하는 중 그 공대에서는 52년부터 처음 2년 동안은 인문교양을 철저히 시킨다는 이야기였다. 그 이유는 아무리 우수한 전문가와 기술자라 해도 먼저 인격이 서지 않고서는 무의미하다는 것이었는데 이 말은 내가 귀국해서 중대의 전교생들이 모인 자리에서 보고 강연을 할 때에 인문교양과 인간교육의 대전제란 말을 강조한 바 있다.

—『만추의 사색』, 서문당, 1977, 349~350쪽

뉴크리틱들과의 대화가 그때마다 국내 신문 잡지에 소개되었다고 했는데, 나는 직관적으로 『매일신보』 학예부장이나 특파원이었던 왕년의 저널리스트 백철을 떠올리고 있었다. 흔한 기자들의 무슨 특종 발굴식 과장과 흥분이 거기 생생이 살아 있었다. 김동리, 조연현 등 문협 정통파 쪽으로부터 카프 출신이라 하여 배척당하던 백철은 미국무성 초청으로 말미암아 감히 넘볼 수 없는 존재로 급부상했는바, 거기에는 거물급 뉴크리틱들과의 인터뷰 기사가 큰 몫을 한 것이었다. 이브 윈터와의 인터뷰(『동아일보』 1958.6.24.~6.26), 브룩스와의 인터뷰(『조선일보』, 1958.2.25.~2.28), I.A. 리차즈(『사상계』, 1958.5) 등은 물론 예일에 있는 웰렉(『백철 전집』(3), 신구문화사, 1974)과의 사진이 실린 장문의 인터뷰를 세인들은 기억하고도 남을 만큼이었다.

르네 웰렉은 대체 어떤 비평가인가. 바로 오스틴 워렌과의 공동저서

르네 웰렉과 백철의 사진

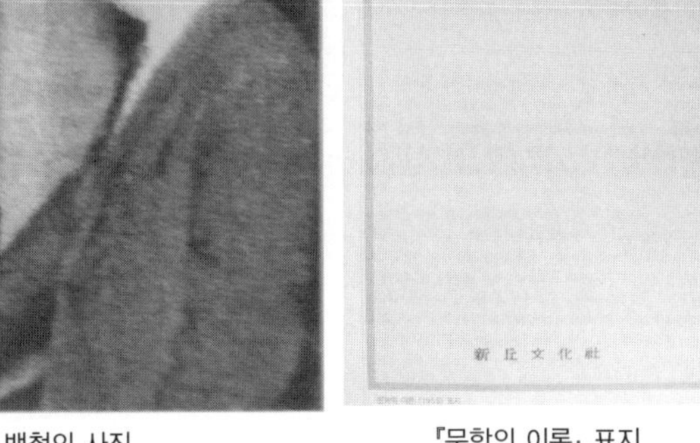

『문학의 이론』 표지

인 『문학의 이론(Theory of Literature)』의 저자. 초강대국 미국 대학 인문학의 기초를 이루는 뉴크리티시즘과 비교문학 연구의 근거를 제공하는 이론서로는 이 책만큼 적절하고도 확실한 게 일찍이 없었음을 먼저 염두에 둘 것이다. "현대문학이론을 공부하는 데 하나의 성전(聖典)"이라고 할 이 책이 김병철, 백철의 공동번역으로 나온 것은 1957년이었다. 백철은 웰렉 교수와 악수하는 사진까지 후기에 실었다.

영문학자 김병철과 공역자라 했으나 실상 백철은 그런 실력도 없었다. 앞에서 이미 보았듯이 동경고사 영문학 전공이었지만 영문학을 팽개치고 NAPF운동에 4년을 탕진했던 것이니까. 그렇다면 대체 뉴크리티시즘(new criticism)이란 어떤 것인가. 앞에서도 말했던 그것은 과학에 근거한 것이었다. 종래의 문학 연구는 실로 비과학적이었다. 그런 것을 대표하는 것이 역사주의 비평이었다. 다르게 말해 외재적 접근(extrinsic approach). 이에 맞서는 것이 내재적 연구(intrinsic study)였다. 가령 "내 고향 칠월은 청포도가 익어가는 계절"로 시작되는 이육사의 시 속에 "내가 기다리던 손님은 청포를 입고 찾아온다고 했으니…"가 있다고 치자. 이 '손님'이란 대체 누구일까. 역사주의 관점에서는 독립투사로 볼 것이다. 그 근거는 이 시인이 독립운동으로 옥사했음과 무관하지 않다. 그렇지만 따지고 보면 그런 것은 한갓 추측의 범주에 드는 것이다. 비과학적이다. 그렇다면 과학적인 것은 어떠해야 할까. 제일 먼저 떠올릴 것은 "시는 시다"라는 명제. 곧 언어의 유기적 조직체에 더도 덜도 아니다. 언어 분석에 집중할 때, 비로소 과학적이다. 내재적 연구와 비평은 이로써 최소한 가능하다. "의도를 따지는 것의 오류"(intentional fallacy)도 사정은 같다. 작가의 의도란 추측일 뿐, 실물인 작품은 그 이상이거나 그 이하일 수밖에 없다. 고로 작품을 작가로부터, 시대로부터, 역사로부터 또 그 나라의 전통으로부터 분리해야 과학적 평가가 가능해진다. 역사주의가 지닌 큰 장점들을 버리고 이 좁고 험한 언어분석을 가능케 한 것이 뉴크리티시즘의 핵심이었다. 문과생 교양도서로 "시의 이해", "소설의 이해", "근대 수사학" 등이 필독서임을 미국 대학은 실천하고 있었다.

8. 엉거주춤한 모습

그렇지만 이 과학만능주의에 대한 비판이 후대에 올수록 거세지기 시작했다. 전통회귀를 주창하여 17세기 형이상학파들의 시를 논하면서 「황무지」의 대시인 T.S. 엘리엇은 이렇게 말했다.

> 하나의 극장 주위에 백 개의 영화관이 서고, 하나의 악기 둘레에 백 개의 측음기가 연주되는 때가 온다면, 그리하여 응용과학이 지상생활을 될 수 있는 한 즐겁게 하기 위한 모든 노력이 완성되었을 때는 전 문명 사회의 주민은 멜라네시아 토인과 같은 운명을 띤다 쳐도 조금도 이상할 것이 없다.
>
> — *Selected Essay*, Harcoaut, 1951, p.45

'웰컴! 뉴크리티시즘!' 을 외치던 교수이자 비평가인 백철은 어째야 했을까. 그의 다음 행보는 가까스로 한국 문학 연구에로 향하고 있었다. 가람과의 공저 『국문학 전사』를 위시, 한국적 문학 연구에로 눈을 돌렸다. 그러나 때는 이미 늦은 것. 한국적인 문학 연구란 새삼 무엇인가. 그런 것이 과연 있기는 한 것일까. 문학이란 보편성이기에 어느 나라에도 공통이 아닐 것인가. 한국적인 것을 찾는 시대성에 휩싸여 조급하게 달려간 백철은 무엇보다 한국 전통에 역부족이었다. 뿐만 아니라 그것을 이론화하기엔 내재적 연구 역시 부족하였다. 서지도 앉지도 못하는 엉거주춤한 상태, 이것이 백철이 도달한 최종지점이었다.

이 엉거주춤한 상태야말로 인생 그 자체가 아닐 것인가. "남의 글 애써 읽고 그것에 대한 글쓰기와 가르치기에 생을 탕진한 모든 너"가 거기에서 한 발자국 벗어나고자 했던 것이 아닐까. 그가 숨을 거둔 향년 77세(1973.8.31)의 도달점이 아니었을까. "한없이 지루한 글쓰기, 참을 수 없이 조급한 글쓰기"에서 한 발자국 벗어나고자 하는 아주 작은 몸부림이 거기 있었다. "아주 작은 몸부림"만큼 가치 있는 것이 따로 있을까. "비평가 백철", "국문과 교수 백철", "PEN클럽 회장 백철"이 새벽 반딧불의 미광처럼 이 나라 문학사에 있었다.

제2부

민지 경성(京城)의 빈약한 현실과 이미 배워버린 모더니즘 1. 종로 청계천변 약종상 장남의 월북 2. 동인지 「시

소설에서 희곡으로 1. 『회색의 의자』 뒤에 나온 『소설가 구보씨의 일일』 2. DNA의 문제에 육박하기 3. 희곡으로 변신한 곡

식민지 경성(京城)의 빈약한 현실과 이미 배워버린 모더니즘

— 구보 박태원과 이상 김해경

1. 종로 청계천변 약종상 장남의 월북

「소설가 구보씨의 일일」이 『조선중앙일보』(『중앙일보』에서 『조선중앙일보』로 바뀐 것은 1934.2.18)에 연재(1934.8.1~9.19)되었고, 『천변풍경』은 그로부터 두 해 뒤인 1936년 8월호 『조광』에 발표되었다. 그 중간에 「방란장 주인」이 구인회 동인지인 『시와 소설』(1936.3)에 끼어 있음을 주목하지 않는다면, 어째서 위의 두 작품이 '문학사적'인가를 올바로 짚어내기가 어렵다. 구인회(1933) 회원인 작가 박태원의 필명 중의 하나가 '구보(九甫)'다. 서울에서 태어나 경성제일고보를 거쳐 「누님」(『조선문단』, 1926.3)으로 등장한 그는 일본 호세이대학(法政大學) 예과에 입학했으나 학업을 중단하고 곧바로 귀국한 것으로 되어 있다. 그는 문단의 신세력으로, 쇠진한 카프에 뒷발길질을 하는 형식으로 등장한 구인회의 정식 멤버였다. 이른바 모더니즘을 지향한 선두 주자였다(조용만, 『구인회 만들 무렵』, 정음사, 1984, 36~91쪽 참조).

서울의 상인계층 출신인 박태원이 자진 월북한 것은 1950년 6월이었다. 필자는 6 · 25가 났을 당시 자진 월북한 그의 사건에 대해 한동안 난감했다. 이 무렵 루카치를 공부하던 필자로서는 특히 그러했다. 그가 해방 직후 임화 중심의 좌익세력의 집결단체인 조선문학가동맹 중앙집행위원으로 활약한 것은, 시국에 민감한 구인회다운 행위로 보여 그대로 넘어갈 수 있었다. 「해방전후」(『문학』 창간호, 1946)를 쓴 이태준도 그러한 구인회의 멤버였던 것이다. 그런데 종로 약종상에서 태어난 중인계층의 박태원이 자진 월북한 것은 웬 까닭일까. 그것은 신분 계층(종로 중인 약종상)을 초월한 행위로 보였기 때문이다. 이 의문은 다음의 사실을 확인했을 때, 비로소 일시에 해소될 수 있었다.

> 그 시대의 장정 삽화 계를 풍미하던 면면들인 웅초 김규택, 정현웅, 정종여, 청전 이상범, 석영 안석주 또 누구누구 뇌어보다가 이희승의 『박꽃』 장정, 정지용의 『백록담』 장정, 설정식의 『제신의 분노』도 그리고 김기림의 『기상도』의 장정도 맡아 그렸던 아저씨를 생각하여 연전에 찾은 그의 글을 되새기다가 어려서 삼촌 이름에 글월 문(文) 자가 들어 있으니 아마 글 잘 쓰실거라고, 실은 아버지가 글월 문 자를 썼어야 하지 않을까 생각 했드랬는데…….
>
> — 박일영, 『구보 박태원의 아들 팔보가 쓰는 「아버지의 일생」』(비매품), 미출간, 63~64쪽

여기서 구보의 장남 박일영 씨가 말하는, 장정을 해 온 '아저씨'란

누구인가.

> 그때가 언제쯤이었는지, 서대문 형무소에 갇혀 있는 신세가 되었기 때문이었으리라(1949년도 약속한 어린이 잡지 『어깨동무』의 삽화를 하지 못한 것). 아버지가 궁금하셨던지 가령 종로통에서 데모를 한다고 가정을 하고 설명을 청했나 어쨌나. 좌우간 귀를 세우고 주위를 떠날 듯 떠날 듯 하면서 얻어들은 바로는 동지들(?) 미리 약속한 시간에 그 근처 책방이고 드팀전이고 가방가게고 좌판을 벌여 놓은 근처에서 거래도 하는 척 책도 보는 척 신문도 들고 어쩡거리다가 호루락지(호루라기) 소리가 나면 순식간에 전찻길 한복판으로 뛰어 들어가 가슴에 숨겼던 프라카아드를 앞세우고 대로정면하게 스크럼을 짜고 '적기가' 나 뭐 그런 걸 목이 터져라 불러대고, 구호도 외치다가 사람 많은 데서는 삐라도 뿌려가면서 앞으로 나아가다 순사들이 들이닥치면 순식간에 흩어진다고 했던 걸 기억하는데 아마 그러다가 붙잡혀 감옥에 있었기에 『어깨동무』가 우리 손에 들어오지 않았구나 생각하며 아래 입술을 잔뜩 빼물고 하늘을 쳐다본 일이 생각난다.
>
> — 위의 책, 64~65쪽

좌익사상으로 서대문 형무소에도 드나든 '아저씨' 는 대체 누구란 말인가.

> 일본 이불이란 삼촌이 미술 공부하러 일본 북해도(동북제대(東北帝大), 북해도 아니고 센다이(仙台)임 – 인용자)로 유학 갔을 때 가지고 갔던 아주 두꺼운 이불로 두께가 자그마치 방석 너댓 장 포갠 폭은 되게 푹신한 이불이었는데 대동아 전쟁 말기 징병에 걸려 급히 일본에서 귀국할 때 그 이불을 우리 집에 두고 청량리역으로 나가 온 식구들이 기차 앞에서 환송했던 기억이 있는데, 떠난 지 달포 남짓 만에 해방이 되어

삼촌은 무사히 돌아오고 학업은 전 경성제대 미학과 4학년으로 편입을 해서 이듬에 졸업을 했다.

— 위의 책, 149쪽

아저씨, 곧 삼촌의 이름은 박문원(朴文遠)이다. 이 삼촌은 6 · 25 전에 월북하여 북한 미술계의 거물이 되어 있었다. 이로 볼진대 의문시되었던 해방 직후 박태원의 행보에 대한 이해가 보다 투명해진다. 박태원은 『태평성대』(경향신문, 1946.11~12), 『약산과 의열단』(백양당, 1947.11), 『임진왜란』(『서울신문』, 1949.1~12), 『군상』(『조선일보』, 1949.6.25.~190회로 중단) 등의 장편 신문연재소설을 해방 이후에 연달아 썼다. 그런데 한 가지 의문스러운 것은, 이 중 『군상』은 어째서 190회로 중단되고 말았을까. 실상 구한 말 하층민의 반항을 다룬 이 소설은 190회까지도 서설에 불과했다. 북한에서 쓴 대작 『계명산천은 밝아 오느냐』, 『갑오농민전쟁』 등의 전초전이 바로 『군상』이었던 것이다. 거기에는 『임꺽정』의 그림자가 어른거린다. 주인공 오수동(17세)의 성장사를 다룬 이 소설은 『갑오농민전쟁』에 오면 전면적으로 서울말씨가 사용되고, 모더니즘 기법이 빛난다. 3부작으로 된 이 작품(제3부는 그의 두 번째 부인이 쓴 것)의 제2부 마지막 장면은 전주성 입성 장면을 모더니즘 수법으로 그린 걸출한 작품이라 할 만하다(졸고, 『한국현대현실주의 소설 연구』, 「박태원론」, 문학과지성사, 1990). 오상민, 오수동 집안의 묘사에서 그러하다. 서울 중산층의 『천변풍경』에 익숙한 박태원의 면모가 여실하다고 할 것이다. 그런데 흥미로운 것은 이 모더니즘과 서울 토박이의 대칭점에 구보와 이상 김해경이 놓여 있었다는 점이다. 그 문학사적 의의는 무엇인가. 이 글은 이런 사실을 검토하기 위해 씌어진다.

2. 동인지 『시와 소설』의 구도

구인회(1933)가 이런저런 곡절을 겪으면서 드디어 동인지 『시와 소설』 제1권 제1호를 낸 것은 1936년 3월이다. '구인회원 편집 월간'이라 밝힌 이 동인지의 회원은 박팔양, 김상용, 정지용, 이태준, 김기림, 박태원, 이상, 김유정, 김환태 등이었고, 낸 곳은 창문사이며 그 사주격인 야수파 화가 구본웅의 후원에 힘입은 것이었다. 꼭 40페이지로 된 이 잡지의 편집, 장정, 기타를 도맡은 바 있는 「오감도」의 시인 이상은 "겉표지에서 뒷표지까지 예서 더 할 수 있으랴. 보면 알게다"(「편집 후기」)라고 허풍을 떨었다. 파이프를 입에 문 이상의 초상화도 그린 바 있는 구본웅의 호의로, 다방 제비도 카페 69도 팽개치고 막연한 상태에 있던 이상이 창문사에 취직하여 편집 및 교정에 종사하면서, 김기림의 시집 『기상도』(1936. 7)를 만들고 있을 무렵이다. 그 해 이상은 이전(梨專) 문과를 중퇴한 변동림과 결혼했는데, 이 역시 구본웅의 집안과 관련된 것이었다(김윤식, 『이상연구』, 문학사상사, 1987 참조).

"예서 더 할 수 있으랴. 보면 알게다"라고 큰소리친 이 창간호에는 시 다섯 편, 소설 두 편이 실려 있는데, 비회원의 것으로는 백석이 끼여 있다. 「탕약」과 「伊豆國湊街道」 두 편이 그것이다. 어째서 백석이 끼어들게 되었는지에 관해서는 아무런 해명이 없고, "회원 밖의 분 것도 물론 실린다"고 편집 후기에 적혀 있을 따름이다. 편집 후기가 이상이 쓴 것이고 보면 이상의 생각이 있었을 터이다. 『조선일보』 기자이자 『여성』지 편집자인 백석이 시집 『사슴』(1936.1)을 낸 바 있고, 또 김기림, 이상 등의 많은 수필이 『여성』지에 발표되었음을 염두에 둔다면, 백석의 구인회 등장이란 시간 문제였을 터이다. 백석의 창간호 등장에는 또 다른 특별한 것이 함의되어 있는데, 편집자 이상의 치밀한 문학적 '계산'이 그것이다. 이 문학적 계산이 구인회의 어떤 성격에까지 이어짐과 동시에 이상의 문학적 취향에로 향하고 있다는 사실로 말미암아 이 '계산'에는 문학사적 개입이 불가피해진다.

먼저 잡지의 제목에 주목할 것이다. 『시와 소설』의 단순 이분법이란 무엇인가. 시인과 소설가의 집단인 만큼, 시와 소설 중심의 동인지로 될 수밖에 없겠는데, 그렇다면 이 경우, 평론가 김환태의 동인 가입은 설명되기 어렵다. 동인 중의 무슨 친분관계에 의거한 것이라면 이 동인지의 성격을 해명하기에 난점이 생기지 않을 수 없다. 평론가의 설자리를 편집자 이상이 끝내 마련할 수 없었음을 보아도 이 점이 확인된다. 또 다른 의문은 김환태와 함께 가입된 소설가 김유정에게서도 볼 수 있다. 김기림, 정지용, 박태원 등 신감각파라 불린 모더니스트와 스타일리스트 이태준 등이 핵심세력인 이 판에 「산골 나그네」, 「동백꽃」의 작가 김유정이 끼어듦이란 또 무엇인가, 이렇게 물을 때 비로소 백석의 끼어듦이 그 의의를 빛낸다고 볼 것인데, 곧 김유정과의 균형 감각이 그것이다.

동인지 『시와 소설』에서 시 쪽을 대표하는 것은 단연 정지용, 김기림과 이상 자신이다. 「유선애상」(정지용), 「제야」(김기림), 「가외가전」

(이상)의 시편들이란 누가 보아도 당대 최고의 모더니즘계에 속한다. 이에 맞서는 소설은 어떠할까. 이 물음에 대해 편집자 이상은 답안을 내놓지 않으면 안 되었는데, 이상 특유의 기하학적 감각 곧 대칭성(對稱性)이 그 답안의 하나라면 이에 못지않은 감각, 곧 문학사적 감각이 그 다른 답안이다. 당대 최고의 시문학에 대칭되는 소설 장르는 어떠한가로 이 사정이 정리된다. 적어도 정지용, 김기림, 이상의 시에 맞설 수 있는 소설을 골라 싣지 않는다면 구인회란 한갓 시 동인지로 한정되지 않겠는가.

이를 물리치도록 강요한 힘이 바로 문학사적 개입인데, 편집자 이상은 박태원과 김유정을 그 대칭점으로 고안해 낸 것이다. 그런데 이상이 발견한 것은 「소설가 구보씨의 일일」로 정평이 나 있는 박태원의 소설만으로는 대칭점이 될 수 없을 만큼 시 쪽이 압도적이라는 사실이었다. 이를 완화하는 방법으로 김유정이 요망되었던 것이 아니었던가. 그러한 추론의 근거로 다음 두 가지 편집상의 기법을 들 수 있는 바, 그 하나는 백석을 등장시킴으로써 시 쪽의 모더니즘의 지나친 강세를 완화시킴이고, 다른 하나는, 이 점이 중요하거니와 김유정의 소설 「두꺼비」의 '단일문장화' 편집수법이다.

이 글은 편집자 이상의 눈높이의 어떠함과 그것이 어째서 문학사적 과제인가를 알아봄에 있다. 좀 더 구체적으로 말해 그것은 「소설가 구보씨의 일일」과 「오감도」의 대칭구조 및 「소설가 구보씨의 일일」과 「날개」의 비대칭구조에로의 전환 과정이 갖는 문학사적 의의에 관련된 것들이다. 이 글이 일변으로는 이상론이지만 동시에 박태원론인 것은 이 때문이다.

3. 편집자 이상의 대칭점 만들기

편집자 이상의 눈높이를 가늠하는 기본 항이 기하학적 대칭점임은 거듭해서 확인된 바 있다. 그의 처녀작인 장편 『12월 12일』(1931)에서 시 「거울」에 이르기까지 대칭점이 완강히 자리하고 있어 마침내 그가 이 성채에서 숨이 막혀왔음도 쉽사리 확인된다. 자화상의 발생론적 근거가 이 대칭점에 있음을 고려한다면 어째서 그가 자화상에 그토록 집착하고 이를 다방 제비의 유일한 장식품으로 삼았는가도, 나아가 이상 문학 자체의 자의식화도 한층 뚜렷이 이해될 수 있다. 이 대칭점스런 사고의 표층적 현상으로 먼저 고려된 것이 시와 소설이다. 편집자 이상의 머릿속에 완강히 자리를 차지하고 있는 이 근대적 이분법의 인식의 틀이란 따지고 보면 일제가 식민지 경영을 위해 만든 '노가다' 용 학교인 경성고공(京城高工) 건축과에서 배운 것이지만, 이것이 문학에 적용될 때 시와 소설의 이분법으로 나타났던 것이다. 시와 소설이 본래 대칭적일 수 없다는 점에 대한 회의나 비판에 이르기 위해서라면 먼저 그는 대칭적 인식 자체를 회의 · 비판해야 했을 터이며, 그때 그는 이미 「오감도」의 작가일 수 없게 된다. 그가 이 지평이랄까 의식의 성채의 수인이었음은 어쩔 수 없는 그의 한계성이었으리라. 시와 소설의 '비대칭성' 의 인식에 이르기 위해서는 아마도 그는 도일(渡日)이랄까 외부(外部)에의 모험이 요망되었으리라. 거기 죽음이 가로놓여 있었다. 동인지 『시와 소설』의 편집마당에서 이상은 여전히 이분법스런 성채의 주민이었기에, 백석의 시를 요망하지 않으면 안 되었던 것으로 보인다. 동인지 『시와 소설』의 편집구조를 살펴보면, 시 쪽의 압도적 우위에 직면하게 된다. 정지용, 김기림, 이상 등 최고의 모더니스트계 작품이 여지없이 동원되었음을 한눈에 볼 수 있기 때문이다. 그 대칭점에 놓인 소설, 곧 산문문학 쪽은 어떠한가. 박태원, 김유정, 단 두 명뿐이다. 이 중 신참 김유정이 「따라지」의 작가임을 염두에 둔다면 박태원만이 남게 되는바, 그가 혼신의 힘으로 모더니스트계 시의 첨병격인 정지용, 김기림, 이상에 맞선 형국이었다. 이런 형편에서 편집자 이상의 머릿속을 스쳐간 것은 다음 두 가지 사상으로 분석되는바, 그 첫째는 박태원의 강렬성이다. 이상 자신을 포함한 당대 최고의 모더니스트 정지용, 김기림과 족히 혼자서 맞설 만큼의 무게가 박태원에게 주어졌음이란 과연 무엇인가, 또 가당한 일이었을까. 이 의문이 둘째 항인 김유정의 등장을 합리화했던 것으로 볼 것이다. 김유정을 모더니스트계로 승격시키고자 하는 은밀성이 바로 그것인데, 그 은밀성의 보조선을 그은 것이 『사슴』(1936)의 시인 백석

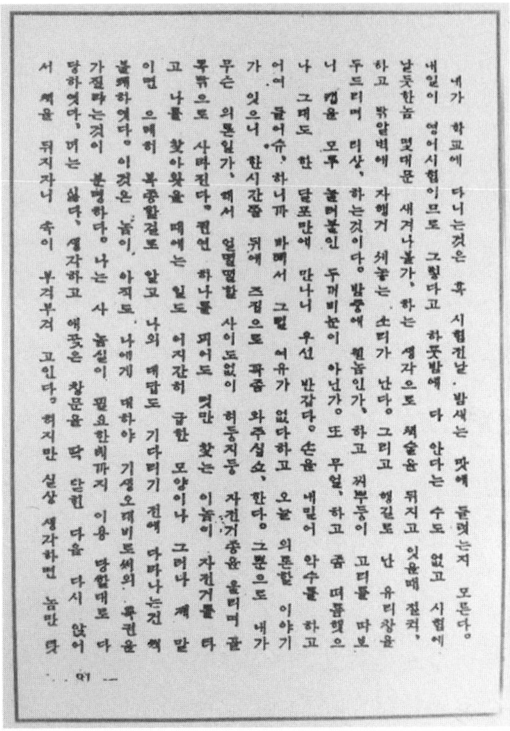

내가 학교에 다니는것은 혹 시험전날. 밤새는 맛에 들렸는지 모른다。
내일이 영어시험이므로 그렇다고 하룻밤에 다 안다는 수도 없고 시험에
날듯한놈 몇대문 새겨나볼가, 하는 생각으로 책술을 뒤지고 잇을때 철컥,
하고 밖알벽에 자행거 세놓는 소리가 난다。그리고 행길로 난 유리창을
두드리며 리상, 하는것이다。밤중에 웬놈인가, 하고 찌뿌둥이 고리를 따보
니 캡을 모뚝 눌러붙인 두꺼비눈이 아닌가。또 무얼, 하고 좀 떠름했으
나 그래도 한 달포만에 만나니 우선 반갑다。손을 내밀어 악수를 하고
어여 들어슈, 하니까 바빠서 그럴 여유가 없다하고 오늘 의론할 이야기
가 잇으니 한시간쯤 뒤에 즈집으로 좀 와주실쇼, 한다。그뿐으로 내가
무슨 의론일가, 해서 얼떨떨할 사이도없이 허둥지둥 자전거종을 울리며 골
목밖으로 사라진다。펀연 하나를 피어도 멋만 찾는 이놈이 자전거를 타
고 나를 찾아왔을 때에는 일도 어지간히 급한 모양이나 그러나 제 말
이면 으레히 복종할걸로 알고 나의 대답도 기다리기 전에 다라나는건 책
불쾌하엿다。이것은 놈이, 아직도 나에게 대하야 기생오래비로써의 특권을
가질라는것이 분명하다。나는 사 놓실이 필요한데까지 이용 당할대로 다
당하엿다, 며는 싫다, 생각하고 예쭛은 창문을 딱 닫힌 다음 다시 앉어
서 책을 뒤지자니 속이 부걱부걱 고인다。허지만 실상 생각하면 놈만 탓
— 91 —

김유정, 「두꺼비」 서두

의 등장이다. 백석은 그러므로 김유정의 대칭점에 다름 아니었음이 판명된다. 김유정을 위해 고안된 장치가 백석이라 함에는 설명이 없을 수 없다. 그것은 시집 『사슴』에 관련되는 감수성의 문제에로 치닫게 마련인데, 왜냐하면 『사슴』의 겉모양과 속살의 차이에 관한 인식론적 전환에 관련된 사항이기 때문이다. 『사슴』의 내용 항목은 매우 토속적이지만, 이를 드러내는 문학적 방식은 매우 선명한 모더니즘계 감수성이다. 편집자 이상은 직감적으로 이 사태를 알아차렸는데, 그것은 모더니스트 이효석의 「메밀꽃 필 무렵」(1936)과 같은 현상으로 볼 것이었다.

백석과 대칭점에 김유정을 올려놓았음이란, 그러니까 이에 대한 징표가 요망되었는데, 스타일의 문제의식이 그것이다. 편집자 이상은 박태원의 작품과 김유정 작품의 외형적 스타일(배치)을 꼭 같게 함으로써, 독자들의 선입관을 깨고자 도모했음이 판명된다. 그것은 곧 당대 최고의 모더니즘계 작가 박태원의 스타일의 겉모양과 「산골 나그네」의 작가 김유정의 그것을 꼭 같게 함으로써 힘겹게 달성된 것이었다. '단락 없애기'가 바로 그런 장치에 해당된다. 이러한 단락 없애기란 띄어쓰기 거부로 나선 이상의 글쓰기(시 쪽)의 시선에서 보면, 조금도 이상한 조치라고 할 수 없다. 「오감도」에서 이상은 띄어쓰기 거부라는 깃발을 표 나게 내세워 '낯설음'의 의도적 표적을 감행, 이른바 충격효과(소격론)의 초보적 단계를 감행했던 것이다. 김유정의 「따라지」계에 이 소격론을 적용함으로써 구인회의 빈약한 소설 쪽을 김유정으로 하여금 보강케 만든 것이다. 물론 그것은 김유정의 「따라지」계가 언어의 스타일 면에서 매우 세련된 측면을 가졌음에서 왔는데, 『사습』의 경우와 그것은 이 점에서 완전 대칭적이다.

문제는 그러나 홀로, 그러니까 전적으로 박태원에 걸려 있었는데 편집자 이상의 처지에서 보면 박태원이 스타일 면에서뿐 아니라 내용 자체에서 별종의 출중한 모더니스트계의 알짜임에 있었던 까닭이다. 스타일 면에서는 물론 내용 자체에서 온전히 모더니스트계란 무엇인가. 이 물음에 대한 해답이 동인지 『시와 소설』 속에 들어 있다면, 단연 그것은 박태원에게로 향하게 되어있다. "성군(星群) 중의 하나"라는 부제를 단 박태원의 소설 「방란장 주인」이 바로 그 실체이다.

4. 「방란장 주인」의 현란한 문체의 신기루

이 작품의 부제에 먼저 주목할 것이다. 방란장 주인이 성군 중의 하나라 함은, 형식논리상으로 보아 뭇 성군 중의 하나임을 가리킴이 아닐 수 없다. 무수한 별 떨기 속의 하나가 방란장 주인이라는 것. 그러니까 만일 성군 9개(동양의 극수(極數))를 문제 삼는다면, 구인회의 쟁쟁한 회원 중의 하나임을 가리킴이 아닐 수 없다. 어쩌다 모임이라도 있을 땐 출석보다 결석이 더 많은 이들 구인회이지만, 저마다 당대 최고수임을 은근히 믿고 있는 처지에 있고 보면 각각 '성군'이 아닐 수 없다. 그 성군 중의 하나가 바로 동인지 『시와 소설』의 창간호의 핵심이 아닐 수 없다. 그렇다면 대체 그 방란장 주인이란 구체적으로 누구를 가리킴일까.

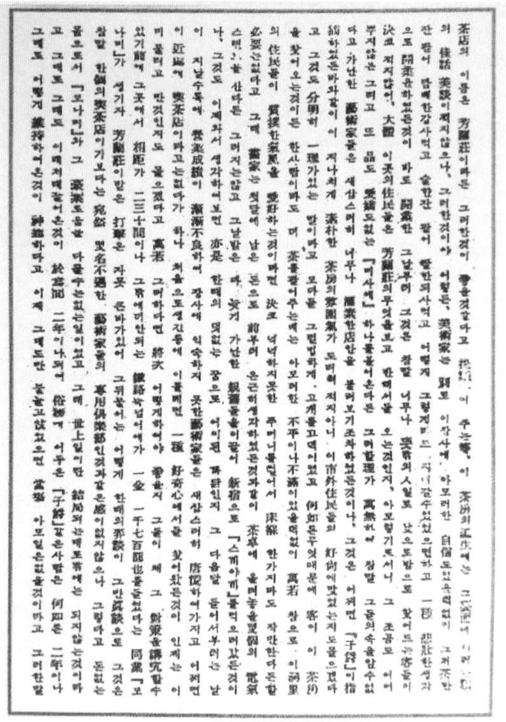

1936년 2월 5일에 완성된 소설 「방란장 주인」은 7페이지를 내리 한 문장으로 가득 채운 것으로, 일찍이 이 나라 산문계에서는 볼 수 없었던 기묘한 글이다. 따라서 이를 규정할 만한 어떤 잣대의 실마리도 이 나라 문학 속에서는 찾아낼 수 없게 되어 있다(훗날 『관촌수필』의 이문구, 그리고 『칠조어론』의 박상륭이 이 계보를 잇는다). 이러한 황당하기 짝이 없는 스타일에 비해 그 내용인즉 의외로 선명하여 대조적이라 하지 않을 수 없게 되어 있다.

박태원, 「방랑장 주인」 중간부분

그야 주인의 직업이 직업이라 결코 팔리지 않는 유화 나부랭이는 제법 넉넉하게 사면 벽에 가 걸려 있어도 소위 실내 장식이라고는 오직 그뿐으로, 원래가 3백 원 남짓한 돈을 가지고 시작한 장사라 무어 찻집다웁게 꾸며 볼려야 꾸며질 턱도 없이 다탁과 의자와 그렇나 다방에서의 필수품가지도 전혀 소박한 것을 취지로 축음기는 자작이 기부한 포터블을 사용하기로 하는 등 모든 것이 그러하였으므로 물론 그러한 간략한 장치로 무어 어떻게 한 밑천 잡아 보겠다는.하는 그런 엉뚱한 생각은 꿈에도 먹어 본 일 없었고 한 동리에 사는 같은 불우한 예술가들에게도 장사로 하느니보다는 오히려 우리들의 구락부와 같이 이용하고 싶다고 그러한 말을 하여 그들을 감격시켜 주었던 것이요 그렇길래 자작은 자기가 수삼 년 전 애용하여 온 수제형 축음기와 이십여 매의 묵반 레코드를 자진하여 이 다방에 기부하였던 것이요, 만성이는 또 만성이대로 어디서 어떻게 수집하여 두었던 것인지 대소 칠, 팔 개의 재떨이를 들고 왔던 것이요, 또 한편 수경 선생은 아직도 이 다방의 옥호가 결정되지 않았을 때 그의 조그만 정원에서 한 분의 난초를 손수 운반하여 가지고 와서……

이 첫 대목에서 즉각적으로 제시된 것은 다방 내부이며, 방란장이 이 다방의 명칭이며, 그 주인이 화가라는 사실이다. 장소는 일본의 동경(東京). 장사를 하기보다는 일종의 취향으로 다방을 시작했다는 점이 상세히 밝혀지기 시작한다. 이 독신 청년 화가의 밑천이 겨우 3백 원 정도라는 것, 필수품인 축음기도 "자작"이라 칭하는 친구의 기증품이며, 재떨이는 친구 만성이의 기증이며, 또 다방 명칭은 소설가인 수경(水鏡) 선생의 명명이라는 것 등등의 사실에서 미루어 보면, 이 다방 사업이 일종의 한 동리에 살고 있는, 같은 처지의 불우한 예술가들의 '구락부'의 구실을 하는 것으로 출발했음을 알 수 있다. 다방인지라 응당 마담이 요망되었는데, 그 역시 예쁘지도, 품(品)도, 애교도 없는 수경 선생 집 하녀 미사에를 월급 10원에 고용했던 것이다. 이 '방란장'이 문을 연 지 2년이 지났을 때의 사정은 어떠했던가. 작가 박태원은 이 다방의 개업에서 만 2년이 경과된 시점, 빚에 쪼들려 거의 망하기 직전까지를 이 작품에서 다루고 있다. 여기서 다루고 있다 함은,

방란장 주인인 독신 청년 화가의 자의식을 그리지 않았다는 것, 그렇다고 다방의 풍경이나 주변의 일을 그린 것도 아님을 가리킴에 관련된다. 굳이 말해 그것은 다방 주인 청년 화가의 '딱한 처지'로 집약되는 세계이며, 이를 초극할 어떤 의지도 상실했지만 아직도 막연히 무슨 방도를 기대함에서 오는 우울증의 일종이다. 우울증이란, 그러니까 일종의 허망감이어서 아직도 낭만적 경향인 센티멘털리즘을 탈각하지 못한 도시적인 비애의 막연함에 속한다. '딱한 처지'가 그 극한에 이른 것이 '권태'이다. 그것은 우울증을 그 자체로 무화시키는 방법으로서의 '우울증 즐김'에 해당되는 만큼 역설적인 극복 방식의 일종이 되는 셈이다. 이상의 「권태」(1936)란 이 점에서 박태원의 우울증과 선명히 구분된다. 방란장 주인을 상세히 분석함은 이 점의 중요성에서 말미암는다.

「방란장 주인」인 젊은 독신 화가가 「오감도」의 시인 이상임은 한눈에 알 수 있게 되어 있다. 작가 박태원의 다음 글에서 이 사실이 새삼 확인된다.

> 내가 이상을 안 것은 그가 아직 다방 제비를 경영하고 있었을 때다. 나는 누구한테선가 그가 고공(高工) 건축과 출신이란 말을 들었다. 나는 상식적인 의자나 탁자에 비하야 그 높이가 절반 밖에는 안 되는 기형적인 의자에 앉어 점 안을 둘러보며 그를 괴팍한 사나이라 하였다. 제비 헤멀슥한 벽에는 10호 인물형 초상화가 걸려 있었다. 나는 누구에겐가 그것이 그 집 주인의 자화상임을 배우고 다시 한 번 치어다 보았다. 황색계통의 색채는 지나치게 남용되어 전 화면은 오직 누런 것이 몹시 음울하였다. 나는 그를 '얼치기 화가로군' 하였다.
>
> 다음에 또 누구한테선가 그가 시인이란 말을 들었다. (…) 나는 그 무

> 는 소린지 알 수 없는 시가 보고 싶었다. 이상은 방으로 들어가 건축 잡지를 두어 권 들고 나와 몇 수의 시를 내게 보여 주었다. 나는 쉬르리얼리즘에 흥미를 갖지 않았으나 그의 「운동」 일 편은 그 자리에서 구미가 당겼다.
>
> — 박태원, 「이상의 편모」, 『조광』, 1937.6

다방 제비가 방란장으로 바뀐 것을 빼면 둘은 누가 보아도 등가물이라 할 것이다. 다만 다른 것이 있다면 제비의 차 끓이는 소년 수영이가 방란장에서는 없다든지 제비의 주인이 얼치기 화가이자 알 수 없는 시를 쓰는 시인이라면, 방란장 주인은 단지 화가라는 점이다. 물론 여기서의 문제는 작가 박태원이 관찰하고 있는 이 다방 주인의 '딱한 사정'에 걸려 있다. 처음 다방을 내었을 때는 제법 손님들이 모여들었으나, 경쟁점이 생긴 이후로 점점 몰락하기 시작, 두 해째가 되는 지금은 집세 빚에 쪼들릴 뿐 아니라 마담 미사에의 월급조차 지불할 수 없는 처지에 내몰린 것이다. 미사에의 처지에서 보면, 어느새 다방 마담 겸 가정부이자, 젊은 독신 주인의 수발까지 들지 않을 수 없는 동반자로 되어갔다. 한편 주인의 처지에서 보면 미사에에게 월급도 주지 못했을 뿐 아니라 살림조차 맡겨 버린 처지니까 그냥 결혼해서 산다면 어떨까라는 수경 선생의 권유도 고려해 보았으며, 또 예술가의 아내로서 오히려 겨우 소학을 마쳤으며 자기를 정성껏 보살피는 미사에가 적절할 것도 같았으나, 다른 한편 미사에를 자기도 행복하게 만들어 줄 수 있을까를 생각하자 그는 자신이 없다. 집세 독촉도 이제 어쩔 수 없는 현실 문제로 육박해 왔다. (제비의 주인 이상을 상대로 집주인이 소송을 제기한 사실과 이상이 이에 응하지 않아 가장 불리한 결석재판을 받았

음도 박태원은 지적하고 있다. 「이상의 편모」 참조)

이러지도 저러지도 못한 이러한 상황을 무어라 규정하면 적당할까. '진퇴유곡' 이란 비유가 가능할지는 모르나 '절망' 과는 질적으로 다른 그 무엇이다. 바로 이 '진퇴유곡' 에 대한 태도에서 작가 박태원과 이상의 기질적 차이, 곧 문학적 변별성이 깃들고 있다.

먼저 박태원의 경우를 검토해 보기로 한다.

5. 무대가 동경인 까닭

방란장의 젊은 주인이 놓인 진퇴유곡이란, 절망이기에 앞서 고독임이 판명된다. 고독이되 '자기 혼자로서는 어떻게도 할 수 없음' 으로 규정되는 이 고독이란 새삼 무엇인가. 박태원이 본 방란장 주인의 그것은 '황혼의 빈 벌판의 산책' 에 해당되는 것이었다. 진퇴유곡에 놓인 젊은 화가가 할 수 있는 다음 단계의 방도란 '단장을 휘저으며 황혼의 그곳 벌판의 산책' 인 바, 이는 박태원이 삶과 예술을 변별하는 장치의 하나로 설정한 것이다. 수경 선생의 삶도 그 속으로 들여다보면 방란장 주인의 딱한 사정과 오십 보 백 보라는 사실이 이를 뒷받침한다. 이는 「권태」에서 보여준 「날개」의 작가 이상의 초극 방식과는 질적으로 구별된다. 이상의 진퇴유곡 극복 방식이란, 앞에서도 지적했듯, 진퇴유곡 자체를 역설적으로 즐김에 있었던 것이다. 시골 아이들의 똥싸기 놀음의 생리, 반추하는 소의 생리 닮기로 정리되는 이상의 이 경지는, 진퇴유곡을 자조적으로 처리함을 가리킴이며, 마침내 이 자조적 처리 방식의 생리화에 이른 것이었다. 이를 이상 문학의 미학이라 부른다면, 박태원의 산책 방식이란 어떤 미학이라 규정해야 적절할 까. 그 실마리는 '산책 방식'에서 찾아낼 성질의 것이어서 생리화의 경우와 구별된다. 그 산책 방식이란 어디까지나 황혼녘이어야 하고, 벌판이어야 하며, 혼자여야 한다는 점이다. 그것은 대상과의 거리감에서 오는 공허감의 일종이 아닐 수 없다. 스스로는 진퇴유곡에 빠져 있지 않으면서, 그러한 경지에 빠져 있는 대상을 상정하고, 이를 바라보는 방식에서 이러한 공허의 미학이 도출되었던 것이다. 이런 태도를 일러 스타일이라 부를 것인데, 그것은 현실이 안고 있는 진퇴유곡을 어떻게 하든 허구화(비현실화)시킴에서 말미암았다. 엄연히 버티고 있는 현실을 아예 없는 것으로 무시하기, 이 현실의 비현실화 과정에서 생기는 현실과 비현실 사이의 거리감의 정조(센티멘트)가 고독이다. 고독이란 그러니까 가벼운 우울증의 다른 명칭이 아닐 수 없다.

그렇다면 무엇으로 박태원은 현실을 비현실화할 수 있었을까. 이 물음에 대응되는 것이 박태원이 구사한 스타일이다. 그것은 현실을 가리게 하는 발(주렴)과 흡사한 것이어서, 저편의 현실을 깡그리 지울 수는 없다. 현실과의 거리감을 일정하게 유지하되, 그 윤곽을 잃지 않는 방식이 그의 문체였던 것이다.

이러지도 저러지도 못하는 딱한 처지에 놓인 방란장 주인 청년 화가가 세수도 안 한 채 마담으로부터 단장을 달래서 그것을 휘저으며 황혼의 벌판을 한참이나 산책하기란 무엇이겠는가. 그의 발길이 현실에 굳건히 뿌리 내린 늙은 소설가 수경 선생 댁으로 향함이란 또 무엇이겠는가. 수경 선생 노처의 발악에 꼼짝 못한 수경 선생의 표정을 떠올리며 그 집 문간에서 그가 발길을 돌리는 것은 또 무엇인가. 이 모두는 '황혼의 가을 벌판 위에서 자기 혼자' 산보하기 위한 방편에 지나지 않았던 것이다. 산책의 스타일, 그것이 박태원의 미학이었다면, 그것은 발이랄까 스크린의 미학이 아닐 수 없다. 박태원의 미학이 이러한 스타일로서의 스크린으로 말미암아 '공허의 미학' 이라면 남는 문제는 무엇인가. 이 물음의 중요성은 그것이 박태원의 미학이자 문학사적 과제라는 점에서 찾아질 성질의 것이다.

'공허의 미학' 의 근거를 물을 때 제일 중요한 요인은 방란장이 놓인 '장소' 에 있다. 앞에서 여러 번 되풀이한 대목 "단장을 휘저으며 황혼의 그곳 벌판의 산책"함이란 무엇인가. 이 물음의 결정적인 요소는 그 장소가 식민지의 수도 '서울'(경성)이 아닌 대일본제국의 수도 동경(東京)이란 사실이다. 작품 「방란장 주인」의 무대가 서울이 아님은 대체 무슨 까닭일까. 이 까닭에 앞서 던져질 질문은, 서울이든 동경이든 아무런 차이도 없다는 점에 있다. 신숙(新宿)이라 쓰고 '신주쿠' 라 읽든, '신숙' 이라 읊든 아무런 차이를 느끼지 않음이란 새삼 무엇인가. 박태원에 있어 글쓰기의 원점이 동경임을 가리킴이 아니라면 무슨 설명이 가능할까. 박태원에 있어 글쓰기의 원점이 일본의 당대 문학이며, 그것도 이른바 13인 구락부의 감각과 모더니즘계이며, 바야흐로 조이스의 『율리시즈』에 그 최대의 거점을 두고 있음이 아니라면, 서울 종로에 있는 얼치기 화가이자 「오감도」의 시인이 경영하는 다방 제비가 막바로 방란장이 될 이치가 없다. 초라하기 짝이 없는 식민지 서울의 다방 제비를 제국의 수도 동경에 옮겨놓았다고 해서 달라진 점이 전무하다는 사실은, 박태원 글쓰기의 원점이 서울일 수 없음을 웅변함이 아닐 수 없다. 단장을 짚고 대학노트를 옆에 끼고 종로거리를 배회하고 있는 구보씨의 행위란 실상 동경의 은좌(銀座) 거리 혹은 황혼의 무장야(武裝野) 숲을 걷고 있음과 등가이다. 구보에 있어 서울이라든가 다방 제비란 한갓 꼭두(幻)이며 허깨비인 까닭이 여기에서 온다. 이 점에서 박태원은 「날개」의 작가 이상과 더불어 '환각의 인(人)' 이 아닐 수 없다. 식민지 서울이란, 박태원에게도 이상에게도 한갓 환각이며 헛것이기에 이를 그대로 그려내기만 한다면 막 바로 작품(문학)이 되지 않을 수 없는 형국이었다. 서울(현실)이 환각으로 보이는 곳에 박태원과 이상의 글쓰기의 원점이 있었다는 이 명제의 중요성은 이것이 모더니즘계 미학의 존재 방식에 직결됨이라는 점에서 찾아질 성질의 것이 아닐 수 없다.

제국의 수도 동경의 문학, 그리고 또 그것은 저 조국을 스스로 탈출하여 파리에서 『율리시즈』를 쓴 조이스의 글쓰기의 원점과 박태원의 원점이 등가라 함은 이런 문맥에서이다. 대작 『천변풍경』(1936)이 조이스의 『율리시즈』에 대응된다는 시각은 이에서 말미암는다. 엘리엇의 「황무지」와 김기림의 「기상도」가 대응되는 것도 이런 현상의 일종이다.

현실로서의 서울, 그리고 삶이 한갓 환각이며, 진짜의 현실 그리고 삶이 동경이라면, 환각과 현실의 일치점 모색 방식은 동경으로 가서 사는 방식이 제일 확실할 것이다. 「날개」의 작가 이상의 동경 행의 근거도 이로써 설명된다. 그렇다면 박태원은 어떻게 했던가, 다시 동경으로 가서, 거기서 글쓰기에 나아가야 했으리라. 그렇게 했다면 그는 응당 일본 문단에 큰 얼굴을 드러내었을지도 모르며, 적어도 '우울증' 에 시달리거나 '공허함' 의 상태에서 유려하게 해방되었을 터이다. 박태원은 그렇게 하지 않았는데, 그 결과물이 「방란장 주인」이자 그 속편 「성군」(1937)이다. 「성군」은 방란장 주인의 몰락 과정을 희화적으로 그린 것이며 대화체 중심으로 엮은 것이지만, 장소가 동경이란 점을 전면적으로 드러냄으로써 실로 참담한 지경에 떨어지고 만 졸작이다. 「방란장 주인」에서 그토록 은폐하고자 시도했던 장소로서의 동경이 전면적으로 노출됨에 따라 분명해지는 것은 바로 환각의 소멸에서 말미암았다. 「방란장 주인」의 미적 달성은, 그러니까 글쓰기의 기원이 동경이기에, 서울이 지닌 환각에서 말미암았던 것이다. 제국의 수도 동경에다 글쓰기의 원점을 두었을 때, 그것과 서울의 촌스러움의 낙차가 크면 클수록 환각의 증대가 이루어질 수밖에 없다. 이 환각에 대응되는 것, 말을 바꾸면 이 환각으로 서울의 그 낙차를 보상하고자 하는 열정이 솟아오르는 법이다. 무엇으로 이에 대처할까. 상상력(문체)이 그 해답이다. 서울 현실의 빈약함을 상상력(환각)으로 초극, 저 동경의 그것과 균형감각 만들기, 그 결과물의 한 사례가 저토록 높은 「방란장 주인」의 문체인 것이다. 「방란장 주인」의 무대가 동경이란 사실, 그것이 지닌 문학사적 의의란 이처럼 박태원 미학의 본질이자 모더니즘계 미학의 의의가 아닐 수 없다. 그렇다면 같은 '환각의 인' 이면서도 박태원과 이상은 어떻게 같고 또 다른가. 이런 과제가 우리를 기다리고 있다고 할 것이다.

6. 군중 없는 거리의 산책자—특정한 벗들과의 봉별기

『시와 소설』의 편집자 이상이 그 창간호에 박태원의 소설 「방란장 주인」을 실은 것은 그것이 작품이되 최고급 작품임을 전제로 한 것이었다. 「방란장 주인」이란 누가 보아도 「오감도」의 시인 이상을 주인공으로 삼은 작품이지만, 이상 자신이 스스로 작품의 주인공임과 그것이 스타일(미학)임을 동시에 수용한 행위로 이 사정이 정리된다. 좀 더 구체적으로 말해 편집자 이상은 실상 작가 이상이기도 했던 것이다. 「방란장 주인」이 따지고 보면 박태원 문학의 핵심인 박태원스러운 창작물임을 직감한 것은 편집자 이상이 아니라 작가 이상이었다. 방란장 주인의 인물 됨됨이, 행적, 모습 등이 아무리 다방 제비의 주인을 방불하게 묘사하게 되었다 할지라도, 그것이 한갓 박태원식 창작이자 스타일임을 이상 자신이 직감한 것은, 방란장 주인이 "단장을 휘두르며 황혼의 거리를 산책함"에서 확인되었다. 딱한 사정에 놓인 자의 대처 방식이 어떠함에 해당되는 것으로, 그것은 일종의 거리감을 지닌 대상인식의 일종이었던 것이다. 이것이 박태원식 우울증의 본질이거니와, 「오감도」의 시인 이상의 처지에서 보면 진짜 제비의 주인이란 결코 우울증 환자가 아니었던 것이다. 진퇴유곡에 빠졌다는 점에서는 방란장 주인과 제비의 주인이 같으나, 그 절망의 극복 방식이란 차원이 다른 좌표계에 놓여 있었던 까닭에, 편집자 이상은 조금도 거리낌 없이 동인지 『시와 소설』에 「방란장 주인」을 실을 수 있었다. 「오감도」의 처지에서 볼 때, 방란장 주인의 절망이란 일종의 스타일(멋)에 해당되는 것. 제비의 주인의 생리적 게으름으로 말해질 수 있는 온몸으로 대처하는 절망의 초극 방식과는 질적으로 달랐는데, 그것은 또 다르게 말하면 '자조(自嘲)'의 일종이었다. 그 때문에 절망을 즐기는 방식이 어째서 생리적이자 온몸의 것인가를 밝히는 일은 이상 문학의 본론이 되는 셈이다.

「오감도」의 시인 이상이 이 사실을 알아차린 것은 언제였을까. 이 물음은 아주 중요한데, 왜냐하면 불후의 작품 「날개」(1936)의 생성 과정을 밝힐 수 있는 실마리가 여기에 숨어 있기 때문이다. 「날개」의 생성 과정의 알아냄이자 동시에 또 그것은 「소설가 구보씨의 일일」의 본질을 분석하는 방식이기도 한 까닭에, 이 과제는 따라서 일변으로는 박태원론이자 다른 한편으로 이상론이 아닐 수 없다. 문학사적 개입이 불가피한 것은 이런 연유에서이다.

「소설가 구보씨의 일일」(『조선중앙일보』, 1934.8~9.19)을 작가 박태원 다음으로 제일 먼저 읽은 사람이 「오감도」(『조선중앙일보』, 1934.7.24.~8.8)의 작가인데, 이 점은 크게 강조될 성질의 것이 아닐 수 없다. 그 이유는 박태원의 아래 기록에서 확인된다.

> 그의 「오감도」는 나의 「소설가 구보씨의 일일」과 거의 동시에 중앙일보 지상에 발표되었다. 나의 소설의 삽화도 "하융(河戎)"이란 이름 아래 이상의 붓으로 그리어졌다. 그러나 예기하였던 바와 같이 「오감도」의 평판은 좋지 못하였다. 나의 소설도 일반 대중에게는 난해하다는 비난을 받았던 것이나 그의 시에 대한 세평은 결코 그러한 정도의 것이 아니었다. 신문사에는 매일같이 투서가 들어왔다. 그들은 「오감도」를 정신 이상자의 잠꼬대라 하고 그것을 게재하는 신문사를 욕하였다. 그러나 일반 독자뿐이 아니다. 비난은 오히려 사내에서도 커서 그것을 물리치고 감연히 나가려는 상허의 태도가 내게는 퍽으로 민망스러웠다. 원래 약 일개월을 두고 연재할 예정이었으나 그러한 까닭으로 하여 이상은 나와 상의한 뒤 오즉 10수편을 발표하였을 뿐으로 단념하여 버리지 않으면 안 되었다.
>
> —「이상의 편모」, 303쪽

「소설가 구보씨의 일일」의 첫 회가 실리는 『조선중앙일보』 1934년 8월 1일자에 「오감도」 시 제7호가 실렸으니까 이상은 자기의 시와 박태원의 소설 삽화가 동시에 실려 있음을 확인한다. 뿐만 아니라 "왜 미쳤다고들 그러는지. 대체 우리는 남보다 수십 년씩 떨어져도 마음 놓고 지낼 작정이냐 …"로 시작되는 「「오감도」 작가의 말」(미발표)도 박태원의 이 글 속에서 비로소 확인된다. 「소설가 구보씨의 일일」을 문제 삼는 경우 그 소설적 현장성에 가장 가까이 접근한 인물이 이상이었음은 이로써 분명해진 셈이거니와, 그렇다면 대체 이 소설의 체감(體感)으로서의 현장 감각이란 어떤 것이었을까.

소설가 구보씨란 누구인가. 동경에서 유학하다 실연하고 귀국하여 소설 쓰는 직업을 가진 청년의 이름이 구보이다. 넉넉한 집안의 형과 형수 그리고 모친을 모시고 있으면서 대학노트를 갖고 지팡이를 휘두르며 아침부터 밤중까지 서울 거리 산책을 일과로 삼고 있는 미혼의 청년 구보는 겉으로 보기엔 진퇴유곡이라든가 절망과는 거리가 먼 사람이다. 당장 직장을 구해야 될 절박한 사정에 놓여 있지도 않았고, 거리에는 벗들도 많았으며, 다방도 카페도 줄을 잇고 있었으며, 귀에 약간 이상이 생겼을 뿐 몸에는 아무 탈도 없는 멀쩡한 형편에 있었다. 그가 할 수 있고, 또 하는 일이란 서울 거리를 산책함에만 있었는데, 그 산책을 가능케 하는 것은 오직 단장과 대학노트였다. 이 경우 대학노트란 무엇인가. 말할 것도 없이 그것은 '기록'을 가리킴인데, 산책의 기록이 그것이다. 서울 거리를 산책함이 그대로 '작품'이라는 것. 그것도 소설작품이라는 사실을 처음으로 보여준 것이 이 작품이 지닌 특이성인 셈이다. 작가 박태원이 보통의 소설을 쓴 것과 이 경우는 매우 다른 방식이 아닐 수 없다. 작중인물인 구보라는 청년이 대학노트를 들고 단장을 휘두르며 서울 거리를 헤매기와 그 기록이 그대로 소설이 되어 버리는, 전례 없는 현상이 벌어진 형국이었다. 군중 없는 거리 산책자의 운명이 거기 있었다.

어째서 이러한 현상이 벌어질 수 있었을까. 이 물음은 매우 중요한 문학사적 사건이 아닐 수 없는데, 이를 가능케 한 것이 단장(산책)과 대학노트(기록)이다. 그리고 이 단장과 대학노트가 막바로 소설이 되게끔 한 것이 따로 있었는데, 동경 유학시절의 실연사건과 '환각의 인(人)'인 최후의 '벗'이 그것이었음이 판명된다. 그 벗이 바로 다방 제비의 주인인 시인 이상이었다. 여기에 보이지 않게 은밀히 작동하고 있는 것이 바로 기하학적 대칭점의 인식이다. 이 기하학적인 인식(사고)의 추상성에서 생겨나는 것이 공허함 또는 우울증이다. 「소설가 구보씨의 일일」에서 그 공허함에 이르는 과정을 분석해 보면 다음과 같다.

하루 종일 서울 시내를 헤매는 구보의 무기란 앞에서 이미 지적한 바와 같이 단장과 대학노트이다. 거리엔 다방과 카페가 있을 뿐 군중이 없었다. 구보의 고독의 원인이 여기 있었다. 그가 들르는 곳은 거리와 다방과 카페 등인데, 그렇다면 그가 만나는 인물들은 어떤 종류일까.

익명의 군상들과 특정인으로 대별되는바, 이 중 전자는 구체성을 갖지 않는다는 점에서 거리의 풍물과 구별되지 않는다. 거리의 풍물이란 무엇인가. 이 물음에 압도적인 근대의 의미를 이끌어낸 것이 보들레르임을 간파한 날카로운 독창적 비평가로 벤야민을 들 것이다. 군중과 대립되는 거리 산책자(flâneur)의 존재와 그것의 내면화 과정을 보들레르의 시를 통해 분석한 벤야민에 따른다면, 문제의 중요성은 전통적 지식인으로서의 거리 산책자가 지닌 고고성과 떼거지로 등장한 군중의 집단성 사이에서 생기는 불안정한 과도기적 위치의 의미 파악에 있었다. 산책자가 경계선(境界線)의 존재인 것은 이런 문맥에서이다. 낡은 것과 새로움의 변증법적 양의성이 거울처럼 보들레르의 파리 도시 풍경 묘사에서 드러났을 때, 벤야민은 근대의 근원적 역사를 거기서 짚어내고 있었다(반성완 역, 「보들레르의 몇 가지 모티브에 대하여」, 『발터 벤야민의 문예이론』, 민음사, 1983). 보들레르의 시를 이러한 산책자의 우울증으로 규정하는 것은 이 때문이다. 도시 군중의 모습을 처음 목격하는 자들에게 환기되는 감정이 불안, 역겨움, 그리고 전율이라는 사실에 주목, 그것을 수공업에서 공장 생산으로 변한 근대의 생산제도에 각각 대응시킨 것은 벤야민의 명민함이라고 할 것이다. "군중 속의 행인이 겪는 충격의 체험에 상응하는 것이 기계에서 노동자가 겪는 체험"이라는 시선을 계속 따라 나간다면 벤야민의 저 유명한 복제예술론에 닿게 마련이다.

낡은 것과 새것의 과도기적 상황 속에서 고등유민(遊民)에 지나지 않는 존재가 지식인이며, 그들이 겪는 감정(경계의식)이 우울증이라면, 구보의 감정이란 이 점에서 단연 문명사적 문맥에 놓이게 된다. 그러나 구보의 시선 속엔 군중은 없고, 그 대신 다방, 카페, 극장, 그리고 역사와 화신빌딩 승강기 등이 있을 뿐이다. 모더니즘계 문학의 한 징후일 뿐 한 전형으로 「소설가 구보씨의 일일」이 놓일 수 없는 것은 이런 문맥에서이다. 여기에서 새삼 검토되어야 할 점은 구보 스스로 말하는 모데르놀로지(고현학)이다. 1930년대 초반 서울의 도시화 과정이란 어떠했던가. 승강기, 전차, 다방, 극장, 카페가 생겼으나 아직 군중들이 떼 지어 출몰하는 상태에까지 이르기 전의 서울 거리에 우리의 구보가 산책자로 등장하고 있었다. 그렇다면 그가 만나는 벗들이란 어떤 존재들일까. 군중이 없는 대신 특정의 벗들이 있을 뿐이다. 작품상에서 구보가 '벗' 이라 부른 인물을 검토해 보면 다음과 같다.

(1) 구보가 짝사랑한 누이를 가진 벗, (2) 골동점 주인, (3) 옛 동무, (4) 중학시절의 열등생, (5) 신문사에 근무하는 시인, (6) 종로경찰서 앞을 지나서 있는 다방의 하얗고 납작하고 조그만 주인.

다방에서 구보를 '구포' 라 큰소리로 부르는 사내를 빼면, 이 중 벗다운 벗이란 (5)와 (6)이라 할 것이다. 시인이면서도 사회면에 등장하는 온갖 사건 취재에 열중하는 생활인이자 구보의 소설독자이기도 한 이 벗은, 적어도 구보에겐 벗은 벗이되 자기와 동격의 벗은 아니었다. 무엇보다 이 시인은 산책자(유민)가 아니었다. 밤이면 들어가야 할 집이 있는 벗이기에 한갓 생활인이다. 구보 자신은 대체 무엇인가, 물론 소설가이지만, 이것만이라면 위의 시인인 벗과 다를 바 없고 따라서 조이스의 『율리시즈』에 대해 의견 일치를 볼 수도 있고 또 보지 않을 수도 있겠으나 근본적 차이점이 있다면 구보가 '유민' 이란 사실에서 왔다. 대체 구보가 말하는 '유민' 이란 어떤 종류의 인간일까. 작가 박태원이 정의한 바에 따르면 유민이란 '다섯 개의 능금 문제 풀기' 에 알게 모르게 관련된다. 곧 자기가 완전히 소유한 5개의 능금을 어떤 순서로 먹어야만 마땅할까에 관해서라면 우선 세 가지 방법이 있을 수 있다. 맛있는 놈부터 먹기를 한 방법으로 들 수 있는데, 그 장점은 언제든 그중 맛있는 놈을 먹고 있다는 기쁨을 주지만 그 결과는 비참

해질 것이다. 반대로 그중 맛없는 놈부터 먹어가는 방법. 그것은 점입가경이겠으나, 되짚어보면 그런 방법으로는 항상 그중 맛없는 놈만 먹지 않으면 안 되는 셈. 셋째로 아무 계획 없이 아무것이나 먹는 방법. 여기에도 이런저런 문제가 생기게 마련. 어떤 선택(방법)도 불완전하며, 따라서 어느 길을 택해도 만족할 수 없는 무신념의 사고방식을 지닌 자를 두고 '유민'이라 불렀다. 유민이란 그러니까 이러한 삶에 대한 적극성이랄까 의욕을 송두리째 상실한 사람이 아닐 수 없다. 그것은 그가 매달릴 수 있는 '생활'의 없음에서 말미암는다.

'사과 다섯 개 먹기'의 문제를 풀 수 있을 만큼 고도의 지식과 안목과 사고를 가진 사람으로서 결국 아무것도 할 수 없는 딱한 처지에 빠져 있는 인간형이 유민이라면, 시인이자 신문기자인 벗 (5)는 유민일 수 없다. 다섯 개의 사과 먹기 건을 두고 "그래 그것이 어쨌단 말이야"라고 대들자 구보의 대답은 간단할 수밖에 없었다. "어쩌기는, 무에 어째"가 그것. '생활'을 가진 자와 못 가진 자의 차이가 이로써 분명해졌다.

유민다운 문제를 제기하는 사람이 진정한 유민이라면, 그리고 그런 인물이 구보와 동격의 참된 벗이라면, 그는 과연 누구일까. 벗 (6)이 이 물음에 제일 가까운 인물이다.

7. '유민'과 '환각의 인(人)' –박태원과 이상

벗 (6)은 종로경찰서 근처에 있는 "하얗고 납작한 조그만 다료(茶寮)"의 주인이다. 구보가 이 다방에 들르자 주인은 출타 중이었다. 심부름

하는 아이가 곧 돌아오리라 했다는 것이다. 그 다방에서 잠시 기다린다. 다방에는 여자를 동반한 청년이 있었다. '노는 계집 아닌' 여성과 순결한 청년을 대함이란, 고현학(모데르놀로지)에 몰두해 온 구보로서는 충격이 아닐 수 없었다. 노는 계집스런 현상을 잠시 물리쳤을 때 펼쳐지는 장면은 어떠했을까.

여기는 동경(東京). 유학시절 한 여인을 사랑했던 청년 구보가 진보쵸(神保町)에 있는 모 다방에 앉아 있다. 구보는 회상한다. 간다(神田) 한 철물점에서 손톱 깎기를 샀고 진보쵸의 한 다방으로 갔다. 손톱을 깎기 위함이었을까. 문득 구석진 마룻바닥에 한 권의 대학노트가 떨어져 있지 않겠는가. 윤리학 노트였다. 임자의 이름은 임(姙). 그러니까 여대생이 아니겠는가. 펼쳐 보니 제1장 서론부터 본론으로 가득 차 있었다. 여백엔 연필로 스탕달의 연애론 일절 "수치심은 사랑의 상상 작용에 조력한다"와 느닷없이 "서부전선 이상 없다", 아쿠타가와 류노스케(芥川龍之介) 등등의 낙서가 있지 않겠는가.

여기까지 회상에 빠졌을 때, 벗 (6)이 돌아온 것이다. 구보는 일어나 단장과 대학노트를 집어 들고, "저녁 먹으러 나갑시다."라고 하며 일어선다. 윤리학 노트의 임자 임이와의 로맨스를 잇기 위함이었다. 그 윤리학 노트엔 엽서가 한 장 끼어 있었다. 임이의 주소까지 알아낸 구보는 마침내 그녀의 숙소를 찾는다. 그녀는 조선인 유학생이었고 구보의 중학 동창생을 그녀는 약혼자로 갖고 있었다. 둘은 어느새 서로 사랑하는 사이가 되었다. 그러나 구보는 물러섰다. 왜? 용기가 없었고 정열이 모자랐고 비겁했기 때문이다. 여자가 울며 다음처럼 말한 것은 구보의 용기 없음을 가리킴이었다.

구보가 바래다 주려도 아니에요. 이대로 버려주셔요. 혼자 가겠어요. 그리고 비에 젖어 눈물에 젖어, 환혼의 거리를 전차도 타지 않고 한없이 걸어가던 그의 뒷모양, 그는 약혼한 사내에게로도 가지 않았다. 그가 불행하다면 그것은 오로지 사내의 약한 기질에 근원할게다. 구보는 때로 그가 어느 다행한 곳에서 그의 행복을 차지하고 있는 것같이 생각하고 싶었어도 그 사상은 너무나 공허하다.

어느 틈엔가 황토 마루 네거리에까지 이르러 구보는 그 곳에 충동적으로 우뚝 서며 괴로운 숨을 토하였다. 아아, 그가 보고 싶다. 그의 소식이 알구 싶다.

—「소설가 구보씨의 일일」, 『성탄제』, 을유문화사, 1948, 208쪽
(이하 이 책에 위거함)

구보의 이러한 외침이 내면성에 다름 아니지만, 이를 직관하고 이를 제일 정확히 읽어낸 사람이 바로 「오감도」의 시인이자 이 구보의 내면성을 그림으로 옮겨낸 삽화가 이상이었음에 생각이 미친 사람이라면, 어째서 걸작 「날개」의 결말이 "날자꾸나, 한번만 날자꾸나…"로 되었는가에 주목할 것이다. 「날개」가 「소설가 구보씨의 일일」과 대칭적인가 아닌가의 과제도 여기에 그 해명의 실마리가 놓여 있다.

여기까지 이르면, 「오감도」가 「소설가 구보씨의 일일」과 대칭적임이 확인된다. 실상 작가 박태원의 구보는 서울 시내를 방랑하는 유민이자 산책자가 아니라 여대생 '임(姙)' 이의 꽁무니를 따라다니는 한 조선인 유학생 청년의 내면 풍경이 아닐 수 없다. 동경의 간다, 진보쵸, 그리고 가을의 무사시노 벌판을 헤매고 있는 구보의 일일이었던 까닭이다. 박태원의 우울증이란, 그러니까 서울 거리와 동경 거리 사이의 낙차에서 말미암았음이 판명된다. 이 사실을 직감적으로 알아차린 것

이 「오감도」의 시인이자 삽화가 이상이었기에, 「오감도」는 「소설가 구보씨의 일일」과 비대칭적이라 함은, 이미 거기엔 『천변풍경』(1936)이 대칭성을 강요하고 있었음에서 말미암는다.

이러한 일련의 보이지 않는 박태원과 이상 사이의 심리적 질서관이란, 구보의 서울 시내 헤매기가 기실 구보의 동경 시내 헤매기에 내속(內屬)된다는 사실에 그 근원을 두고 있다. 「날개」의 주인공이 골방에서 나와 서울 시내를 헤매고 마침내 미쓰코시 옥상에서 한낮을 맞아 "날개야 솟아라, 날자꾸나 한번만 더 날자꾸나!"라고 외치는 것은, 구보가 동경 거리에서 여인을 놓치고 향할 곳 없는 마음으로 공허하게 외치는 그 외침이 아닐 수 없다. 다만 차이가 있다면, 서울과 동경에 대한 공간적 낙차가 아니라, 여인 놓치기와 여인을 아내로 삼았음의 차이에 있다고 할 것이다. 여인을 놓치고 그녀를 그리워함이 부질없음(공허의 사상)이라고, 그리고 우울증(고독)이 여기에서 말미암았다면, 「날개」의 그것은 그녀를 아내로 삼았음에서 말미암았다. 「날개」 쪽의 절망이 훨씬 본질적임은 거기엔 한 푼의 고독, 우울증, 요컨대 센티멘털리즘 따위가 깡그리 제거되었음에서 말미암았다.

동경 거리 헤매기의 구보와 서울 거리 헤매기의 「날개」의 주인공 '나'와의 낙차는 물론 여기에 멈추지 않는다. 구보 쪽이 자기의 행복 찾기보다 어머니의 행복 찾기에로 기울어짐으로써 '비생활'인 유민적 삶에서 벗어나고자 함이라면, 「날개」의 '나'는 '비생활'에서 또 다른 '비생활'(환각)에로 향하고 있었던 것이다. 「날개」의 '나'가 생리적이자 본질적이라면, 구보의 그것은 우울증의 범주에서 벗어날 수 없는 것이었다. 적어도 「날개」의 '나'는 "울창한 삼림 속을 진종일 헤매고 끝끝내 한 나무의 인상을 훔쳐 오지 못한 환각의 인(人)"(「童骸」, 『이상문학전집』(2), 문학사상사, 271쪽)이었다. 작품 「童骸」(1936)가 실상 구보에게 보여주기 위한 작품이라 함은 이런 문맥에서이다. 「날개」의 작가 이상은 「童骸」의 주인공 '姙'을 내세워 구보의 내면을 거울처럼 비추었던 것이다. 그것은 영락없는 구보의 패러디화였다. 실상 대칭점의 상징물로서의 '거울'에 주목한 쪽은 구보였다. '姙'과 흡사한 여인과 자기(구보)와 흡사한 청년이 다방에 앉아 있는 정경을 보고, 지난달 동경에서의 자기 자신을 회고하는 장면에서 구보는 그 다방에 거울이 없음을 다행으로 느끼고 있지 않았던가.

> 그 사상에는 황홀의 애수와 또 고독이 혼화되어 있었는지도 모른다. 구보는 극히 음울할 제 표정을 깨닫고, 그리고 그 안에 거울이 없음을 다행하여 한다. 일찍이 어느 시인이 구보의 이 심정을 가리켜 독신자의 비애라 하였다. 그러나 그것은 언뜻 그러한 듯 싶으면서도 옳지 않았다.
> 구보가 새로운 사랑을 찾으려 하지 않고 때로 좋은 벗의 우정에 마음을 위탁하려 한 것은 제법 오랜 일이다.
>
> —「소설가 구보씨의 일일」, 201쪽

「오감도」의 시인이 이 경우 거울 노릇을 하고 있었다. 「날개」가 그 증거이다. 이 경우 거울 노릇이란 구보를 정확히 파악하고 이에 대응되는 내면을 창출해 내는 그런 존재이다. 「날개」의 '나'가 거울을 자화상(실용)과 장난감(비실용)으로 구별 짓는 것도 이 때문이다. "이 장난이 싫증이 나면 나는 또 아내의 손잡이 거울을 가지고 여러 가지로 논다. 거울이란 제 얼굴을 비칠 때만 실용품이다. 그 외의 경우에는 도무지 장난감이다."(『이상문학전집』(2), 322쪽) 「날개」의 거울이 지닌 매력은 이 이중성에서 온다. 구보를 비출 수 있는 거울(실용성)이자 이상 자신을 드러내는 빛으로서의 거울인 까닭이다.

8. 대칭점과 비대칭점의 시각

지금껏 논의해 온 것은 「오감도」와 「소설가 구보씨의 일일」이 대칭적이라는 것으로 요약된다. 삽화를 그리면서 「오감도」의 시인이자 다방 제비의 주인인, 구보의 진정한 벗인 이상은 구보를 등신대로 관찰하고 또 이를 비추는 거울이 아닐 수 없었다. 그러니까 이 거울은 한편으로는 구보의 초상화이자, 다른 한편으로는 장난감(상상력으로서의 문학)이었다. 이 이중성이 낳은 결과물이 「날개」라고 할 때, 여기에는 상당한 설명이 없을 수 없다.

첫째, 고려될 사항은 「오감도」와 「소설가 구보씨의 일일」이 대칭적이라면, 이를 가능케 한 것은 매개항 또는 거울 몫을 한 것이 이상(하융)이 그린 삽화라는 점. 「오감도」의 시인이 하융이란 표찰을 달고, 「오감도」는 물론 구보의 삽화가 실상 하융 자신의 내면이자 구보의 내면이었음은 그 삽화의 주체성이 보장하고 있다. 삽화가 하융이 이상이자 구보라는 사실이 「날개」를 해명함에 거멀못이라 함은 이런 문맥에서이다.

둘째, 「날개」와 「방란장 주인」의 관계가 비대칭적이라는 점, 박태원이 그린 방란장 주인이 다방 제비의 주인을 대상으로 했음은 틀림없지만, 그것은 제비의 주인이 허구임을 전제로 했기 때문에 가능한 일이었다. 방란장 주인이 제비 주인이자 동시에 허상이란 것은 이런 문맥에서이다. 구보가 그려낸 방란장 주인은 "단장을 휘저으며 황혼의 벌판을 한참이나 산책하는"(28쪽)인물이었는데, 이는 구보 자신의 모습에 다름 아니었다. 정작 제비의 주인은 그러한 산책자의 한가로운 우울증 정도를 앓고 있는 수준을 저만치 넘어선 지 오래였던 것이다. 이 사실을 분명히 함이야말로 「오감도」에서, 또 삽화가의 자리에서 스스로의 날개를 펴고 비상하는 「날개」의 작가를 바로 인식하는 지름길이다. 그것은 「방란장 주인」이 허구성에 대한 도전이자 제비의 주인에 대한 도전이기도 하다. 「날개」를 문학사적 과제에로 향하게 하는 과제도 이런 것과 분리되지 않는다.

셋째, 「날개」에 대한 구보의 대응 방식이 『천변풍경』이었다는 것. 이 사실은 구보와 이상의 보이지 않는 게임이며 그 내적 긴장력이 문학사적 과제로 된다는 점은 강조될 성질의 것인데, 마침내 그것이 「날개」와 『천변풍경』의 해명에로 향하게 만들기 때문이다. 당대의 평론가 최재서가 「리얼리즘의 확대와 심화—『천변풍경』과 『날개』에 관하여」(『조선일보』 1936.10.31.~11.7)로써 민감히 반응한 것이 이 사실을 웅변하는 것이다. 『날개』를 가능케 한 매개항이 구보였고, 그 연장선상에 「방란장 주인」이 있었다면, 「날개」의 맞은편에 『천변풍경』이 놓여 있는 형국이 아닐 수 없다.

넷째, 『날개』와 『천변풍경』이 이상과 구보의 게임이며 거기에서 생긴 긴장력이 놀이의 본질이라면, 이 놀이의 규칙은 어떠했을까에 관한 점. '자기기만'이 그 게임의 규칙인바, 구보에 있어 그것이 거리감으로 나타났다면, 이상에 있어 그것은 생리화로 드러났다. 이 차이에도 불구하고 '자기기만'의 이 게임규칙은 문학사적 과제였던 것이니,

이른바 모더니즘의 미학이 그것이다. 이 '자기기만' 이 문체의 환각으로 눈가림되어 있었던 쪽이 구보라면, 이상의 '자기기만' 은 생리적 차원이어서 일종의 즐김(자연스러움)이 아닐 수 없었다. 전자가 문체의 환각(미학)이라면 따라서 자각적이라면, 후자의 그것은 자조적이자 패러독스의 일종이었다.

모더니즘계 미학이란 과연 무엇인가, 이 나라에 있어 그것은 절름발이 현실을 환각으로 뛰어넘고자 한 구보와 이상의 게임에서 빚어진 감각으로 규정된다. 무엇이 절름발이인가. '생활' 과 '비생활' 이 빚는 대칭점의 상실이 그것이다.

1930년대 이 나라 서울의 현실은 생활과 비생활의 깊은 골을 이루어내고 있었다. 다방, 카페, 극장 등등, 거리의 풍경이 비현실이자 환각이라면, 이는 현실적 생활과는 너무도 아득하였다. 이 낙차야말로 위태로운 것이 아닐 수 없었다. 여기에서는 놀이의 규칙을 문제 삼지 않으면 안 되게 되어 있는데, 왜냐하면 환각을 현실로 착각하고 살아가기란 원리적으로 불가능하기 때문이다. 구보는 이 점에서 썩 자각적이다.

어느 틈엔가 구보는 종로 네거리에 서서, 그 곳의 황혼과, 또 황혼을 타서 거리로 나온 노는 계집의 무리들을 본다. 노는 계집들은 오늘도 무지를 싸고 거리에 나왔다. 이제 곧 밤은 올게요 그리고 밤은 분명히 그들의 것이었다. 구보는 포도 위에 눈을 떨어뜨려 그 곳에 무수한 화려한 또는 화려하지 못한 다리를 보며, 그들의 걸음걸이를 가장 위태롭다 생각한다. 그들은, 모두가 숙녀화에 익숙하지 못한 것은 아니었다. 그러나 그러함에도 불구하고, 그들은 모두들 가장 서투르고, 부자연한 걸음걸이를 갖는다. 그것은, 역시, '위태로운 것' 이라고 밖에 말할 수 없는 것임에 틀림없었다.

그들은, 그러나 물론 그런 것을 그들 자신 깨닫지 못한다. 그들의 세상살이의 걸음걸이가, 얼마나 불안정한 것인가를 깨닫지 못한다. 그들은 누구라 하나 인상에 확실한 목표를 가지고 있지 않았으나, 무지는 거의 완전히 그 불안에서 그들의 눈을 가리어 준다.

—「소설가 구보씨의 일일」, 106~107쪽

구보의 논법대로라면 '노는 계집'과 그렇지 않은 계집에 대응되는 것이 '생활 없는 자'와 '생활을 가진 자'이다. 그러나 생활을 가지지 않은 자라는 점에서 구보 역시 '노는 계집'의 범주에 들지만, '유민적 문제의식'을 가졌다는 점에서 무지한 '노는 계집'과 구분된다. '노는 계집'의 숙녀화가 위태로운 것은 생활이 없기 때문이며, 그 때문에 '가장 서투르고 부자연스러움'과 거기에서 오는 '위태로운 것'에서 한 발자국도 벗어나지 못하고 있지만, 진짜 '노는 계집'과 다른 점은 구보가 이 사실을 '자각'하고 있음에 있다. 무지가 위태로움을 가려주고 있기에 '노는 계집'은 안전하다. 하지만 이는 물을 것도 없이 진짜 안전이 아니라 눈가림의 안전에 지나지 않는다.

'노는 계집'과 구보의 이동점(移動点)이 이러하다면 이상의 그것은 어떠할까. 이상이 구보와 다른 점이 있다면 그것은 스스로가 (A) '위태로움'(어긋남)에 놓이었음과 (B) 그 '위태로움'을 자각하고 있음과 동시에 (C) 그것을 역설적으로 즐김에서 찾아질 것이다. 반추하는 초식동물의 사례를 든 「권태」에서 이 점이 새삼 확인된다. 구보가 '위태로움'의 자각(거리인식)에 그다움이 있었다면, 그래서 산책자로 몸 가벼움으로 시종 나아갈 수 있었다면, 그 자각을 '비밀'의 일종으로 위장함에 이상은 그다음이 있었다고 할 것이다. 이상이 인공의 날개를 꿈꾼 것은 이 '비밀'의 무게에서 말미암았다고 보는 것도 이 때문이다.

이 항목에서 남은 문제는 무엇인가. 이 물음은 박태원의 소설 「애욕」(『조선일보』, 1934.10.6.~10.23)에 관련된다. 「소설가 구보씨의 일일」의 속편으로 씌어진 「애욕」은 구보가 다방 주인 하웅(河雄)의 애욕 과정을 관찰한 기록이다. 손에 대학노트를 흔들어 보이며 고현학(考現學)을 한다고 외치며 종로 거리를 헤매고 있는 소설가 구보가 실상 이 작품에 선 '산책자'로서의 의미를 접고, 한갓 주인공 하웅의 애욕을 관찰하는 자에 지나지 않기에 「소설가 구보씨의 일일」의 속편이라 보기엔 무리가 없지도 않겠으나, 「오감도」의 작가이자 제비의 주인이며 「소설가 구보씨의 일일」의 삽화를 그린 하융(河戎)과 동일인임은 의심의 여지가 없다.

> 구보는 맞은 편 벽에 걸린 하웅의 자화상을 멀거니 바라보았다. 십호 인물형, 거의 남용된 황색 계통의 색채. 팔 년 전의 하웅은 분명히 '회의', '우울' 그 자체인 듯싶었다. 지금 그리더라도 하웅은 역시 전 화면을 누렇게 음울하게 칠해 놓게다.
>
> —『조선일보』, 1934.10.10

다방 마로니에의 주인 하웅은 고향에 약혼한 처녀가 기다리고 있지만, 여우처럼 경박한 모던 걸에 빠져 정신을 못 차리고 있음을 구보가 세밀히 관찰하고 있다. 이 경우 관찰이란 심리묘사까지 나아감이 특징적이다. 구보의 시선에서 본 하웅이란, 경박스러운 계집에 빠져 결국 고향 행을 포기하고 주저앉은 인물이다. "왜 자기는 그 따위 계집을 침 뱉고 욕하고 그리고 깨끗이 잊을 수 없나" 그러나 하웅은 제 자신을 오직 딱하게 생각하는 재주밖에 없었다."(1934.10.14.)에서 보듯, 하웅의 처지란 고현학을 내세워 방황하면서도 아무런 결론을 맺지 못하는 구보 자신의 모습이 아닐 수 없다. 박태원이 그리고자 한 것은 "딱한 처지의 인간군상"이며, 그 '딱함'의 근거가 고현학이었음이 판명된다. 그렇다면 어째서 「애욕」을 그의 창작집 어디에도 수록하지 않고 방치해 두었을까. 창작집 『소설가 구보씨의 일일』(문장사, 1938)을 염두에 둘 때 혹시 동경서 숨진 「날개」의 작가에 대해 친우로서 갖추어야 될 예의에서 말미암은 것이었을까. 혹은 작품의 완성도의 미달에서 말미암은 것이었을까(김윤식, 「고현학의 방법론」, 『한국 현대문학사론』, 한샘, 1988, 320~349쪽).

9. 한 소설의 탄생－문학사적 의의

여기까지 이르면 이제 이러한 사실들의 문학사적 의미를 밝히는 작업이 가로놓이게 된다. 모더니즘을 문제 삼는 마당인 만큼 여기서 말하는 문학사적 의미는, 일차적으로 세계문학사적 시선에 관련된다.

앞에서 이미 살폈듯, 「소설가 구보씨의 일일」은 산책자 개념과 고현학(모데르놀로지) 개념으로 구성되었으며, 이를 수행하는 도구로 채택된 것은 단장과 대학노트였고, 주인공의 무대는 1930년대 초반의 서울 거리였다.

1930년대 국세조사에 따르면, 식민지 조선의 총 인구는 2,105만 8천명이며, 그중 97%가 조선 13도 출신이었고, 일본에서 출생한 일본인은 1.75%인 36만 9천 명, 중국에서 출생한 중국인이 9만 2천 명으로 되어 있다. 이 중 서울 인구는 총 394,246명이며, 이 중 일본인은 19%인 74,825명을 차지하고 있었다. 또 서울 인구 중 서울 토박이는 45.5%(179,226명)에 해당되고 있다. 10세 이상의 조선인 문맹률은 남자의 경우 51.7%인 데 비해 여자는 89.5%, 이 중 서울의 경우 문맹률은 37.7%로 되어 있다. 특히 주목되는 것은, 서울의 경우 직업 있는 자는 34.7% 무업자는 65.3%로 집계되어 있다는 점이다. 그런데 더욱 중요한 것은 서울 인구의 직업자의 첫 번째가 주인 가구에 고용된 '가사 사용인' (12,094)으로 무려 8.9%를 점한다는 사실이다. 가사 사용이란 무엇인가. 머슴이나 하녀가 따로 분류되어 있는 만큼 이는 행랑살이를 가리킴이고, 그것도 행랑어멈 쪽이 주축을 이루었음이 판명된다. 두 번째 직업은 날품팔이로 7.4%, 세 번째가 물품 판매업자, 네 번째가 점원 등의 순서였다(손정목, 『일제 강점기 도시 사회상 연구』, 일지사, 1996, 103~136쪽).

이러한 형편 아래서 다방이 처음 생기고, 카페, 극장 그리고 백화점이 한 둘 생겨났던 것인 만큼 거기에는 아직 군중이 형성되지 못한 형편이었다. 비록 산책자로서의 길이 열린 공간이긴 하나, 그 산책자가 아직 군중을 발견하기 전의 무대였기에, 산책자 구보의 단장과 대학노트는 공허함으로 가득 찰 뿐, 이 군중의 부재에서 오는 고독이 구보의 우울증의 근거를 이루었다.

군중의 출현 이전의 서울 공간을 규정하는 한 가지 지표로 「소설가 구보씨의 일일」이 존재하고 있다는 시선에서 보면, 그러한 분명한 지표의 하나로 밤의 풍경이 지적될 것이다. 구보가 느끼는 압도적 고독은 황혼의 산책에서 왔다. 낮과 밤의 경계선에 섰을 때 구보의 고독은 최고점에 달한다. 이 경계선의 진입과 이탈이 구보가 지닌 지표로서의 역할이다. "어느 틈엔가 구보는 종로 네거리에 서서 그 곳에 황혼과 또 황혼을 타서 거리로 나온 노는 계집의 무리를 본다."(「소설가 구보씨의 일일」, 106쪽). 구보 앞에 압도적으로 다가오는 것은 보들레르를 절망케 한 익명성의 군중이 아니라 단지 '노는 계집'이었다. 이 노는 계집들이 비록 굽 높은 숙녀화에 조금은 익숙했다 할지라도, 구보의 시선에서 보면 '가장 서투르고 부자연한 걸음걸이'가 아닐 수 없다. 구보의 산책자의 몫이란, 산책자임엔 분명하나 이처럼 제한적임이 판명된다. 동경의 번잡을 보고 나서야 시골 같은 서울의 다정스러움을 알아차린 「날개」의 작가가 살았던 식민지 서울이 지닌 미숙성으로 이 사정을 설명할 수 있다. 구보의 고독이란 그가 놓인 서울의 근대적 미숙성의 현실과 이미 구보가 동경에서 체득해 버린 지식(감수성)과의 낙차에서 왔음이 판명된다.

이러한 사례는 『율리시즈』의 작가 조이스의 경우와 대비시켜 볼 성질의 것이기도 하다. 조이스가 당면했던 식민지 아일랜드의 수도 더블린의 현실이란, 현실 자체의 빈약성(자본주의적 기초의 미숙성)에 다름 아니지만 이를 기록한 것이 『율리시즈』라면, 이때 문제되는 것은 조이스의 기록방법으로서의 기묘하고도 화려한 문체이다. 식민지 현실의 빈약성을 기록하기 위해 조이스가 사용한 방법이란 다름 아닌 자의식 과잉의 정교한 언어 사용이었다. 곧 현실의 진부성과 자의식 과잉의 정교한 언어 사이에서 생긴 아이러니컬한 틈새, 내용과 형식 사이의 희극적 낙차가 『율리시즈』로 나타났던 것이다. 곧 그것은 기표의 과잉과 언급대상의 비속성의 틈새를 고통스럽게 의식하는 식민지 작가의 상황을 기막히게 보여준 것이었다(T. Eagleton, *Heathcliff and the Great Hunger : Studies in Irish Culture*, London: Verso, 1995.)

조이스의 경우, 식민지적 특질이 모더니즘과 직결되는 화려한 실례라 할 땐 설명이 없을 수 없다. 종주국 학감이 사용하는 언어와 식민지 학생 조이스가 사용하는 영어의 낙차를 절망적으로 인식하던(이상옥 역, 『젊은 예술가의 초상』, 박영사, 295쪽) 점에 생각이 미친다면, 조이스가 언어의 물질성을 철저히 추구하여 그 가능성을 실험할 수 있었던 것은 영어가 그동안 이루어낸 역동적 힘과 결코 무관하지 않을 것이다. 조이스에 있어 영어란 모국어이며 외국어였다. 영어가 지닌 압도적 힘을 이용, 마침내 조이스는 영어를 영어에서 탈락시켜 초언어(超言語)로 이끌어 올린 형국이 아니었던가. 『피네건의 밤샘』이 그런 사례라 볼 것이다.

이에 견줄 때 구보는 어떠할까. 그가 배운 일어란 모국어이자 외국어가 아니었을까. 구보가 가진 것은 단장과 대학노트뿐, 그 대학노트란 것도 동경 어느 다방 구석에서 주운 윤리학 노트에 지나지 않았다. 이 윤리학 노트를 서울로 옮겨와 종로 밤거리를 헤매는 광경이 「소설가 구보씨의 일일」이다. 그리고 이 윤리학 노트가 이루어낸 가장 화려하고도 공허한 산문이 「방란장 주인」이었다. 아직 군중도 없고, 영어가 지닌 압도적 힘도 아직 없는 일본어의 '대학노트'란, '윤리학'에서 끝내 벗어날 수 없음이 그 한계성으로 지적됨은 이런 문맥에서이다. 단층파의 등장은 그들이 이 구보의 한계성을 모르는 사이에 직감했음과 결코 무관하지 않다.

문학사적 의의의 이차적인 사항이란 무엇인가. 「소설가 구보씨의 일일」과 「날개」 사이에 교류하는 게임이론, 곧 고압적 전류가 이에 해당된다. 「오감도」와 「소설가 구보씨의 일일」이 동시적 현상이었는데, 이 양쪽에 놓인 매개항이 삽화가 하융의 존재였다. 하융이 「오감도」와 「날개」의 작가임을 염두에 둔다면 삽화가 → 시인 → 소설가의 진행 과정이 뚜렷해진다. 삽화가이자 시인인 이상(하융)이 소설을 쓰겠다고 고백한 것은 김기림에게 보낸 「사신」(1936.4)에서이다. "우리들의 행복을 신에게 과시하기 위해서"가 소설 쓰겠다는 결의의 표면적 이유였다. 그러니까 '해괴망측한 소설'을 쓰겠다는 것이어서, 스스로가 이를 '흉계'라 규정한다. 그 흉계의 실현이 바로 「날개」이다. 무엇이 어떻기에 흉계라 했을까. 이 물음에 대한 대답은 문학사적 과제의 하나에 해당될 터이다.

이를 정리하면 다음과 같다. 「소설가 구보씨의 일일」에 등장하는 구보의 진정한 벗이 「오감도」의 시인이자 제비의 주인이었다. 이에 대한 시인이자 제비의 주인의 흉계가 「날개」이다. 「방란장 주인」이 제비의 주인이자 「오감도」의 시인이라는 사실에 대한 「방란장 주인」이자 「오감도」의 시인의 흉계가 「날개」이다. 어째서 그것이 흉계일 수 있는가. '소설'이 그 정답이다. 한때 시인이었고 제비의 주인이었으나, 이제부터는 시인도 아니고 제비의 주인도 아니라는 사실만큼 충격적인 흉계가 달리 있을 것인가. 「날개」가 '기묘한 소설'이며, 그 탄생이 바로 '소설'의 탄생에 해당된다는 것이 바로 이 나라 문학사적 사실이 되는 것은 이 때문이다.

소설에서 희곡으로

— 『옛날 옛적에 훠어이 훠이』가 던진 충격

1. 『회색의 의자』 뒤에 나온 『소설가 구보씨의 일일』

『천변풍경』의 작가 박태원이 「소설가 구보씨의 일일」을 발표한 것은 1934년이었다. 그로부터 38년 뒤, 「광장」(1960)의 작가 최인훈은 동명의 『소설가 구보씨의 일일』(1972)을 발표했다. 어째서 제일급 작가인 최인훈은 박태원의 작품 제목을 차용하여 소설을 썼을까. 필시 거기에는 그만한 사연이 있을 것이다. 그리고 이런 사연을 논의하는 것은 곧 문학(소설)사적 과제에 해당한다.

이 글은 두 작품의 비교 검토를 통해 그 문학사적 의의를 밝히기 위해 씌여진다. 그러기 위해서는 큰 전제로 박태원의 「소설가 구보씨의 일일」에 대한 연구가 선행되어야 할 것인데, 이를 위해 졸고 「식민지 경성(京城)의 빈약한 현실과 이미 배워버린 모더니즘」을 머리에 두고 논의를 진행하기로 한다. 따라서 여기서는 최인훈의 『소설가 구보씨의 일일』만을 집중적으로 검토하게 될 것이다.

최인훈의 이 장편은 제1장 「느릅나무가 있는 풍경」, 제2장 「창경원에서」, 제3장 「이 강산 흘러가는 피난민들아」, 제4장 「위대한 단테는」, 제5장 「홍콩 부기우기」, 제6장 「마음이여 야무져다오」, 제7장 「노래하는 사갈」, 제8장 「팔로군 좋아서 띵호아」, 제9장 「가노라면 있겠지」, 제10장 「갈대의 사계」, 제11장 「겨울 낚시」, 제12장 「다시 창경원에서」, 제13장 「남북조시대 어느 서울 예술노동자의 초상」, 제14장 「홍길레진 나스레동」, 제15장 「난세를 사는 마음 석가씨를 꿈에서 보네」 등으로 구성되어 있다. 장편 『회색의 의자』(1965)를 『세대』에 연재를 마친 뒤의 몸 추스르기. 그러기에 내면이 엿보이는 또는 새로운 마음을 닦기 위한 것의 일환으로 『소설가 구보씨의 일일』이 씌어졌다고 볼 것이다.

위에 보인 목차에서 드러나듯, 그야말로 하루하루의 소설노동예술가 최인훈의 내면을 다룬 것이기에 그 내면은 이른바 의식 과잉으로 불릴 수 있을 성질의 것이다. 이 사실을 선명히 엿볼 수 있는 것을 들라면 제2장 「창경원에서」와 제12장 「다시 창경원에서」라고 할 수 있다. 그만큼 이 소설에서 창경원이 큰 얼굴을 드러낸다.

대체 창경원이란 무엇인가. 일제가 창경궁을 없애고 벚꽃과 더불어 동물원을 만들었거니와, 따라서 창경원 하면 동물원을 가리킴이 아닐 수 없었다. 어째서 구보 최인훈은 창경원을 두 번씩이나 방문했던가. 필시 거기에는 그 나름의 의미가 깃들어 있음이 틀림없다. 이 글에서는 동물원 분석을 통해 최인훈의 내면을 엿볼 것이다.

2. DNA의 문제에 육박하기

구보는 누구인가. 소설가라 했다. "1969년이 다 가는 동짓달 그믐께를 며칠 앞둔 어느 날 아침 소설가 구보씨는 잠에서 깼다. 잠에서 깨는 순간에 그의 머릿속에는 무엇인가 두루마리 같은 것이 두르르 펼쳐졌다가 곧 사라졌다. 구보씨는 그것을 곧 알아보았다. 그것은 오늘 하루 그가 치러야 할 일과표였다."라고 제1장 「느릅나무가 있는 풍경」의 첫줄에 썼다. 그 일과표란 어떤 것일까.

> 새벽에 구보씨는 꿈을 꾸었다. 구보씨는 바닷가에 서 있었다. 물결이 밀려오고 밀려나간다. 갈매기도 틀림없이 날고 있었다. 그들의 날개에서 빠르게 부서지는 햇빛도 보였다. 그러나 구보씨가 보고 있는 것은 그런 것이 아니었다. 구보씨는 바닷가 속에 잠겨 있는 마을을 보고 있었다. 아주 깊이 갈앉은 마을은 어항 속에 있는 고기처럼 잘 보였다. 집들이며 나무며 한 길이 아주 잘 보였다. 어느 철인지 몰라도 울타리 너머로 앞이 무성한 나뭇가지가 넘어온 것도 보였다. 그렇다면 여름인지도 알 수 없었다. 구보씨는 바다 속으로 걸어서 들어갔다. 아무리 들어가도 마을은 보이지 않는다. 구보씨는 바닷가로 나갔다. 거기서 보면 여전히 마을은 바다 속에 있었다. 그는 지쳐서 모래 위에 앉아 버렸다.
>
> — 제3장 「이 강산 흘러가는 피난민들아」, 『소설가 구보씨의 일일』, 삼성출판사, 1972, 53쪽.(이하 이 책에 의거함)

「광장」의 이명준이 바다 밑에 잠겨 있음과 이는 흡사한 현상이 아닐 수 없다. 두루 아는바, 최인훈에게 있어서는 LST(탱크를 적재하기 위한 상륙용 선박)를 떠날 수 없다. 이른바 1·4후퇴로 남한 땅에 발을 딛게 된 세대이다. 이 점에서는 이호철도 같다. 그러나 「탈향」의 이호철이 남한에 뿌리를 내리고자 온갖 노력을 아끼지 않았음에 비해, 최인훈은 남한에서 '망명객'으로 시종일관했다. 이 자의식은 『회색의 의자』의 독고준을 위시해서 전 작품의 원점을 이루었던 것이다.

망명의 땅 남한에서의 최인훈은 '구보'였다. 그 구보의 자의식은 꿈에서조차 선연한 것이었다. 바닷속에 잠긴 마을, 그것을 바깥에서 바라는 의식. 이 의식의 철저성은 『소설가 구보씨의 일일』에서 가장 잘 볼 수 있다. 아울러 이를 선명히 드러낸 것이 창경원 방문이다.

> 어느 봄날 소설가 구보씨는 창경원에 가서 짐승들이 보고 싶다는 생각이 환장하게 치밀어 올랐다. (…) 그는 왼쪽으로 걸어가서 공작 울 앞에 멈췄다. 지금이 그러한 시간인지 공작은 후두두 소리를 내면서 꼬리를 펴고 있는 중이었다. 부챗살처럼 활짝 꼬리를 펼 때, 소리마저도 부채질한 같은 소리를 낸다. 종이가 찢어져서 살이 털털거리는 그런 부채가 아니고 여러 겹으로 접힌 안전 면도날을 손에 몰아 쥐고 트럼프 장 펴듯이 펴는 것처럼 쇠붙이스런, 싸이팍하는 소리였다. 텅 빈 동물원의 한낮에 꼬리를 활짝 펴는 그 모습은 좀 섬칫한 것이었다. 마치 꽃망울이 열리는 현장에 맞닥뜨린 때처럼, 어떤 외설한 모습이었다. '花開'라는 낱말이 떠올랐다. 꺼림, 까무러칠 만큼 아득한 어느 때부터 비롯한 저 버릇, 시무룩한 낯빛으로 꼬리를 잔뜩 펴고 있는 모습은 '공작처럼 거만한' 어쩌구 하는 모습처럼은 보이지 않았다. 그보다는 원수의 땅에 포로로 잡혀 왔으면서도 하루의 정한 시간에는 자기네 부족의 법식에 따라 예배를 드리고 있는 모습 같았다.
>
> —「창경원에서」, 41~42쪽

어째서 '환장'할 만큼 짐승들이 보고 싶었을까. "원수의 땅에 포로로 잡혀 와서"라고 했것다. 동물들은 아마도 아프리카에서 인간의 포로로 잡혀와 구경꾼 신세가 된 형국이라 보면 그럴법하다. 그러나 누군가 구보씨에게 따질 수 있긴 하다. "누가 구보씨를 남한으로 오게 한 것인가"라고. 구보 자신이 자발적으로 온 것이 아니었던가. 이에 대해 구보씨는 말할 것이다. "누가 뭐래도 나는 포로다"라고. 남한 사람들이 나를 포로로 잡아왔다고. 그렇다면 구보씨는 남한과 전쟁을 했어야 포로가 될 수 있는데, 과연 그는 그런 싸움을 했던가. 물론 한 바 없다. 다만 꿈에서만 키운 자의식의 과잉이 그런 망상을 가져왔던 것이다. "나는 피난민이다, 나는 포로다, 나는 짐승이다, 나는 공작새다."라고 외쳐댔다.

'원수의 땅' 에 와서도 수억 년 지녀온 자기 종족의 관습을 연출하는 것이 원수를 이기는 길이라고 우기고 있다. 그런데 잘 따져보면 이 '종족의 관습' 인즉, 그의 유년기의 것이 아닐 수 없다. 최인훈의 자전소설 『화두』(1994)에는 그 종족의 관습이 주체할 수 없을 정도로 선연하다.

눈이 내리는 1972년 2월 소설노동자 구보씨는 다시 창경원에 갔다.

> 구보씨는 표범이 이쪽을 보기를 기다리면서 서 있었다. 아무리 기다려도 표범은 머리를 돌리지 않았다. 구보씨는 단념하고 다음 우리로 갔다. 그 칸엔 흰 곰이 한 마리 있었다. 그때 한 마리는 무슨 습진 같은 것인지 얼굴이 짓무르고 그 부분에는 털도 빠진 것이 보기에 안됐었다. 습진 때문에 죽었을 리는 없고 어떻게 된 노릇인지 몰랐다. 아무튼 지금은 한 마리다. 앞다리를 들었다 놓았다 하면서 지루한 재주를 놀고 있다. 덩치는 굉장히 크다. 물고기를 그렇게 잘 잡는다니 믿기 어렵다. 북극에

사는 짐승이니까 아마 이런 날씨쯤은 후덥지근하다는 것이겠지. 하얀 털가죽이 때에 절었다. 모든 것이 돈 때문이겠지. 문득 이 곰이 사로잡히던 순간이 떠오른다. 그의 평생에서의 그 액운의 날. 그러나 그가 그 장면을 외고 있을 리 없다. 그를 잡은 사냥꾼은 기억하겠지. 그 비극의 날이 아무 흔적도 남기지 않는 그의 두뇌. 백치. 흰 슬픔이다. 백지의 슬픔이다. 지구가 태양을 도는 것처럼 자기 DNA의 제도를 돌뿐인 슬픈 헛일. 헛일이라? 알면 어떻다는 것인가. 무엇이 달라지는가? 사람은 흘러간 시간을 머리에 담고 있다손치고, 그래서 무엇이 달라지는가. 비석에 새기고 일기에 적고 책으로 박아내고. 그래서. 그래서 어떻게 된단 말인가. 본인 당자의 슬픔이 거기 남았다 치고, 그 사람은 어디 갔는가. 오, 죽일 놈의 '神哥놈' 대체 무엇 때문인가. 어느 손에 말아 죽으려고 이 장난질인가. '神哥'여 너는 불구대천의 원수다.

—「다시 창경원에서」, 313~314쪽

DNA의 측면에서 인간과 짐승은 꼭 같다. 다만 자의식만큼은 다르다. 그렇다면 누가 이 자의식을 인간에게만 주었는가. 바로 '神哥놈'이다. 모든 것은 이 '神哥놈'의 것이다. 철천지원수가 아닐 수 없다.

「창경원에서」에서의 공작새를 빌미로 적국에 포로로 잡혀 온 신세라 외쳤지만, 「다시 창경원에서」에서는 차원을 넘어 조물주, 곧 '神哥놈'에로 향하고 있다. 자의식을 부여한 '神哥놈'이 철저한 원수가 아닐 수 없다. 또 다르게 말하면, 동물도 인간도 DNA 속에는 내면성이 있다. 하지만 인간만이 언어를 발명했을 때 그 언어가 만들어낸 또 다른 내면성이 부여되었다. 그 다음엔 문자가 발명되었다. 또 하나의 자의식이 부여되었다. 근대적 자아니, 개성이니 하는 것은 이 문자의 내면성이 빚어낸 것에 불과하다(미우라 마사시, 『비평이라는 멜랑콜리

(비애감)』, 이와나미 서점, 2001. 178~179쪽). 곧 원시인들도 인간의 광기를 종교와 제의로 제도화했다. 한편 근대인은, 그러니까 서양의 경우이고 멜랑콜리(이유 없는 비애감)의 제도화이겠는데, 역설적이게도 이 제도화는 다름 아닌 문자가 제도화를 가능케 한 것이다. 어느 쪽이나 '진보' 란 없다. 다만 '변화' 가 있을 뿐이다. 어째서 그러한가. 인간 골격의 변화는 획득형질이 유전되지 않는 한 '자연' 에 속하고 있다. 다시 말해서 인간의 마음먹은 대로는 되지 않는다. 그러나 도구를 사용함으로써 이후의 변화는 인간이 마음먹은 대로의 '변화' 인 것이다. 바로 '자유' 라는 것이다. 이 자유란 멋대로 해도 상관없는 것. 자멸할 것인가, 살육(전쟁)할 것인가, 살아남을 것인가 등은 어김없이 자유의 선택사항이 아닐 수 없다. 요점은 이 선함과 악함을 재는 것도 인간 자신인 것이다. 선함과 악함이라는 관념, 그 자체도 인간의 발명에 걸려 있는 것이기에 이 경우 그 자유란 거의 공포의 별명이다(미우라 마사시, 위의 책, 297쪽).

소설노동자 구보씨는 무의식의 차원이긴 해도 여기까지 생각이 미치고 있지 않았을까. 그 문자가 구보씨에겐 '일본어' 이었을 터이다. 『화두』에서 이 점이 선명하다. 그렇다면 그 일본어의 내면성이 최인훈, 곧 구보씨의 내면을 형성했다고 볼 것이다.

3. 희곡으로 변신한 곡절

이 나라 문학계의 구조적 변혁을 가져온 세 가지 계간지 중 가장 나중에 나온 것이 『세계의 문학』(1976)이다. 『창작과 비평』(1965), 『문학과 지성』(1970) 등과 겨루어 볼 때 그렇다는 뜻이다. 두루 아는바, 『창작과 비평』이 현실 변혁을 꾀한 이상주의적 성향을 가졌다면, 『문학과 지성』은 문학 자체의 내면화 곧 내성소설에 주력한 것이라 할 수 있다. 이에 비해 『세계의 문학』은 어떠했을까. 그야말로 세계성을 향한 것이며 그것은 또 '재미'의 추구에 기울어져 있었다. 『영자의 전성시대』에서 그 '재미'가 역력했고, 『머나먼 쏭바강』에서 월남전 참전을 다루고 있다. 한국군 약 4만 명이 참전한 이 월남전 소설은 반미사상이나 반공주의 등과는 무관했다. 세계적 관심사인 '월남전'을 '재미'의 차원에서 다룬 것이었다. 그 '재미'는 대형출판사 민음사의 상업주의적 발로이기도 했지만, 결코 통속성으로 흐르지 않았다. 건전한 의미의 '대중성'이라 할 성질의 것이었다(졸저, 『3대 계간지의 문학사적 기틀』, 역락, 2013. 12).

문제는 최인훈이었다. 이른바 내성소설의 제일인자인 최인훈, 그는 내성문학의 수립자였다 해도 과언이 아니었다. 그것이 기호(일본어)가 가져다 준 자아각성 또는 내면성이었다. 당초 인간은 『소설가 구보씨의 일일』에서 보듯 DNA 차원에서도 동일한 것이다. 그중 종족으로 갈라졌을 때 종족끼리의 규칙이랄까, 방식이랄까 습속 같은 것이 이를 가리킴이다. 포로로 잡혀 있으면서도 공작새의 우아한 춤추기는 그런 습속에 다름 아니었다.

월남한 최인훈은 포로로 남한 땅에 왔다고 자처했다. 그러한 최인훈이 『세계의 문학』 창간호에서 '폭탄선언'을 했다. 「옛날 옛적에 훠어이 훠이」가 그것이다. 이 작품이 충격적 선언인 까닭은 소설이 아니고 '희곡'이기 때문이다. 황석영의 단편 「몰개월의 새」와 동시에 발표된

이 희곡으로 매우 낭패한 쪽이 있었다. 『문학과 지성』이다. 신주처럼 여겼던 최인훈의 변신 앞에서 그저 망연자실할 수밖에 없었다. 이러한 변신은 최인훈 자신에게도 '번개' 처럼 엄습해왔다. 자전소설 『화두』(1994)에 따르면 그는 미국무성 후원의 6개월짜리 아이오와대학 문창과 부설 국제창작 워크숍(I.W.O)에 갔다가 귀국하지 않고, '양간도(洋間島)' 에 가 있는 온 가족과 재회하여 거기서 3년 동안 머물렀다. 거기서 그는 보편어로 인식했던 영어로 창작할 참이었다. 그러나 이런 일은 어림없는 것이었다. 기껏 일어가 가져다 준 내면 또는 자아각성을 그는 마치 자기의 타고난 총명성인 양 착각했던 것이다. 이 점에서 최인훈은 「오감도」의 작가 이상보다 둔감했다고 볼 것이다.

최인훈이 귀국한 것은 1976년이었다. 귀국해야 한다는 것, 그것은 '번개' 처럼 그를 내리쳤다.

> 한 옛날, 박천(博川) 원수봉(元帥峰) 기슭에 오막살이 한 채가 있었는데, 어느 날 이 집 아낙네가 옥동자를 해산했다. 워낙 가난할 뿐 아니라 근처에 인가가 없기 때문에 산모는 자기 손으로 태끈을 끊고 국밥도 손수 끓여먹을 수밖에 없는 형편이었다. 해산한 다음날 부엌일을 하고 있노라니까 방 안에서 갓난아기의 울음소리 아닌 재롱떠는 소리가 들려왔다. 산모는 이상히 여겨 샛문 틈으로 들여다보았다. 아니! 아기가 혼자서 벽을 짚고 아장아장 거닐며 재잘거리고 있지 않은가. 아낙네는 이거 웬 일인가 하고 뛰쳐 올라가 아기를 붙안고 몸을 이리저리 살펴보았다. 다시 한 번 놀랐다. 겨드랑이 밑에 날갯죽지가 싹트고 있지 않는가. 장수로구나 비범한 인간이라는 것을 깨닫는 순간, 어머니에게는 기쁨보다 걱정이 앞섰다. 만약 관가에서 이 일을 아는 날엔 온 집안이 몰살당하게 될 것이 아닌가. 아낙네는 생각다 못해 남이 알기 전에 이 아이를 죽여

버리기로 결심하고 아기 배 위에 팥 섬을 들어다가 지질러 놓았다. 곧 죽을 줄 알았던 팥섬에 깔린 아기는 이틀이 지나도 죽지 않는다. 다시 팥섬을 하나 더 포개 지질렀다. 아기는 이겨내지 못하고 마침내 억울하게 숨을 거두었다. 그날 밤부터 원수봉 절벽 위로부터 난데없는 말울음소리가 들려와 마을 사람을 놀라게 했다. 알고 보니 장수 잃은 용마(龍馬)의 울음소리였던 것이다. 그 후 마을 사람들은 이 바위를 마시암(馬嘶暗)이라 이름했다.

—『화두』(1), 민음사, 1994, 457쪽

이 대목이 어째서 "벼락처럼"(『화두』, 458쪽) 의식되었을까. 미국의 어떤 도서관에서 발견한, 평북도지(平北道誌)에 실린 아기장수 설화가 어째서 이 『회색의 의자』의 작가를 번개처럼 내리쳤을까. 그것은 귀국한 이유이기도 하다.

귀국해서 어쩌고자 했을까. 그 해답이 「옛날 옛적에 훠어이 훠이」였다. 아기장수 설화를 평북도지에서 보았을 때, 이런 설화를 이미 알고 있었음에도 불구하고 그 순간 그것이 어째서 최인훈의 의식을 '벼락처럼' 쳤는지 최인훈 자신도 잘 설명하지 못하고 있음에 주목할 것이다. 다만 의식되는 것은 스스로 그 설화 속에 스며들었다는 것, 옛날의 그 시간 속에 '나'가 있었다는 것이다. '나' 속에 설화가 의식된 것이 아니라 설화 속에 '나'가 있는 느낌이란 과연 무엇일까. 그것은 유년기의 모자의 나들이 길에서 느낀 어떤 감각, 곧 텅 빈 영원의 감각이 아니었을까. 미국에 거주하던 모친의 죽음에서 오는 아득함이 아니었을까. 다시, 설화(이야기) 속에 '나'가 있음과 그 바깥에 '나'가 있음의 차이에 주목하기로 하자. 전자는 희곡의 세계에, 후자는 소설의 세계에 각각 대응된다. 「옛날 옛적에 훠어이 훠이」를 '하룻밤'에 썼다는 것은 그것이 '나' 속에 있었음을 가리킴인 것. 「광장」을 비롯해서 그동안 소설을 무수히 썼음이란 그에겐 '의식'의 작동에 다름 아니었으며, 따라서 소설은 '나'의 바깥의 현실이었다. 그가 바깥에서 바라본 현실이란 어떠했던가. 「광장」을 비롯한 『서유기』, 『회색의 의자』, 「구운몽」, 「열하일기」, 「총독의 소리」 등이 그 해답이다. 통금 속에 갇힌 정상적 시간의 금기된 살림살이에 대한 불안을 그려낸 것이 바로 그의 소설들이었던 것이다.

한편 "몸은 비록 노예일망정 자유민의 꿈을 유지하는 것, 작품이란 것은, 꿈의 필름이 아니라 의식이 스스로 연기(演技)하여 꿈을 발생시키기 위한 연기 순서의 기록"(『화두』(1), 460쪽)이라면, 조만간 '연기'에 문제가 발생하기 마련이다. 연기의 습관화됨이 그것. 습관화된 연기는 처음 같은 꿈을 발생시키지 못하고 그저 현실의 육신을 놀리는 '동작'이 되고 만다. 이때 그는 꿈의 도움 없이 현실의 흔들림 위에 서 있는 자신을 발견한다. 그 자신의 비유로 하면 "글을 쓴다는 것은 밑 빠진 항아리를 채우는 콩쥐의 물 붓기 같은 것"이다. 습관이라고는 하나 일정한 틀의 되풀이인 삶의 습관과는 달리, 글쓰기란 습관이되 뭔가 놀라움을 던져야 하는 법이다. "삶의 뒤로 몰래 다가가서 갑자기 삶의 눈을 두 손바닥으로 가리는 그런 것"의 기교가 요망되는 습관이어야 하는데, 이 점이 점점 불가능해졌던 것이다. '자유인 꿈 유지하기 → 연기의 발생 → 습관화 → 기교의 불가능(한계)'의 순서로 그는 걸어왔다. 양간도에서의 생활 3년이 '속절없이' 허망 속에서 낭비되었다. 소설의 한계점에 닿은 것이었다. '글'이란 중재자 없는 이 벌거

숭이의 증상과 마주친 형국. 이는 최인훈의 실존적 위기라 부를 성질의 것이다. 그 순간 '장수 잃은 용마'의 울음이 들렸다. 주어인 '나'로서의 최인훈이 그 울음을 '들은 것'이 아니라 다만 '울음'이 "들렸던 것". "주어적 사고"에서 "술어적 사고"에로의 전환이 이루어졌다. 주어적 사고, 혹은 주체적 세계란 무엇인가. 그것은 의식의 세계이고 '나'로 시작되는 이른바 헤겔적 세계이다. 그것은 의식적 '나'의 바깥에서 본 이른바 서사적 양식이 담당하는 장소다. 반대로 "장수 잃은 용마의 울음"이란 '울음'만 남아 '나' 속에 울리지 않았겠는가. 여기에는 이른바 술어적 세계가 펼쳐져 있었다. 한 순간의 세계.

그는 "나는 하룻밤 만에 이야기의 줄기를 그대로 따르면서 그것을 희곡으로 옮겼다."라고 적었다. 흔히 시가 문학의 최후 도달점이라 말하고 있으나 실상은 희곡이고, 무대이고, 연극이다.

> 서정적 형식이란 사실 어떤 정서의 순간을 가장 소박하게 언어로 옷입힌 것이요. (…) 가장 소박한 서사적 형식은 예술가가 자기의 정서를 지속시키고자 자기 자신을 어떤 서사적 사건의 중심체로 간주하고 그것에 깊이 몰두할 때 서정적인 문학으로부터 나타나는 것을 볼 수 있어. 그리고 이 형식은 발전하여 결국 정서적 중심(重心)이 예술가 자신과 다른 사람들 사이에서 등거리(等距離)를 유지하기에 이른다구. 이렇게 되면 서술체도 이제는 순수한 개인적 상태를 벗어나게 되지. 예술가의 개성은 서술 그 자체 속으로 들어가고 마치 살아있는 바다처럼 인물과 사건의 주위를 둘러싸고 흐르게 되지. (…) 이 극적 형식에 있어서의 미적 이미지는 인간의 상상력 속에서 순화되고 거기서 재투사(再投射)된 삶이야 미적 창조의 신비가 물질적 창조의 신비처럼 완성되는 거지. 예술가는 창조의 신(神)처럼 자기가 만든 수예품의 속이나 뒤나 위나 혹은

그것을 초월하는 곳에 남아 있으면서 남의 눈에 띄지 않은 채 스스로를 세련하여 존재를 상실하고 초연한 자세로 손톱이나 깍고 있는 거야.

—J.조이스, 이상옥 역, 『젊은 예술가의 초상』, 1915, 335~336쪽

희곡이 최종의 글쓰기라는 것. 그것은 영어도 한국어도 또 에스페란토어도 아닌, 무대에서 온몸으로 행동하고 연기하는 것. 최인훈의 귀국은 이 경지에 올라 있었다. 이 점이 보다 확실해진 것은 희곡 「달아 달아 밝은 달아」(1978)에서이다.

4. 희곡 「옛날 옛적에 훠어이 훠이」에 대한 작가의 간섭

「옛날 옛적에 훠어이 훠이」를 열면 '작가의 말' 이 나온다.

1. 이 이야기는 평안북도에 내려오는 전설이다.
2. 전설 원화는 애기를 눌러 죽이는 데까지이다.
3. 이 전설의 상징구조는 예수의 생애—절대자의 내세, 난세에서의 짧은 생활, 순교, 승천의 그것과 같으며 구약성서의 출애굽기의 과월절(過越節)의 유래와 동형이다.
4. 희곡으로 읽는 경우에는 종교적 선입관 없이 인간의 보편적 비극으로 읽힐 수 있을 것이다.
5. 상연에서는 연출지시에 있는 바와 같이 대사, 움직임이 모두 느리게, 그러면서 더듬거리는 분위기가 나오도록 하는 것이 좋으며 이 같은 비극이 너무 합리적으로 해석되어서는 안 된다.
6. 스스로의 운명을 따지고 고쳐나갈 힘이 없는 사람들의 무겁고 어두운 이야기로 표현되어야 한다.
7. 인물들은 거의 인형처럼 조명, 음향 그 밖의 연출 수단의 수단처럼

연출할 것.

8. 마지막 장면에서는 사건의 경위에 관계없이 지상의 사람들은 신들린 사람들처럼 '흥겹게' 춤출 것.

—「옛날 옛적에 훠어이 훠이」, 『최인훈 전집』(10), 문학과 지성사, 1979, 78쪽.(이하 이 책에 의거함)

이 8개 항목 중 (5)와 (6)과 (7), 그리고 (8)에 주목할 것이다. 보통 희곡이라 하면 지문은 거의 없고 오직 대화만이 놓여 있다. 그만큼 연출자의 몫이 주어진다. 그러나 최인훈은 연출자는 거의 안중에 없고, 오직 자기의 주장만을 강요하고 있지 않은가. 『파우스트』에서 괴테도 이렇게까지는 하지 않았다. 소설가 최인훈의 자의식이 아직도 소멸되지 않은 증거라 할 수 있지 않을까.

아내: 자.
남편: (말없이 개다리 소반에 앉아 아내에게도 숟갈 들기를 눈으로 재촉한다.)-나, 나, 나물 죽 -겨우내 사, 사, 산나물 주, 죽-여, 여, 여보
아내: 안 돼요.

자루 앞에 막아 앉는다
남편, 할 수 없이 죽을 뜬다
두 사람 숟갈질

아내: (자루를 쓸어보며) 잘 됐구려.
남편:……
아내: 여보 당신 무슨 근심이 있구려.

—「옛날 옛적에 훠어이 훠이」, 83~84쪽

씨앗 조를 넣어 죽을 쑤라는 남편과 그것은 안 된다는 아내의 실랑이를 표현한 것이다. 씨앗 조도 어차피 상전에게 바쳐야 할 것이니까. 그런데 보다시피 지문이 온갖 것을 규제하고 있다. 심지어는 지문보다 더한 본문 같은 작은 활자의 것까지 제시해 놓고 있다. 연출자를 작가가 겸한 증거가 아니라면 새삼 무엇인가.

첫째 마당에서 넷째 마당으로 구성된 이 마지막 대목에서 갓난아기를 부모가 눌러 죽인다. 장수가 나면 관가에서 포졸들이 나와 마을 전체가 초토화되기 때문이다. 마을 사람들은 한사코 이 아기장수를 용납하지 않는다. 그들이 원한 것은 아래와 같다.

> 사람들: 아니, 저 세 식구가 말을 타고 하늘로 올라가는군.
> 　　　　좆을 던지는군.
> 　　　　가거든 옥황상제께 여쭤주게. 우리 마을에 다시는 장수를
> 　　　　보내지 마시라구.
>
> 사람들이 한마디씩 하자
> 하늘에서
>
> 하늘에서
> 　　　　　　　　우리 애기
> 　　　　　　　　착한 애기
> 사람들: 훠이 다시는 오지 말아
> 　　　　훠어이 훠이(밭에서 새를 쫓는 시늉을 하며)
>
> —「옛날 옛적에 훠어이 훠이」, 120쪽

5. 「달아 달아 밝은 달아」의 위상

이 희곡을 쓴지 두 해 뒤에 씌어진 「달아 달아 밝은 달아」는 「심청전」을 희곡으로 다룬 것이다. 이 작품은 역사적 시점도 도입되어 있어 특이한 양상을 보인다. 조선국 황해도 도원동에 봉사인 심학규 씨가 살았다. 아내를 일찍 잃고 갓 난 딸 청이를 동네 젖을 구걸하여 얻어 먹이며 키웠다. 그 딸이 나이 십오 세가 되자 심학규는 뺑덕어미를 후처로 맞이한다. 둘이서 청이를 남경 장사꾼에게 팔아넘긴다. 인당수 노한 물길을 잠재우기 위해 용왕님께 바치기 위함이었다. 이를 안 용왕은 연꽃 속에 든 청이를 구출해 황후로 삼았다. 청은 이 세상에 있는 장님들을 위해 잔치를 열어 아비를 찾고자 했다. 심학규도 이 잔치에 나아갔다가 딸 청이의 목소리를 듣고, 눈을 번쩍 뜬다. 소설 경판본처럼 혼자 눈을 떴다고 볼 것이다. 그런데 작가는 이에 대해 언급이 없다. 도대체 용궁이란 없다. 용궁이란 바로 남경의 매춘부 집이었으니까.

또 하나 생물학적 언급을 생각해 볼 수 있다. 과년한 딸은 장님이더라도 홀아버지와 함께 살 수 없다. 근친상간을 피하려면 집을 떠나야 한다. 심청이의 처지도 이와 같다고 볼 것이다(이부영, 「지네장터와 한국인의 무의식」, 『문학사상』, 1972.11, 420~421쪽). 역사적 사건이라 했거니와, 조선 청년 인삼장수의 도움으로 유곽에서 풀려 나온 조선국 도화동 이 "조선의 해당화"는 귀국 도중 왜적들에게 볼모로 잡힌다. 바로 임진왜란이었다.

심　청 : 저 어른이 누구예요.

아낙네 : 이장군이 아니오.

심　청 : 이장군이 누구예요.

아낙네 : 아니 이장군이 누구라니? 바다 건너온 도적들을 쳐서 이긴 분이시지 누군 누구야

심　청 : 바다 건너온 도적들을

아낙네 : 그럼

심　청 : 그런데 왜 저렇게 잡혀가요?

아낙네 : 그러니까 잡혀가는게지.

— 「달아 달아 밝은 달아」, 308쪽

이순신 장군을 가리킴인 것. 심청은 왜군에 잡혀 일본으로 가서 또 유곽생활을 하다 늙어 드디어 황해도 도화동으로 왔다. 달 밝은 밤, 아이들을 모아놓고 중국 용궁, 일본 용궁의 이야기를 들려준다.

「심청전」을 희곡화한 것은 『탁류』의 작가 채만식이 처음이다. 작품의 배경을 고려시대 초로 설정했다. 『장길산』의 작가 황석영의 『심청』(2003)은 어떠할까. 아편전쟁 시기로 설정했다. 용궁이란 남경 입국 수속 행위. 거기서 이런저런 창녀생활을 거치고 또 유구로, 싱가포르로, 일본으로 유곽생활을 하고 마침내 우두머리로 이런저런 행위를 한다. 고아 돌보기 같은 것이 이에 포함된다. 그러다 메이지 유신으로 일본인들과 함께 인천에 왔고 드디어 황해도 도원동을 방문했다가 마지막으로 나이 70세에 인천 문학산 연화암(蓮花庵)을 짓고 거기서 죽는다. 주위에서는 "연화보살"이라 했다. 그녀의 유언은 이러했다.

그네는 품속에서 뭔가를 꺼내어 기리(기녀출신 일본인. 심청이 구출해준 여인－인용자)에게 건넸다. 그건 오래 전에 그네가 고향 황주(도화동)에 갔다 절에서 찾아온 자신의 위패였다. 아직도 흐릿하게 심청지신위(深靑之神位)라는 글씨가 보였다. 청은 간신히 속삭였다.

"나 가거든 화장하여 바다에 뿌려다우. 그것도 함께 태워버리고……"

— 황석영, 『심청』, 문학동네, 2003, 668~669쪽

과연 황해 문화권의 모습이 선연한 작품이다. 그것은 지중해 문화권에 맞서는 것이기도 했다. 원래 「심청전」은 경판본이 표준이며 구조가 단순하다. 앞에서 보았듯 소설가 채만식과 최인훈이 이를 희곡화했다. 전문가들은 「심청전」의 구조가 너무 단순하여 갈등이 없다고 지적한다(정하영, 『심청전』, 고전문학연구회 편, 일지사, 1993, 511쪽). 그만큼 이를 다루는 작가의 이른바 자유모티프(free-motif)가 풍부한 셈이다. 단순한 구속모티프(bound-motif)이기에 그러하다. 이것은 단점도 되지만 또 매우 자유로운 시간과 공간을 넘나듦에서 보면 장점이라 할 수도 있다. 이본이 많은 「춘향전」에 비해 「심청전」은 경판본과 완판본(판소리계)의 이본이 있기는 해도, 전문가들의 지적대로 비교적 단순함이 특징이다.

「심청전」이 세계의 이목을 끈 것은 독일 뮌헨 올림픽과 관련이 있다. 뮌헨 올림픽 주제곡이 바로 통영 출신이며 오페라 작곡가인 윤이상의 〈심청〉(1972)인 것이다. 맹인 잔치에 참석한 맹인 모두가 눈을 뜬다는 것. 세계를 향한 소통의 길이 거기 있었던 것이다. 조선국 황해도 황주군 도화동이 뮌헨을 거쳐 세계로 통하고 있었다.

6. 오페라 〈심청〉의 위상

「광장」, 『회색의 의자』의 뛰어난 소설가 최인훈은 무슨 이유로 소설가를 포기하고 소설에서 희곡으로 방향전환을 했을까. 이 물음은 희곡 「옛날 옛적에 훠어이 훠이」 속에 비밀이 담겨 있다. 아울러 이 비밀은 희곡 「달아 달아 밝은 달아」에서 새삼 확인된다. 1 · 4후퇴 때 L.S.T에 실려 남한 땅으로 피난 온 원산고등중학 1학년생 최인훈은 가족과 더불어 남한에 와서 그의 탁월한 감수성과 명민한 지성으로 「광장」, 『회색의 의자』 등 이른바 내성소설의 제1인자 자리를 굳혀 1960년대 이 나라 소설 판의 정점에 이르렀다. 그런데 미국 아이오와대학 부설 국제작가 프로그램(I.W.P)으로 도미했고, 6개월이 지났는데도 귀국하지 않고 있었다. 가족 전체가 소위 '양간도' 에 와 있었기 때문인데, 거기서 머물다 3년 만에 귀국했다. 그는 영어로 소설을 쓰고자 했으나 불가능함을 '벼락처럼' 깨달았다. 도서관에서 우연히 본 『평북도지』 때문이었다. 거기에는 아기장수와 용마의 설화가 펼쳐져 있었다. 아기장수의 탄생이 재앙임을 안 부모는 아기를 눌러 죽인다. 마을 사람들이 이를 암암리에 주장했던 것이다. 마을의 안전이 이유였다.

귀국한 소설가 최인훈은 이를 희곡화했다. 「옛날 옛적에 훠어이 훠이」(1973)가 그것이다. 물론 이 희곡엔 지문 등에 소설가의 흔적이 남아 있지만, 그 자체가 글쓰기의 가장 본질적인 것이었다. 시란 개인의 정서에 옷을 입힌 것, 소설이란 잡동사니로 채워놓은 것, 희곡-무대, 연기(演技)만이 글쓰기의 본질이라는 것은 일찍이 『율리시즈』의 작가 제임스 조이스가 갈파한 것이기도 했다. 이 변신에서 제일 난감한 쪽은 계간 『문학과 지성』의 김현이었다. 내성소설의 설 자리가 없어졌기 때문이다.

희곡 「달아 달아 밝은 달아」(1978)에 오면 이 문제가 한층 더 선연해진다. 이 나라 고전소설 「심청전」을 다루었기 때문이다. 「심청전」은 구조나 인물이 극히 단순하며 갈등이 거의 없다고 알려져 있거니와, 최인훈은 여기에 역사적 관점을 이끌어 들였다. 조선국 황해도 황주군 도화동의 '해당화 같은 청'이가 아비와 계모 뺑덕어미에 의해 중국 남경으로 팔려 유곽에 들어갔다. 용궁 따위란 없다. 만일 용궁이 있다면 남경 입국 수속이라는 것. 유곽생활 중 인삼 강국 조선 청년의 구출로 귀국길에 들어섰으나 임진왜란 와중이어서 왜군에 잡혀 일본으로 끌려가 또 유곽생활을 했고, 늙어서야 도화동으로 돌아와 달밤이면 마을 아이들을 모아놓고 '두 용궁'에 갔다 온 얘기를 들려준다. 여기에는 이순신 장군도 등장하거니와, 연꽃은 어디 있으면 황후가 어디 있으랴(필자 개인의 체험을 보태면 어느 날 최인훈이 필자를 찾아와 이 희곡을 보라고 했다. 서울 시민회관에서 대낮에 열린 이 연극의 안내서는 김치수 씨가 쓴 것이었다.).

『장길산』의 작가 황석영은 장편 『심청』을 썼는데 기본 발상은 최인훈의 작품에 의거했다. 다만 시대를 아편전쟁 이후로 설정했을 뿐이다. 팔려간 심청은 남경 유곽에서 유구, 싱가포르, 일본 등으로 돌아다니다 한일합방 직전에 인천으로 귀국하고, 도화동에 다녀오고, 암자를 지어 '연화보살'이라 불리며 생을 마친다. 여기에서 짐작되는 것은 이른바 황해 문화권의 새삼스러운 확인이다. 그것은 지중해 문화권에 대응되는 것이기도 하다. '심청'은 조선의 것이자 중국 것이고,

또 일본의 것이 아닐 수 없다. 그런데 「심청전」의 고전적 성격을 가장 잘 드러낸 것으로는 윤이상의 오페라 〈심청〉을 꼽을 수 있다. 뮌헨 올림픽대회 주제곡인 이 작품은 희곡이긴 해도 정확히는 오페라 형식이었다. 그리고 그 하이라이트는 바로 황후 청이 베푼 전국의 맹인 잔치. 거기서 아비 심학규는 딸을 보고자 눈을 번쩍 뜬다. 동시에 다른 장님들도 일제히 눈을 뜬다. 세계를 향한 소통이 거기 빛나고 있었다. 이로써 「심청전」은 조선의 것이면서 동시에 세계의 것으로 되었다고 할 것이다.

제3부

세대』와 『사상계』 1. 『세대』의 등장 2. 『세대』 창간호 분석 3. 「사상계」의 위상 4. 두 잡지의 통일론 비교 5. 황용주

황용주의 학병세대 1. 학병 이병주와 와세다 대학 2. 『관부연락선』은 황용주의 것인가 3. 「소설 · 알렉산드리아」의 주인공,

『세대』와 『사상계』

— 1960년대 지식인의 현실과 이상 인식

1. 『세대』의 등장

월간 종합지 『세대』가 창간된 것은 1963년 6월이었다. 6 · 25 중에 창간된 월간 종합지 『사상계』(1953.4)와 맞선 『세대』는 어떤 성격을 지녔을까. 이런 물음은 1960년대와 1970년대의 이 나라 지식인을 어떻게 양분하게 되었는가를 밝히는 지름길이 아닐 수 없다.

오종식이 편집인 겸 발행인으로 되어 있는 『세대』의 창간사 키워드는 '세대교체' 이다.

> 요즘 세대교체하면 유행어처럼 되어 있다. 유행이란 것은 부평같이 뿌리를 받지 못하고 표류하다 사라지고 말기가 일쑤다. 세대교체란 명제가 그러한 유행현상에 그치지 않고 우리 사회에 있어서 절실한 요청이라면 그것은 뿌리를 박아서 성장하고 결실하여야 할 것이다.

세대교체가 한 시대의 요청일 때는 어떠할까. 자연성장에만 맡길 수 없다. 왜냐하면 그것은 '역사적 성격' 이니까. 곧 '새 세대' 의 역사적 사명에 있기 때문이다. 그렇다면 그 사명감은 어떻게 가능한가. 당연하게도, '열린 창' 이 필요하다. 세계를 향해 열려 있어야 하고, 세계사에 관해 열려 있어야 한다. 특히 그 세계사에서 '혁명' 을 주목해야 한다.

이런 각오와 자세로 『세대』지를 낸다고 했을 때 그 이면에 있는 것은 『사상계』를 겨냥한 것이었다.

2. 『세대』 창간호 분석

『세대』의 창간호에서 우리는 다음의 세 가지 감추어진 요인을 알 필요가 있다.

첫째, 편집 및 발행이 오종식으로 되어 있으나 이는 단지 겉모양일 뿐, 그 뒷면에는 고대 재학 중인 신인 평론가 이광훈이 있었다는 것. 편집 에필로그(창간호)에 '勳' 은 이를 가리킴이다. 실상 『세대』는 군사혁명 주체세력의 지적 대변인으로 인정되는, 30대 중반의 중령 신분으로 최고회의 공보 비서를 거쳐 국세청장과 상공부장관을 역임한 이낙선의 주도와 재정적 힘으로 이루어진 것이었다. 같은 고향 출신의 친척 이광훈이 실무를 담당했고, 오종식은 이낙선의 친구였다. 이낙선이 『사상계』를 향해 포문을 연, 직접적인 대상은 함석헌이었다. 이로써 그는 월남 지식인의 대표격인 장준하, 신상초, 김준엽 등, 민족적 민주주의를 내세운 『사상계』에 맞섰고 이광훈이 이들과 공개 논쟁을 벌였다. 그 결과는 무승부이지만, 현실 군사정권과 재야와의 관계인 만큼 일정 수준에서 균형이 유지될 수 있었다. 한편 이낙선은 박정희와 황용주, 두 사람 관계의 연락 노릇도 했다.

둘째, 신동문의 시 「죽어간 사람아 6월아」가 첫 장 화보 속에 실렸다는 점.

죽어간 사람아,
죽어간 친구야,
우리는 이렇게
십년을 더 살았다네.

저기 저, 강과 들
그리고 산과 나무는
봄이 되면 다시 솟곤
또 솟곤해서
옛처럼 푸르지만
'어머니!' 마지막 한마디도
다 못하고 숨지는 네 손을
가슴에다
스쳐간 빨간 예광탄,
아름답도록 처절하던
非情의 그 순간은
아직도 그날처럼 아릿한데,

십년을 뭐라고
우리는 살아있다네

죽어간 친구야,
죽어간 사람아.

이 시가 무슨 큰 의미를 갖는 것은 아니다. 물론 '세대교체'의 의미가 스며 있긴 해도 『세대』와는 직접적인 연관성이 없다고 볼 것이다. 문제는 시인 신동문의 편집 안목과 문학사적 관점이 아닐 수 없다. 두루 아는 바, 최인훈의 「광장」(『새벽』, 1960~1961)을 싣도록 알선한 것은 월간 종합지 『새벽』의 편집장 신동문이었다. 600매 중편 급의 소설을 흥사단 기관지 『새벽』에 싣게 한 것이었다. 「광장」이 하나의 문학사적 사건이라면, 이 과정에서 신동문의 공적을 무시할 수 있겠는가.

시인이라 문학 및 문화감각에 예민한 신동문은 군사쿠데타의 현실을 이렇게 드러낸 바 있다.

> 혹자는 말할 것이다. 군인의 총칼 앞에서 어찌 감히 요구할 수 있느냐고, 그러나 그것은 근본적으로 잘못 생각하고 있는 것이다. 군인의 적이 국민이라는 말이 되기 때문이다. 결코 그런 것이 아니다. 군인도 국민의 일부분이며 그들의 충성과 상통하는 것이다. 그들이 총칼로써 정권을 독차지한 것이 아니라 총칼로써 무능한 자들이 희롱하는 정권을 빼앗아서 국민에 주려고 하는 것을 우리는 지레 겁을 먹고 달라는 말을 못했다고 생각할 수밖에 없다. 만약에 국민이 정권을 요구하는데 군인들이 총칼로 거부했다면 그것은 그야말로 가공할 독재가 아닐 수 없다.
>
> — 신동문, 『행동한다 그러므로 존재한다』, 솔, 2004. 33쪽

「광장」을 세상에 나오게 한 것은 신동문의 공적이라고 이광훈은 두 차례에 걸쳐서 증언했다.(안경환, 『황용주 – 그와 박정희의 시대』, 까치, 2013: 『이광훈 문집』(3), 민음사, 2012, 63쪽)

셋째, 최인훈의 『회색의 의자』가 창간호부터 연재되기 시작했다는 점. 이광훈은 편집인의 자격으로 이 소설의 연재 이유를 다음과 같이

밝혔다.

> 최인훈 씨는 「광장」의 작가로 너무나도 유명하다. 듀진체프는 “빵만으로는 살 수 없다”고 외쳤다. 그것은 두 개의 조국 아래서 혐오를 느끼고 마침내 중립국을 택하고 나서 드디어 자살하고 마는 한 인텔리 석방 포로의 이야기다. 작가는 밀실에서 광장으로 다시 광장으로, 다시 “광장에서 패하고 밀실로 물러간” 사상적 한 코스모폴리탄의 모습을 우리 앞에 보여주었다. 주인공은 역사와 대결한 순간에 그 승부를 뛰어넘는 하나의 대답이 될 것이다. 작가는 “이번엔 역사와 현실 아래 사상적 대결을 시도하는 그리고 저항하는 한 젊은이의 모습을 보려주려고 합니다”라고 그 의도를 간단히 피력한 바 있다. (…) 씨의 날카로운 작가의 시선 앞에 투영된 오늘의 착잡한 사회적 현실을 씨는 “회색의 의자”에서 어떻게 우리 앞에 보여줄지 벌써부터 독자와 함께 기대해본다.
>
> —『세대』, 287쪽

> 「광장」의 이명준과 「회색의 의자」의 독고준은 쌍생아이긴 해도 독고준은 좀 더 현실적이라 할 수 있거니와, 잘못하면 이도 저도 아닌 ‘회색분자’ 라는 오해를 살 수도 있다. 8 · 15 때 소년 독고준은 아버지로부터 정신적 망명가족이었고, 그런 우울과 권태를 씹으며 자라게 했다. 비록 소년일망정 준에게 박해의 시련이 있었다. 학교에서 소년단 집회가 열린 때마다 그는 이단 심문에 불려나가 배반자의 역할을 맡아했다.
>
> —『세대』, 310쪽

자전소설 『화두』(1994)에서 이 사정, 즉 작가로서의 그의 ‘회색스러운’ 성격 형성의 기초가 되었음을 선연히 볼 수 있거니와, 한편 그를 가르치는 역사 교사는 역사란 “계급투쟁”이라고 간파하여 이를 주입시키고자 했다. 정신적 망명가족인 독고준은 당연히 현실 앞에 저항과 타협을 동시에 오갈 수밖에 무슨 도리가 있었겠는가.

『세대』의 성격과 위상도 이와 다르지 않았다. 박정희 군사정권을 받아들여야 했고, 그 때문에 이상적 지식인(자유인)과의 갈등이 불가피했다. 이 갈등과 모순을 동시에 수용하는 길, 그것은 색깔로 치면 '회색' 이 아닐 수 없다. 『사상계』가 자유지식을 표상한 것이라면 『세대』는 현실과 이상을 동시에 수용하는 형국이었다. 아니, 동시 수용이라는 말엔 어폐가 있을 수 있다. 『세대』는 현실에 적극적인 무게를 두고 있었기 때문이다. 곧 '회색' 이 아니라 '초록색' 이었다.

3. 『사상계』의 위상

『사상계』는 창간(1953) 이후 "지령 200호를 맞이하는 마음" 을 이렇게 피력했다.

> 지난 사반세기 기간에 민주주의의 촛불이 멸렬한 적도 여러 번이었지만 『사상계』의 존립의 환경이 처량한 모습으로 운명(殞命)의 순간순간만을 기다리고 있는 것 같을 뿐 아니라 『사상계』가 유일한 지성인의 종합지로서 출범하였던 당시 생각하였던 정론(正論)의 시절은 아득한 옛 이야기로 사라지고 염치없이 황색주의 · 상업주의 · 도색주의의 대소잡지 경영주들의 제품들이 언론계와 서점가에 범람 난무하고 있는 가운데 200호의 기념호를 맞이하게 되었으니 우리 동인들은 더 말할 것도 없고 무수한 애독자 제현들의 심정도 금석지감을 금할 수 없으리라 짐작하고도 남는다.
>
> — 『사상계』, 1969.12, 12쪽

이 글은 편집 발행인 부완혁이 쓴 것이다. 이때는 『세대』가 창간된 지 6년이 지난 시점이다. 그들은 『세대』를 안중에 두지 않은 표현으로 일관했다. 그럴 만한 이유가 따로 있지 않았다면 이렇게까지 나서지는 않았을 것이다. 표면상으로는 판매부수를 들먹일 수도 있을 터이다.

> 잘 알려졌다시피 『사상계』는 초라한 개인잡지로 출발했지만 1950년대 중후반 급속하게 성장, 7만 부라는 판매부수를 기록했던 월간지이다. 대중잡지 『아리랑』이 백만 부 판매까지 선전했으나 『사상계』에 대적할 바 못됐고 이념적 선명성이라면 예컨대 『청맥』이 훨씬 뚜렷했지만 『사상계』가 한국전쟁 이후 제1, 제2 공화국을 통과하는 짧지 않은 세월 동안 사상적이고 정치, 사회, 문화적인 권한을 선도한 매체였다. 『사상계』는 대통령 선거 막후교섭을 주도하는 등 실제 활동으로도 정치적 변동에 관여했지만 무엇보다 변동을 이끌고 지지할 만한 공론의 기틀을 형성한 데 성공했다. 각 일간신문의 판매부수가 10만 부 미만이던 무렵 『사상계』는 고등학교 1학년 때부터 『사상계』 잡지를 구독하는 사례가 드물지 않았을 정도로 폭넓은 독자층에 호소했고 곳곳에서 독서모임을 낳을 정도로 조직적 효과까지 발휘했다.
>
> — 권보드래, 『1960년을 묻다-박정희 시대의 문화 정치와 지성』 천년의 사상사, 2012, 333쪽

그렇지만 이것은 출판, 독자 간의 현상적 관찰이지 그 뒤에 도사리고 있는 진짜 정치라 할 수 없다. 그렇다면 그것은 무엇일까. 권보드래 씨의 연구에 따르면 그것은 세계와의 연결성이다. 1958년 시인 김수영은 이런 시를 썼다.

빌려드릴 수 없어. 작년하고도 또 틀려.
눈에 보여. 냉면집 간판 밑으로——육개장을 먹으러——
들어갔다가 나왔어——모밀국수 전문집으로 갔지——
매춘부 젊은애들, 때묻은 발을 꼬고 앉아서
유부우동을 먹고 있는 것을 보다가 생각한 것
아냐. 그때는 빌려드리려고 했어. 寬容의 미덕——
그걸 할 수 있었어. 그것도 눈에 보였어. 엔카운터
속의 이오네스꼬까지도 희생할 수 있었어. 그게
무어란 말이야. 나는 그 이전에 있었어. 내 몸. 빛나는 몸.

그렇게 매일 믿어왔어. 방을 이사를 했지. 내
방에는 아들놈이 가고 나는 식모아이가 쓰던 방으로
가고. 그런데 큰놈의 방에 같이 있는 가정교사가 내
기침소리를 싫어해. 내가 붓을 놓는 것까지
자리에서 일어나는 것까지 문을 여는 것까지 알고
防禦作戰을 써. 그래서 안방으로 다시 오고, 내가
있던 기침소리가 가정교사에게 들리는 방은 도로
식모아이한테 주었지. 그때까지도 의심하지 않았어.
책을 빌려드리겠다고. 나의 모든 프라이드를
재산을 연장을 내드리겠다고.

그렇게 매일 믿어왔는데, 갑자기 변했어.
왜 변했을까. 이게 문제야. 이게 내 고민야.
지금도 빌려줄 수는 있어. 그렇지만 안 빌려줄 수도
있어. 그러나 너무 재촉하지 마라. 이 문제가 해결
되기까지 기다려봐. 지금은 안 빌려주기로 하고
있는 시간야. 그래야 시간을 알겠어. 나는 지금 시간
과 싸우고 있는 거야. 시간이 있었어. 안 빌려주

게 됐다. 시간야. 시간을 느꼈기 때문야. 시간이
좋았기 때문야.

시간은 내 목숨야. 어제하고는 틀려졌어. 틀려
졌다는 것을 알았어. 틀려져야겠다는 것을 알
았어. 그것을 당신한테 알릴 필요가 있어. 그것
이 책보다 더 중요하다는 걸 모르지. 그것을
이제부터 당신한테 알리면서 살아야겠어――그게
될까? 되면? 안되면? 당신! 당신이 빛난다.
우리들은 빛나지 않는다. 어제도 빛나지 않고,
오늘도 빛나지 않는다. 그 연관만이 빛난다.
시간만이 빛난다. 시간의 인식만이 빛난다.
빌려주지 않겠다. 빌려주겠다고 했지만
빌려주지 않겠다. 야한 선언을
하지 않고 우물쭈물 내일을 지내고
모레를 지내는 것은 내가 약한 탓이다.
야한 선언은 안해도 된다. 거짓말을 해도
된다.

안 빌려주어도 넉넉하다. 나도 넉넉하고.
당신도 넉넉하다. 이게 세상이다.

〈1966. 4. 5〉

— 김수영, 「엔카운터 誌」, 『거대한 뿌리』, 민음사, 1974, 134~137쪽

"거짓말 해도 된다" 그러나 "야한 선언은 안해도 된다"는 그 사이에 「엔카운터」가 있다는 것, 곧 '프라이드' 이자 '재산' 이고 '연장' 인 것으로 1950, 60년대 이 나라 지식인의 마음가짐인 것을 김수영은 읊었

다. 이를 어찌 '빌려드릴 수' 있겠는가. 결코 없다.

『사상계』도 그랬거니와 '세계성'으로서의 번역기사는 프랑스의 계간지 『N.R.F(Nouvelle Revue Française)』와 『프뢰브(preuves)』, 독일의 『데어 모나트(Der Monat)』와 『메르쿠어(Merkur)』, 이탈리아의 『탐포 프레상트(Tempo Present)』, 폴란드의 『프레제그라드(Prezeglad Kulturalny)』 망명 러시아인 잡지인 『포세프(Possev)』 등이며 이를 제외한 29종이 영어로 발간된 잡지이다. 그중 발행처를 알 수 있었던 것은 『차이나 쿼털리(The China Quartly)』, 『엔카운터』, 『파르티잔 리뷰(Partisan Review)』에 불과하고 나머지는 모두 미국에서 발행된 매체이다.

이들 계간지 중 영향력에서 제일급에 속한 것이 『엔카운터』였다. 이 계간지 창간호에는 파리에 본부를 둔 '문화자유회의(Congress for Culture Freedom)'의 집행위원장인 루드몽이 등장한다. 요컨대 『엔카운트』가 '문화자유회의'의 기관지 형국이었다. 6 · 25가 터졌을 때 '문화자유회의'는 세계적 규모의 지식인 석학들(칼 야스퍼스, 라인홀트 니부어, 버트런드 러셀, 자끄 마리땡 등)이 참여했을 정도였다. 이러한 '문화자유회의'가 몰락하게 된 것은 무슨 까닭이었을까.

> '문화자유회의'가 NATO 및 마샬 플랜의 문화적 대응물로 불린 것은 (…) 비-공산주의 좌파(Non-Communist Left)의 집결체 역할을 했다. (…) 『사상계』와 〈문화자유회의〉의 관련은 어떠했을까? 차근차근 따져보자면 창간호 초기부터 『사상계』 지면에서 '문화자유회의'의 흔적을 찾아보기 어려운 것이 아니다
>
> — 권보드래, 350쪽

'문화자유회의' 의 한국적 지부의 몫을 수행하던 『사상계』의 세계에로의 지향성은, 또한 세계성의 변모를 따를 수밖에 없었다. 곧, 창간호부터 『엔카운터』는 미국 CIA의 자금 지원을 받았다는 것.

> CIA의 재정 후원-〈문화자유회의〉가 무너진 것은 이 추문 때문이라 할 수 있다. (…) 〈문화자유회의〉의 파국은 자유주의적이고 심지어 좌파적이지만 반전체주의라는 노선에 동참했던 지식과 사상의 시효가 만료됐음을 고지하는 사건이었다.
>
> — 권보드래, 367쪽

『사상계』도 당연히 위기에 직면, 내리막길을 걷는다. 사명은 끝난 것이다. 환상은 현실 앞에 전면 노출되지 않으면 안 되었다. 그렇다면 『사상계』는 현실 앞에서 어떤 태도와 방도를 강구한 것일까.

4. 두 잡지의 통일론 비교

『세대』의 등장은 『사상계』와 맞서는 출판현실의 직접성이었다. 장준하, 함석헌, 신상초, 선우휘 등, '이북' 의식으로 뭉친 『사상계』인 만큼 이들의 의식 변모는 불가피했다. 그중에서도 학병세대에 속하는 「불꽃」(1957)의 작가 선우휘의 태도를 주시할 필요가 있다. 작가이자 막강한 『조선일보』의 주필이었기 때문이다. 여기에 대해서는 학위논문 「1950년대 후반 문학과 『사상계』 지식인의 담론의 관련 양상」(김건우, 서울대 대학원, 2001)이 심도 있는 분석을 보였다.

> 1950년대 후반 소설에서 '건설과 참여에의 의욕'을 보여주던 선우휘가 60년대 중반의 소설 「십자가 없는 골고다」에서 '무력한' 인물을 보여주게 된다는 것은 어떤 의미를 가진 것인지 알아보아야 한다. 현실은 '깜짝 놀랄 청중'을 필요로 하지만 그런 행동은 칠성이가 보여준 것처럼 돈키호테적인 것일 수밖에 없다는 사실은 60년대 중반 선우휘 '세대'의 지식인의 눈에 비치는 한국 사회의 이 시기의 핵심을 꿰뚫는 것이다.
>
> — 김건우, 「1950년대 후반 문학과 『사상계』 지식인의 담론의 관련 양상」, 144쪽

가령 『사상계』에 실린 함석헌의 논문을 두고, 그것이 필화사건을 겪을 것인가 아닌가에 대해 두 사람이 내기를 한다. 지식인들은 함석헌이 순교자가 되기를 원했지만, 본인도 당국도 그렇게 하지 않았다. 지식인들의 꿈일 뿐 현실은 순교자 되기가 불가능하다는 것. 이것이 선우휘의 시각이었던 것이다. 곧 1960년대 중반 한국 사회는 더 이상 과거의 『사상계』가 수행했던 공통 영역으로서의 지식인 담론의 장이 불가능해진 셈이다. 선우휘는 자기 세대의 감각으로 보고 있었던 것이다. 이제 이 나라 문학은 '계몽'이 불가능한 곳에서 새로이 출발할 수밖에 없었다. 계간지 『창작과 비평』(1965)과 『문학과 지성』(1970)은 이러한 기반 위에 선 것이었다.

그렇다면 『사상계』와 맞선 『세대』는 어떠했던가. 이 문제에 대해 하나의 답변을 내놓는 사람이 안경환 씨다.

> 이 사건으로 2개월 동안 자진 휴간한 『세대』는 이듬해 1965년 6월호에 이병주의 중편 「소설 · 알렉산드리아」를 게재함으로써 일약 스타 작가의 탄생에 기여한다. 이 작품은 중립, 평화통일론을 신문사설로 쓴 지

식인이 감옥에서 보낸 편지를 주축으로 플롯이 전개되는 일종의 '사상 소설' 이었다. 작품의 주인공에 필화사건으로 감옥에 갇혀 있는 황용주를 대입시켜도 무방했다.

— 안경환, 『황용주—그와 박정희의 시대』, 까치, 2013, 433쪽 (밑줄 인용자)

이병주와 황용주, 둘은 각각 통일론으로 감옥에 갔다. 군사정권의 '현실' 은 황용주를 징역 1년에 집행유예 3년, 자격정지 1년을 선고한다. 하지만 실제로는 거의 '반년' 만에 출소한다. 이병주의 경우는 어떠했던가. 혁명재판소는 통일론을 사설로 쓴 그에게 징역 10년을 선고한다. 이후 그는 2년 7개월의 실형기간 동안 서대문 형무소에 수감되어 있었다.

여기서 문제는 무엇인가. 통일론이 아닐 수 없다. 6 · 25를 겪은 남측은 이를 붙들고 심리적 균형을 취한 셈이었다. 그렇다면 『사상계』는 어떠했던가. 『사상계』에는 통일론이 없었다. 그들의 통일론은 '남한 지배야욕' 으로 비춰질 우려가 있었기 때문이다. 그랬다가는 혁명세력(현실)과 대한민국 국민들이 가만히 있을 턱이 없다. 그렇다면 이제 어째야 할까. 그 한 가지 길은 통일론을 은밀히 내면화하는 것인데, 그것은 자유민주주의, 문화민주주의, 민족적 문화주의 등으로 제시된다. 『사상계』 발행인은 창간 20주년 기념호에서 다음과 같이 자체 평가했다.

첫째 『사상계』는 이 정권의 독재와 박정권의 군정 종식과 부정부패 방지를 위해 싸워왔다.

둘째로 4 · 19혁명을 지원, 5 · 16 쿠데타를 반대했다.

셋째 한일협정체결이 졸속주의로 흐른 결과 위헌매국의 혐의마저 있다고 지적하며 그 무효화를 위해 투쟁했다.

넷째는 월남에 파병함에 있어 그 시기에 그렇게 짧은 현역장병을 파견해서는 안 된다고 반대하였다.

다섯째로 매판과 독점경제를 배격하고 대중의 소득향상과 복지 증진을 싸워왔다.

여섯째로 만족문화의 진흥을 찬성하고 저속외세 문화의 모방을 배척하였다.

일곱째로 자유문학의 족적을 계승하여 이 나라 문학의 발전을 촉진하여 많은 신인 작가와 중견작가에게 등용의 문호를 열어주었다. 독립문화상 제도가 바로 그것이었다.

여덟째 항상 새로운 사조와 문예작품의 소개, 도입에 힘써왔다.

아홉째 우리 역사와 전통의 현대적 해석에 주력하였다.

열째 민권 특히 언론의 자유를 수호하고 부정부패의 적발, 비판하는데 앞장섰다.

—『사상계』, 1969.12. 38쪽

보다시피 온통 정치 중심의 싸움이었던 것으로 보인다. 요컨대 뿌리 없는 언론의 한 전형적 형식이어서 뿌리 없는 지식인들의 환상적 온상 노릇을 했음이 판명된다.

5. 황용주=이병주

『세대』는 어떠했던가. 이병주를 통해 살펴보기로 하자. 필자의 조사에 의하면 학병으로 끌려갔던 이병주는 훗날 만일 살아서 귀국한다면 노예, 곧 개와 돼지가 되어 살아가겠다고 곳곳에서 썼다. 그 자신의 설명에 따르면, 귀국 후 교원노릇을 그만둔 것도 이 자의식이 학생 앞에 계속 서게 할 수 없었다는 것이다. 그런데 그는 『관부연락선』(1970)을 연재할 때 작가 소개란에 사진과 함께 '와세다대학 재학시에' 라고 적었다. 필자는 두 차례 방일하여 와세다대학의 자료를 검토해 보았으나 그런 자료는 전혀 없었다. 그는 단지 메이지대학(明治大學) 전문부 문과 별과(別科)를 1943년 9월에 졸업하고 학병으로 끌려갔던 것이다. 시간적으로 어찌 와세다대학을 다닐 시간이 있었으랴. 이런 사태 앞에 서면 다음 두 가지 사실을 전제할 수 있다. 하나는 그가 사기꾼이라는 것. 다른 하나는 『관부연락선』은 한갓 허구이자 소설이라는 것.

교원노릇을 그만둔 이병주는 부산의 『국제신문』 주필과 편집위원으로 활약했다. 이 과정에서 그는 논설 통일론으로 혁명 군부에 맞서 싸우다 징역 10년을 받고 실형 2년 7개월 동안 서대문 형무소에 있었다. 얼핏 보면, 드물게 행동하는 지식인이 아닐 수 없다. 그러나 혁명재판소 판결문을 대하면, 또 다시 실로 난감한 일에 봉착한다.

> 1945년 8월 1일자로 일본군 소위에 임관되었다.
>
> — 한국혁명재판사 편찬위원회 편, 『혁검형』 제177호, 제도집, 1962

이것이 그가 말하는 노예의 사상인가. 자기를 팔아먹은, 그야말로 개 · 돼지보다도 못한 인간은 아닐 것인가. 그는 온갖 노력으로 간부후보생에 들고 육군 소위로 임관되었음이 엄연한 사실로 드러난 것이다. 이 사실만으로도 필자는 무척 난감하였는데 더욱 난감한 일이 또

불거졌다.

그런데 사람일이란 알 수 없는 거야. 그랬던 이병주가 75년의 〈사상 전환〉("본인의 무지 탓으로 남로당에 가입하여 국가와 사회에 해악을 끼쳤고 경거망동했던 행위를 충심으로 반성하고 철저한 자기비판을 거쳐 대한민국의 충실한 국민으로 탈바꿈하고자 그 뜻을 공표합니다." 이런 뜻을 「유럽기행」과 『중앙일보』에 담아냈다.)을 기점으로 해서 급속도로 박정희 군부세력에 접근해요, 그는 박정희의 종신대통령제의 법적 기틀을 닦은 유신헌법이 선포된 어느 날 박정희의 자서전을 쓰기로 했다고 나에게 말하더라고.

이병주에 대한 나의 우정과 기대가 컸던 만큼 그의 입에서 이런 고백을 듣는 순간 나는 큰 방망이로 뒤통수를 얻어맞은 것 같은 현기증을 느꼈어.

— 리영희, 『대담』, 한길사, 2005, 391쪽

박정희 군사 쿠데타의 영관급 장교로 독재권력 중추부에 진입했지, 서울 시장이 된 김현옥이 이병주에게 경제적으로 온갖 혜택을 주었고 용산 청과시장 특혜를 받아 그 안에 큰 저택을 꾸몄어.

— 리영희, 590쪽

이병주, 그는 군부에 깊이 관여하고 싶어 했다. 일본군 육군 소위가 된 '실력'이 아닐 수 없었다(이광훈의 증언에 의하면 그가 졸병으로 입영했을 때 이병주가 찾아와 사단장을 움직여 전선신문 기자직을 마련해 주었다. ―필자 문책). 이 사실 앞에 필자는 또 난감할 수밖에 없었다. 그렇다면 그는 진정 사기꾼인가? 결코 그렇지는 않을 것이다. 이 모든 것은 그가 허구를 가지고 세상을 보았기 때문이 아니었을까. 『관부연락선』은 학병 유태림을 주인공으로 내세웠지만 그것은 물론 허구였다. 소설인 만큼 스토리, 플롯, 여러 등장인물 등도 허구일 터이다. 그러나 거기에는 주인공의 모델이 된 절대적 인물이 있었다. 바로 황용주.

박정희와 대구사범 동급생인 황용주는 진짜 와세다대학 문과에 다녔고, 진짜 간부 후보생이 되어 일본군 육군 소위가 된 인물이다. 또한 귀국 후 그는 교편도 잡았지만 『부산일보』 사장 및 『세대』의 편집위원으로 대활약을 했는데, 그 논문의 핵심은 통일론이었다. 이 때문에 필화사건을 일으켜 약 반년간 옥살이를 했고, 동시에 『세대』는 자진 휴간에 들어간다. 1965년 6월에 복간된 『세대』는 이병주의 중편 「소설 · 알렉산드리아」를 수록함으로써 일약 스타 작가의 탄생에 기여했다. 이 '사상소설' 은 옥중에서 편지형식으로 아우에게 전해진 내용을 중심으로 펼쳐진다. 이 과정에 대해 『세대』 편집장 이광훈과 「광장」을 『새벽』지에 추천한 신동문 등의 증언이 남아 있다.

한편 안경환 씨는 놀라운 사실을 지적했다.

> 작품의 주인공에 필화사건으로 감옥에 갇혀 있는 황용주를 대입시켜도 무방했다.
>
> — 안경환, 434쪽

이병주의 주장도 들어보아야 공평할 터이다. 이병주는 어떤 생각으로 황용주를 닮아서 '황용주=이병주' 가 성립된다고 보았을까.

> 정직하게 고백하면 나는 일본인뿐만 아니라 같은 동포를 대할 때도 진실의 내가 아닌 또 하나의 나를 허구했다. 예를 들면 '일본인으로서

의 자각'이니 '황국신민으로서의 각오'니 하는 제목을 두고 작문을 지어야 할 경우가 누차 있었는데 그런 땐 도리 없이 나 아닌 '나'를 가립(假立)해 놓고 그렇게 가립된 '나'의 의견을 꾸미는 것이다. 한데 그 가립된 '나'가 어느 정도로 진실의 나를 닮았으며 어느 정도로 가짜인 나인가를 스스로 분간할 수 없기도 했다. 그런 점으로 해서 나는 최종률을 부러워하고 황군을 부러워했다. 그러니 마음의 움직임 자체가 미리 미채를 띠고 있는 것이 아니냐는 이사코의 말은 정당한 판단이었다.

자기변명을 하자면, 어떻게 저항할 것인가 하는 그 방법을 찾지 못할 바엔 저항의 의식을 의식의 표면에 내세울 필요가 없다는 체관(諦觀)이 습성화되어 버렸다고 할 수도 있다. 생활의 방향은 일본에의 예종(隸從)으로 작정하고 있으면서 같은 조선 출신 친구 가운데선 기고만장하게 일본에의 항거를 부르짖고 있는 자들에 반발을 느끼고 있는 탓도 있긴 했다.

— 이병주, 『관부연락선』, 동아출판사, 508쪽

「소설 · 알렉산드리아」를 쓰는 마당에 작가는 이렇게 선언했다.

어떤 사상이건 사상을 가진 사람들은 한 번은 감옥엘 가야 한다고 생각한다. 사상엔 모가 있는 법인데 그 사상은 어느 때 한 번은 세상과 충돌을 일으키기 때문이다.

— 『세대』, 1965.6. 334쪽

바로 주인공 황용주를 자기에 '가립하여' 드러낸 것. 또 "작가 약력에서 와세다대학 불문과에 적을 두자 학도병으로 중국에 끌려갔다가 1964년 3월에 귀국"이라고. 이는 터무니없는 거짓말이지만 '가립된' 것이기에 별 수 없는 것이다.

이처럼 이병주는 자기변명을 해 놓고 있을 뿐 아니라 이를 정당화했다. 마찬가지로 훗날 대하소설 『지리산』(1978)과 또 『허망과 진실』(1978)에 와서는 '모난 사상'을 부정하고 대신에 허망한 정열이라 규정했다.

지금까지 『세대』와 이병주의 관련양상을 조금은 상세히 검토했거니와, 이로써 그 전체상이 부상되었다. 이는 황용주가 그 중심에 있었기에 가능한 것이다.

6. 지식인의 이상과 현실의 관련 양상

1950년대와 1970년대 사이에 놓인 1960년대를 알고자 한다면, 필시 종합잡지 『사상계』와 『세대』를 떠날 수 없게 되어 있다. 두 잡지를 비교를 하는 일은 이 때문에 가능하고 또 유용하다.

우선 『사상계』를 경영한 사람들은 이북 출신으로 월남한 지식인 집단이다. 함석헌, 장준하, 신석초 등이 그들이다. 이들에게 있어 주된 '이데올로기'는 군부정권의 부정부패와 그로 인해 번져간 갖가지 사건들을 지속적으로 반박, 비판하는 것이다. 창간 20주년 기념호에서 발행인은 군부에 대한 비판을 10개항으로 나누어 조목조목 명시했다. 그리고 이를 저항적 자유민주주의라 규정했다. 그것은 이상주의의 일종이었다고 볼 것이다.

한편 『세대』지는 어떠했던가. 『사상계』보다 늦게 출발한 『세대』는 군부 출신으로 군사정권의 상공부 장관을 역임한 이낙선의 출자로 탄생한 것이다. 그러기에 그것은 암암리에 군부를 옹호하고 있었다. 이상을 향해 고공비행을 한 것이 아니라, 어디까지나 현실을 표면에 내세웠다. 『사상계』는 '이상' 쪽에 서 있는 뿌리 없는 지식인들이 솔깃하게 귀 기울인 것에 불과하지만, 그래도 당시로서는 상상하기 어려운 판매부수를 올리고 있었다. 일간지의 판매부수가 10만 부 내외였음에 비해 『사상계』는 이십만 부를 헤아렸던 것이다. 이에 비해 『세대』는 『사상계』와 달리 독자를 일시에 얻을 수 없었다. 그 대신 현실적으로 통일론에 집중했다. 남한에 뿌리를 가진 이들은 북한을 포함한 한반도의 통일론에 집중했던 것이다. 하지만 그것은 통일 그 자체를 위함이라기보다 군부합리화를 위한 반공주의를 밑에 깔고 있었다고 볼 것이다.

그렇다면 『사상계』는 어떠했던가. 그들은 통일론을 겉으로 내세우지 않았다. 그럴 수밖에 없는 것이, 그들의 통일론은 자칫 북한과의 연계 가능성으로 비춰질 우려가 있었기 때문이다. 이 때문에 『사상계』는 통일론 대신 세계화를 내세웠다. 그리고 파리에 본부를 둔 '문화자유회의'에 연결되고자 노력했다. 영국 계간지 『엔카운터』에 민감한 반응을 보인 것도 이 때문이었다. 실로 이상을 향한 고공비행이었다. 그러나 현실적으로 어떠했던가. 『엔카운터』가 미국 CIA의 원조로 이루어졌음이 판명되었을 때 『사상계』는 허탈함에 빠질 수밖에 없었다.

한편 『세대』의 통일론에서 학병세대 출신이자 일본군 육군 소위였던 황용주의 존재를 결코 외면할 수 없다. 대통령 박정희와 대구사범 동기이자 『부산일보』 사장을 역임했으며 『세대』 편집위원이었던 황용주는 통일론으로 말미암아 반년간 옥살이를 했다. 이 사건으로 자진휴간한 『세대』는 곧바로 복간호에서 이병주의 500매짜리 중편 「소설 · 알렉산드리아」를 실었다. 옥중에서 아우에게 보낸 형의 편지를 주축으로 전개되는 이 사상소설의 주인공은 다름 아닌, 바로 황용주였다.

기묘하게도 이병주는 필사적으로 황용주가 되고자 했다. 학병출신인 이병주는 육군 소위가 되었고, 후에 와세다대학을 다녔다고 우겼다. 황용주가 와세다대학 중 학병으로 나갔기 때문이다. 또한 황용주처럼 『국제신문』 논설위원과 주필을 역임하며 논설 통일론을 기고했다. 그로 인해 그는 혁명재판에서 징역 10년에 실형 2년 7개월을 복역했다. 대체 이런 현상은 무엇인가. 이병주는 그의 대작 『관부연락선』에서 '나' 아닌 '나'를 가아(假我)해 놓고 그렇게 가립된 '나'의 의견을 꾸미고 있었다. 이쯤 되면 가아가 진짜 '나'인지 진짜 '나'가 가아인지 구분이 불가능하게 된다. 이 점에서 '이병주=황용주', '황용주=이병주'의 도식도 선명해진다. 이것은 그가 대형작가로 군림할 수 있었던 한 가지 이유이기도 하다. 그러나 이런 것은 『세대』를 이해하기 위한 단순한 에피소드가 아닐 터이다. 『세대』는 확고한 현실에 뿌리를 내린 현실주의를 고수함으로써 이상을 내세운 『사상계』와는 스스로 구분되고자 했다. 이것은 1960년대의 지식인을 이해하는 지름길의 하나라 할 것이다.

황용주의 학병세대

— 이병주≠황용주

1. 학병 이병주와 와세다대학

일제는 1943년 11월에 자국의 대학(전문부)생을 강제 입영시켰고, 1944년 1월 20일에는 조선인 대학생 4천3백85명을 강제 입대시켰다. 이들은 중국, 버마, 남양, 일본 내지 등에 투입되었는데 그중에는 전사자와 탈출자도 있었으나, 그 부대에서 근무하다가 8 · 15 이후 귀국한 자가 대부분이었다.

필자가 그동안 이들 학병세대의 추이에 관심을 기울여온 것은 오직 다음의 한 가지, 이들이 대한민국 및 북조선민주주의인민공화국 수립에 중추적 역할을 했던 것으로 판단했기 때문이다. 물론 이 판단은 역사적 사실로 확인된 것이다. 그런데 이들 중 글쓰기에 필생을 보낸 문학가의 의식은 어떠했을까. 필자의 관심은 특히 이 점에 있었다. 이

중 출중한 문학가로 필자의 관심을 끈 것은 두 사람이었다. 한 사람은 「불꽃」(1957)으로 등장한 선우휘이다. 그는 학병에 나간 바 없다. 일제는 이공계와 사범계는 학병에서 제외했는데, 당시 선우휘는 경성사범에 재학하고 있었던 까닭이다. 그럼에도 필자가 육군 대령 출신의 이 「불꽃」의 작가를 학병세대로 규정하는 것은, 문학가로서 그가 평생 학병과 그 주변의 문제에서 벗어나지 않았다는 판단에서 비롯된 것이다.

다른 한 사람은 이병주이다. 이병주의 대표작을 필자는 『관부연락선』(1970)과 『지리산』(1978)으로 본다. 그는 『관부연락선』을 월간지에 연재하면서 첫 회분에 자기의 이십대 사진을 실으며 '와세다대학 시절'이라고 소개했다. 필자는 이를 대하고 상당한 충격을 받았다. 과연 이병주는 '와세다대학'을 다녔던가. 이병주에 관한 자료조사에 나선 필자는 두 번이나 도일했다. 그 결과는 이러했다. 그는 와세다대학과는 전혀 무관한 메이지(明治)대학을 다녔고, 그것도 거기서 처음으로 설치된 전문부 문과(文科) 별과(別科)생이었다. 당시 육군성은 그해의 졸업생도 학병으로 징집했는바, 1943년 9월에 졸업한 그도 이 경우에 해당하였다(졸저, 『이병주와 지리산』, 국학자료원, 2009). 필자가 확인한 메이지대학 자료 속에는 학병 명단이 있었는데, 이병주(창씨개명 大川)도 거기 실려 있었다. 혹시나 하고 와세다대학 자료집도 모조리 검토해 보았으나 이병주의 이름은 아예 없었다. 그도 그럴 것이 1943년 9월에 메이지대학 전문부를 졸업한 이병주가 와세다대학에 들어갈 시간이 어찌 있었으랴.

이런 사태 앞에서 필자는 실로 난감할 수밖에 없었다. 이 글은 이런 난감함을 조금이나마 극복하기 위해 쓰였다.

2. 『관부연락선』은 황용주의 것인가.

최근에 필자는 고명한 법학자 안경환 교수의 노작 『황용주 – 그와 박정희의 시대』(까치, 2013)를 접하게 되었다. 면밀한 자료를 바탕으로 안 교수는 황용주가 박정희와 대구사범 동기이자 와세다대학에 다녔음을 다음처럼 밝혀놓았다.

> 용주는 1941년 정월, 와세다대학(早稻田大學) 제2학원(문과)의 입학시험을 치른다(제1학원은 이과). 2년 예과 수료 후에 본과에 진학하는 4년제 코스다. 물론 불문과였다. 무난하게 합격이다. 와세다의 입학이 결정된 1941년 초겨울(2월) 용주는 귀국한다. 그리고 3월에 결혼한다. 용주가 만 스물세 살, 창희는 열아홉이다. 실로 절정의 청춘이다. 밀양 용주의 집은 '여수 애기' 창희를 활짝 맞아들인다. 창희의 기준으로 볼 때 시집 살림은 궁핍했다. 총독부에 근무하던 부친 대화 씨는 연전에 퇴직하여 내이동 집에서 그다지 여유 없는 날들을 보내고 있었다. 농사철에는 더욱 곤궁했다. 이미 향리에 있던 농토는 읍내로 본거지를 옮기면서 처분한 지 오래였다. 시숙은 시모노세키 상업학교를 졸업하고 읍사무소의 직원으로 근무하고 있었다. 용주가 먼저 도일하고 얼마간의 의무적인 시집살이 끝에 동행이 허락되었다. 마침내 정식으로 두 사람의 신접살림이 시작된다. 기다구(北區) 오지초(王子町) 상게인 아파트 83호다. 여수와 밀양에 동행하던 김상죽도 도쿄까지 따라왔다. 상죽은 백부가 관리하던 재산의 일부를 받아 신혼부부의 옆방에 기거하게 된 것이다.
>
> 와세다대학의 상징건물은 시계탑이다. 대학의 캠퍼스는 시가지 한복판에 띄엄띄엄 건물이 자리 잡고 정문이 없는 것이 특징이다. 1882년 설립 이래 교지(敎旨)를 '학문의 독립'으로 삼고 있다. 이 대학은 일본 자유주의 정신의 함양에 기여한 것을 큰 자부심으로 여긴다. 정치와 경제 영역에서 일본 사회에 와세다가 미친 영향은 지대하다. (…)

1858년 후쿠자와 유키치(福澤諭吉)에 의해 설립된 이 대학은 미국의 브라운대학이 모델이라고 한다. 후쿠자와는 일본의 근대화를 상징하는 인물로 1만 엔짜리 지폐에 초상이 실려 있다. 대학은 1881년 최초의 '외국' 학생으로 두 명의 조선인을 받아들였다. 1883년에 60명, 1895년에 130명이 입학한 기록이 있다. 그러나 일제 강점기에는 와세다가 조선 학생을 더욱 많이 입학시켰다. 세련된 게이오에 비해 와세다에는 다소 질박한 청년문화가 지배하고 있었다. 그래서 반도학생의 기질에 더욱 맞는다는 세평도 있다. 이러한 일제 강점기의 고정관념이 해방 후 한국의 대학문화에 원용되곤 했다. 그리하여 고려대학교를 와세다에, 연세대학교를 게이오에 비유하곤 했다. 우열을 가리기 힘들지만 기질적으로 대조되는 양대 명문 사립학교의 동반성장은 나라 전체의 축복이었다. 학생 동인지 『와세다 문학』은 게이오대학 동인지 『미타(三田)문학』과 함께 중요한 학생문단을 형성하고 있었다. 일본 국민의 이목은 제국대학 출신의 '귀재들' 의 문학 활동에 집중적으로 쏠려 있었다. 그러나 와세다와 게이오 또한 엄연한 범주류 엘리트 문학의 일부였다.

— 안경환, 140~142쪽

밀양 태생의 황용주가 와세다대학 문과에 들어갔다는 것과 신혼생활에 접어드는 과정이 소상하다. 대구사범에서 마르크스주의자로 퇴학당했다는 것, 오사카로 건너가 오사카중학(일본대학 부설)을 다녔다는 것, 여기서 그의 아내 될 이창희를 만났다는 것, 제3고와 제국대학의 꿈을 키웠으나 실력이 없는 그로서는 어림도 없는 일, 몇 차례나 낙방한 후 사립대학을 택했다는 것, 그것이 와세다대학이었다는 것.

한편, 어째서 이병주는 자기가 다니지도 않은 와세다대학을 다녔다고 우겼을까. 두 가지 가능성을 염두에 둘 수 있을 법하다. 하나는 그가 사기꾼이라는 것. 다른 하나는, 이 점이 의미가 깊은데, 작품 『관부연락선』이 허구라는 것. 그렇지만 이는 이중적이다. 이병주=황용주라는 분신, 이중인격의 조치임을 『관부연락선』 속에 넘치도록 적었다. 그중에서도 주목되는 것은 진짜 와세다대학 문과 출신의 황용주에 관한 것이다.

이병주가 소속된 부대는 방첩명 노코(矛) 2325부대 60사단 치중대였다. 중지(中支)에 있는 인텔리 부대로 총 400여 명 정도인데 여기에는 조선인 학병이 60명이나 끼어 있었다. 그중 반 이상이 탈출했다. 그 후 이 부대의 학병 중에서 육군참모총장을 비롯한 수 명의 장군이 나온 바 있다. 그렇다면 황용주는 어떠했던가. 그는 탈출하지 않았으며 일본군 간부 후보생으로 8·15를 맞았다. 간부 후보생의 시험과 임용과정은 간단하지 않았다. 와세다대학 문과생으로 학병에 나아간 그는 일본군 간부 후보생이 되기 위해 백방으로 노력했고, 마침내 일본 육군 소위가 된다. 이런저런 '변명'이 있긴 있다.

> "학병 중에는 교육훈련에 열성을 내는 자도 있고 당초부터 탈출을 기도한 자도 있었다. 전자는 기왕에 입대했으니 빨리 승급 진급하여 아니꼽기만 한 고병(古兵) 등의 억압에서 하루빨리 벗어나서 한이라도 풀어보려는 적극파이다. 후자 중에는 성공적으로 탈출한 사람도 있었지만 계획이 탄로나 영창과 곤욕을 치른 사람도 많다. 또한 꾀병, 지둔(遲鈍) 등을 가장으로 기회를 노린 소극파도 있었다. 각기 방편은 달랐지만 모두에게 공통된 것은 일본군에 저항했다는 것이다." 심지어 어떤 부대는 조선인 학병이 대거 탈출함으로써 부대의 편성을 새로 해야 할 정도였다. 용주와 같은 중지의 矛(야리) 부대에 배속된 김종수의 회고가 있다. "우리 부대에도 학병이 많이 탈출한 것을 알았다. 衣(고로) 부대에서 다수 탈출한 후에 남은 학병들은 우리 부대로 왔다. 그중 한 사람이 장도

영 대장이었다." (…)

그러나 아무리 탈출이 용이하다하더라도 어디까지나 '비상적'인 일이다. 실패하면 즉시 사형당할 각오를 해야한다. 탈출에 성공해도 그 이후가 더 큰 문제다. 김준엽과 장준하와 같이 극히 운 좋게 광복군에 합류하거나 신상초와 같이 운 좋게 중국군에 동참한 예도 있다. 그러나 일부는 체포되어 고쿠라 육군형무소에서 해방을 맞기도 하고 드물게 1년 이상 국내에 잠적한 예도 있다. 중국군으로 위장하여 전투 중에 귀순했으나 포로 신세를 면치 못하고 고생한 경우도 있다. 즉시 총살된 경우도 있을 것이다. 장준하의 기록이다. "더욱 슬픈 것은 전 중국지역에서 두 번째로 일군에서 탈출한 한성수가 상하이에 특수 임무를 띠고 잠복 진입한 후에 동포의 밀고로 3개월 만에 일본 헌병대에 체포되어 처형된 것이었다." 버마, 필리핀, 타이완 등지에서도 탈출한 사람도 있었을 것이다. 그러나 그들의 기록은 희소하다.

용주도 여러 차례 탈출을 생각한다. 사병 시절에는 물론 장교가 된 이후에도 탈출을 모의한다. 스스로 주동하지 않아도 언제나 분위기가 그랬다. 1945년 6월 1일, 용주는 장경순, 민충식, 최세경, 정기영 등과 함께 소위 계급장을 단다. 교육 중에 탈출을 모의하기도 한다. "우리들은 예비사관학교에서 교육을 받는 동안 교육이 끝나는 대로 기회를 보아 중경으로 탈출하자는 모의를 했다. …… 그때 남경과 중경 사이에는 선이 닫는 정보통들이 있었다. 약산이 임시정부의 군무부장이며 광복군 제1지대는 약산 계열의 사람들이 장악하고 있었다는 소식을 들었다." 은밀하게 상해의 독일계 통신사에서 일하고 있던 김진동(金鎭東)을 만난다. 그는 임시정부의 부주석, 김규식의 아들이다. 용주는 자신과 약산과의 관계를 털어놓고 중경으로 탈출한 의도를 밝힌다. 정기영과 함께 구체적인 행동지침을 모의하고 중경 임시정부와 비상루트, 비상식량, 돈까지 준비한다. 장교의 신분이라 비교적 운신의 폭이 넓었다. 경비가 허술한 어느 날 새벽 두 시에 만나기로 했으나 용주는 약속 장소에 나타나지 않았다. 혹시 탄로가 났나 하며 마음 졸이던 정기영은 나중에야 진상을 알고 기가 막혔다. 그 시간에 용주는 전우들과 태연하게 이별주를 마시고 있었다는 것이다. 생사를 건 탈출을 앞두고 벌인 도저히 납득할 수 없는 어이없는 해프닝은 두고두고 술자리의 안주가 되었다.

— 안경환, 175~178쪽

변명일 뿐, 그 정도의 정보를 아는 것은 간단하지 않았던가. 요컨대 황용주는 자진해서 일본군 장교가 된 것이다. 와세다대 학생도 아닌 이병주가 와세다대 학생이라 우긴 것은 이 경우에도 그대로 적용된다. 이병주는 「노예의 사상」을 내세워 개처럼 살았다고 훗날 곳곳에서 떠들었다. 그러나 과연 그러했을까. 5 · 16 군사혁명의 재판기록들이 시퍼렇게 증언하고 있다. 실로 어처구니없는 증언.

1944년 1월 20일, 대구 60사단에 함께 입대하여 중지의 인근 부대에서 복무한 것으로 기록되어 있다. 두 사람 모두 간부후보생에 선발되어 일본군 소위가 된다. 이병주는 이 사실을 드러내놓고(각주5) 밝히지 않고 「용병」 「노예의 사상」 등등 소설과 에세이 속에서 이민족 전쟁에 동원된 굴욕의 체험을 강조하였다. 반면 황용주는 능동적으로 장교가 되었고 장교로서의 경험을 적극적으로 활용하였다. 일본의 패전 직후 일본군의 고위층과 협상하여 한적(韓籍)사병의 신변안전과 조기귀국을 위해 나름대로 애썼고 상해에서도 김구 주석을 비롯 임시정부 요인들과 접촉한다.

— 「2011년 이병주하동국제문학제 자료집」, 71쪽

이 기록을 대하고 내가 주목한 것은 안 교수가 내세운 각주(5)였다.

1961년 10월 30일자 혁명재판소의 판결문에 이병주가 1945년 8월1일자로 '일본군 소위' 에 임관되었다는 사실이 적시되어 있다.

— 한국혁명재판사편찬위원회 편, 『혁검형』 제177호, 제도집, 1962

'노예의 사상'을 주테마로 하여 그동안 논의해온 졸저 이병주론의 시각에서 보면 이 사실은 새로운 도전을 강요하는 것이었다. 나는 틈을 내어 제3자의 도움으로 안 교수에게 자료 도움을 요청했는바, 흔쾌히도 안 교수는 즉각, 다음 자료를 보내왔다.

> 공소장 피고인 이병주는 15세시 본적지 소재 북천보통학교를 졸업하고 18세시 진주농업학교 제4학년을 수료한 후 도일하여 서기 1932년 明治大學 專門部 文藝科를 졸업하고 동 1944년 早稻田 大學에 재학 중 학도병으로 일본군에 지원 입대하여 동 1945년 8월 1일 일본 육군 소위로 임관되었다가 동년 10월경 제대. 귀국한 후 진주농림학교 교사, 동 농과대학 조교수에 각 임명되어 재직 중, 동 1950년 12월 31 비상사태하의 범죄처벌에 관한 특별조치령(부역위반) 피의 사건으로 부산지검에서 불기소 처분을 받은 후 해인대학 부교수로 임명되어 재직하다가 동 1958년 10월에 부산 국제신문사 논설위원으로 재직하면서 동 1960년 5월 말경 부산시 중고등학교 노동조합 고문으로 추대되어 활약하여 오던 자 (…) (一) 서기 1960년 12월호 『새벽』 잡지에 '조국의 부재'라는 제호로써 "조국이 없다 산하가 있을 뿐이다. 조국은 또한 향수도 없다."는 등 내용으로 조국인 대한민국을 부인하고 어떠한 형태로든지 새로운 조국을 건설하여야 되는데 대한민국의 정치사에서는 지배자가 바뀐 일은 있어도 지배계급이 바뀌어 본 일이 없을뿐만 아니라 이 나라의 주권은 노동자 농민에게 있다는 등 내용으로 일반 국민으로 하여금 은연중 정부를 번복하고 노동자 농민에게 주권의 우선권을 인정한 프롤레타리아 혁명을 일으켜야 조국이 있고 이러한 형태로서의 조국이 아니면 대한민국은 조국이 아니라고 하고 차선의 방법으로 중립화 통일을 하여 외국과의 제군사협정을 폐기하고 외군이 철퇴해야만 조국이 있다는 등의 선전선동을 하여 용공사상을 고취하고 (二) 동인은 동 1961년 4월 25일 『중립의 이론』이란 책자 서문에 '통일에 민족 역량을 총집결하자'는 제호

로써 대한민국을 북괴와 동일시하고 어떤 형태로든지 통일을 하는 전제로서 장면과 김일성이 38선상에서 악수하여……

—『한국 혁명재판사』 제3집, 1962, 270~271쪽
(졸저, 『한일학병세대의 빛과 어둠』, 소명, 178쪽)

이병주는 '개'가 아니라 간부 후보생이었고, 일본군 육군 소위였음이 엄연한 사실이다. 그렇다면 이병주는 사기꾼이거나 거짓말쟁이인가. 결코 그렇지 않다고 필자는 믿는다. 그 근거는 어디에 있는가. 그것은 무엇보다 이병주가 "'작가' 이병주"였음이 증거다. 메이지대학 전문부 문과 별과(오늘날 문창과)를 나와 학병으로 간 경우는 이병주가 조선인으로는 거의 유일무이한 존재였다. 메이지대학 전문부생 이병주는 당초부터 문학을 전공으로 했다. 적어도 당시 문과 별과는 일본의 대학에서 유일한 경우에 해당한다(졸저, 『이병주와 지리산』, 국학자료원, 2009). 작가이기에 그가 쓴 『관부연락선』은 창작이 아닐 수 없다. 거기 들어 있는 사건, 인물 등등은 모두가 허구이다. 그러나 그 허구의 모델이 있었다. 바로 황용주다.

거듭 말하지만 황용주는 와세다대학 문과생으로 학병에 끌려갔고 거기서 이런저런 이유로 간부 후보생으로 나아가서 육군 소위가 되었다. 이병주는 스스로를 황용주라고 믿었다. 『관부연락선』을 연재할 때, 첫 회의 작가 소개란에서 그는 자신의 사진 밑에 '와세다 시절의 필자'라고 적었다. 그렇다면 『관부연락선』이란 무엇인가. 황용주를 모델로 한 작가 이병주의 순수 창작물이되, 동시에 이병주와 황용주의 합작품이 아닐 수 없다. 결국 어디까지가 황용주이고, 어디까지가 이병주의 것인지를 검토하는 것이 『관부연락선』 연구의 핵심에 놓여 있

다. 황용주의 평전이 나온 이상, 이제 이 연구는 피할 수 없게 되었다.

3. 「소설 · 알렉산드리아」의 주인공, 황용주

『황용주－그와 박정희의 시대』(안경환) 속에는 실로 놀라운 대목이 들어 있다.

> 월간 『세대』는 1963년 1월에 창간된 종합 월간지이다. 『세대』지의 창간은 『사상계』의 필자와 독자를 흡수하기 위한 전략적 성격도 내포되어 있었다. 1950년대 이래 전후 지식인들의 교양서였던 『사상계』가 당국과의 불편한 관계 때문에 시련을 겪으면서 많은 『사상계』의 독자들을 유인했다. 그리하여 지식인을 대상으로 한 시사, 교양논설이 주종을 이루었지만 문학작품도 적잖이 수록했다. 특히 신인 등용문으로도 큰 역할을 했다. 이병주는 물론 조선작, 홍성원, 박태순 등이 『세대』를 통해 문학의 길에 입문했다.
>
> — 422~423쪽

> 세대의 탄생 배경과 관련하여 이대훈의 증언이 중요한 단서를 제공해준다. 이 잡지는 사실상 이낙선의 주도와 재정적 지원 아래 창간된 것이다. 그리고 그는 편집진에 고려대학교 국문과 4학년에 재학 중이던 젊은 친척, 이광훈을 배치한다. 이낙선은 군사혁명 주체세력의 지적 대변인으로 인정받고 있었다.
>
> — 423~424쪽

실린 글들의 제목을 훑어보면 '민족주의', '민족통일', '매판자본', '민족자본'과 같은 단어들이 넘쳐흐르고 있었다. 영입된 편집위원 황용주의 민족적 민주주의 신념과 20대 청년 편집장의 열정이 의기투합한 결과였다.

"학생들의 한일회담 반대 데모가 격화되면서 전국적인 비상계엄을 선포해야 할 정도로 국론이 첨예하게 대립되고 있었다. 이러한 상황 아래 '민족적 민주주의'는 매우 불온한 주장일 수 있다. 그러나 일면 가볍게나마 남북한 사이에 화해의 무드가 일고 있었다. … 그래 여름에 열린 도쿄 올림픽에서 북한의 육상선수 신금단(辛今丹)이 남한의 아버지를 만나면서 남북한 이산가족의 상봉에 대한 기대가 고조되고 있었다. 또한 10월 중순 박정희 대통령은 강원도 춘천을 방문하여 도지사와 시장을 만난 자리에서 최근의 국내외 정세를 보아 머지않아 남북통일이 이루어질 것으로 본다고 말했다. 그로부터 사흘 후에 청와대에서 열린 정부 여당 연석회의에서 대통령은 통일문제를 심각하게 연구할 시기가 되지 않았는가라고 반문하면서 국회에서도 여야가 함께 이 문제를 연구해야한다고 강조했다. 여당은 이미 국토통일연구소 설치 법안을 정식으로 제출해두었으며 공화당 이만섭을 비롯한 46명의 의원이 남북가족면회소 설치에 관한 결의안을 제출해두고 있었다. 이러한 시대적 분위기라 이 정도 주장은 할 수 있지 않을까 하고 생각했다."고 이광훈은 술회했다.

이 사건으로 2개월 동안 자진 휴간한 『세대』는 이듬해 1965년 6월호에 이병주의 중편 「소설 · 알렉산드리아」를 게재함으로써 일약 스타 작가의 탄생에 기여한다. 이 작품은 중립 · 평화통일론을 신문사설로 쓴 지식인이 감옥에서 보내 편지를 주축으로 플롯이 전개되는 일종의 '사상소설'이었다. 작품의 주인공에 필화사건으로 감옥에 갇혀있는 황용주를 대입시켜도 무방했다. 4월 어느 날 시인 신동문은 근래 출옥한 이병주를 만난다. 신동문은 여섯 살 위인 이병주의 필명을 알고 있었다. 200자 원고지 600매 짜리 중편을 읽고 난 신동문은 무릎을 쳤다. 즉시 이광훈을 찾는다. 젊은 편집장 이광훈 또한 극도로 흥분했다. 바로 이거야! 언론의 자유, 사상의 자유다. 소설의 형식도 파격적이다. 600매 짜리 중편을 전문 그대로 실었다. "신동문 선생으로부터 그 원고를 직접 건네받아 내가 최종적으로 게재 여부를 판단했는데 당대의 현실에 대한

> 그분의 날카로운 안목이 없었더라면 그 소설은 세상에 나오기 쉽지 않았을 것이다."라고 회고했다. 작가의 원고에 없던 작품 제목에 굳이 '소설'이란 단어를 넣은 것은 이광훈의 강력한 '편집권' 행사였다. 불과 몇 달 전의 상황을 감안하며 이 작품을 게재함으로써 발생할지 모를 위해에 대비하는 의미도 있었다. 현실적 제안이나 비판이 아니라 어디까지나 허구임을 강조하기 위한 고육지책이었다. 같은 잡지에 평화통일론을 쓴 언론인 황용주를 감옥으로 보낸 직후에, 동일한 '용공사상' 때문에 옥살이를 하고 나온 체험을 바탕으로 쓴 작품을 '발굴하여' 싣는다는 것은 이를테면 전혀 반성의 빛이 없는 이광훈의 뱃심이기도 했다. 역설적이게도 『세대』는 황용주의 필화사건으로 인해 지식인 사회에서 상당한 홍보효과를 얻었다. 또한 「소설 · 알렉산드리아」의 발굴을 계기로 문학잡지로도 흔들리지 않는 명성을 구축했다. 이광훈은 한국잡지 역사상 유례없는 약관 23세에 편집장을 맡음으로서 한 시대의 문화 권력을 행사하게 되었다.
>
> —433~434쪽

「소설 · 알렉산드리아」가 황용주를 주인공으로 했다는 것. 이 대목은 안경환 씨가 처음으로 확인한 것이어서 놀랄 만한 발견이 아닐 수 없다. 어째서 그러할까. 항용 이 작품을 그 자체의 독창적인 창작이라 보고 이런저런 분석과 해석으로 일관된 논의들이 거의 무의미함을 드러낸 것이기 때문이다. 물론 거기에는 작가 이병주의 솜씨도 무시하지 못하겠지만, 이 경우 그것은 작가의 지위를 확보한 장편 『관부연락선』에서와 사정이 비슷할 것이다. 안경환 씨의 지적은 이 「소설 · 알렉산드리아」의 시대적 배경을 정확히 포착한 것이어서 타의 추종을 불가하게 만들고도 남는다.

와세다대학을 다닌 바도 없는 이병주가 "나는 와세다대 학생이었다"라는 것은 터무니없는 거짓말. 그러나 그것마저도 허구로 보면 된다. 곧 "나는 이병주 이전에 황용주다"라고. 황용주≠이병주의 도식이었다.

이번의 경우도 사정은 꼭 같다. 「소설 · 알렉산드리아」는 황용주≠이병주였던 것이다. 작가로서 이병주는 스스로를 부정하고 황용주를 닮고자 기를 쓰고 나섰다. 그런데 바로 이 점이 강한 시대성을 띨 수 있었다. 여기까지가 두 번째 단계이다. 그렇다면 세 번째 단계는 어떠했을까.

4. 『국제신문』 주필, 편집장, 논설위원

세 번째 단계는 바로 논설위원 되기이다. 황용주가 『사상계』와 맞선 『세대』지의 편집위원이 된 것은 1964년 봄이었다. 군부 출신의 상공부 장관 이낙훈이 사장이었고, 그 고향후배 이광훈이 편집장으로 있는 이 월간지는 『사상계』의 이북 및 지식인 세력과 정면으로 대립한 것으로, 극히 정치적인 잡지였다. 당시 편집장 이광훈이 『사상계』의 지적 대변인급인 함석헌과 정면으로 대결했음은 천하가 다 아는 사실이다. 이광훈은 『세대』지 편집위원 16명의 한 사람으로 『부산일보』 사장인 황용주를 모셨다고 했다. 안경환 씨의 고증에 의하면 그때 황용주는 『부산일보』를 그만두고 서울의 문화방송 사장으로 자리를 옮기게 된다. 후에도 황용주는 통일론 등 주요 논설을 『세대』에 실었다.

그 이전에 황용주는 부산대학의 교수로 불어를 가르쳤다. 그렇다면 황용주를 그대로 빼닮고자 한 이병주는 어떠했던가. 그도 해인대학

교수로 영어, 불어 등을 가르쳤고, 드디어 『국제신문』 편집국장, 주필, 논설위원으로 나섰다. 그리고 한편으로 그는 『부산일보』에 「내일없는 그날」(1957)이란 연재소설을 발표했다. 이로써 황용주=이병주의 모방 행위가 빈틈없이 진행되었다. 뿐인가. 『세대』의 통일론의 필화사건으로 투옥된 황용주를 보며 이병주도 감옥행을 따라야 했다. 어떤 방식이었을까. 황용주와 마찬가지로 이병주는 통일론으로 박정희 군부에 대들었고, 혁명재판소의 판결 때 10년 징역에 8년 감형으로 2년 7개월간 서대문 형무소에 있었다. 「소설 · 알렉산드리아」는 안경환 교수가 정확하게 지적했듯이 황용주를 주인공으로 한 정치소설(사상소설)이었다.

대구사범의 박정희와 동급반이었던 황용주가 박정희 정권의 사상적 거점의 하나였듯, 진주농고 출신의 이병주가 할 수 있는 것도 끝내 황용주의 행로를 닮는 것이었다. 외신기자 리영희의 『대화』(한길사, 2005) 속에서는 이병주가 박정희의 절대 지지자가 되어 박정희 평전 집필에 나아갔다고 기록하고 있다. 이러한 이병주의 180도 회전 앞에서 리영희는 정나미가 떨어졌음을 고백하고 있을 정도이다. 이러한 외신기자인 리영희의 안목은 일반인의 상식 수준이라고 할 만한 것이다. 그러나 리영희가 정작 간파하지 못한 것은 이병주의 생애에 있어서 황용주가 모델이고 표준이었다는 사실이다. 이병주는 스스로를 끊임없이 부정하고 '황용주 되기'를 갈망하는 과정에서 글쓰기를 했고, 또 그 불가능성을 인식함으로 말미암아 글쓰기의 지속성이 뒤따랐다.

5. 『관부연락선』 속의 방법론

와세다대학을 다닌 적이 없는 이병주의 자각 증세는 어디에서 찾을 수 있을까. 적어도 그가 지식인인 만큼 이 문제에서 벗어날 수 없다. 더구나 작가인 경우, 필시 작품 속에 드러나 있을 터이다. 그의 대작 장편 『관부연락선』 속에는 이렇게 고백되어 있어 명실상부하다.

> 정직하게 고백하면 나는 일본인뿐만 아니라 같은 동포를 대할 때도 진실의 내가 아닌 또 하나의 나를 허구했다. 예를 들면 '일본인으로서의 자각'이니 '황국신민으로서의 각오'니 하는 제목을 두고 작문을 지어야 할 경우가 누차 있었는데 그런 땐 도리 없이 나 아닌 '나'를 가립(假立)해 놓고 그렇게 가립된 '나'의 의견을 꾸미는 것이다. 한데 그 가립된 '나'가 어느 정도로 진실의 나를 닮았으며 어느 정도로 가짜인 나인가를 스스로 분간할 수 없기도 했다. 그런 점으로 해서 나는 최종률을 부러워하고 황군을 부러워했다. 그러니 마음의 움직임 자체가 미리 미채를 띠고 있는 것이 아니냐는 이사코의 말은 정당한 판단이었다.
>
> 자기 변명을 하자면, 어떻게 저항할 것인가 하는 그 방법을 찾지 못할 바엔 저항의 의식을 의식의 표면에 내세울 필요가 없다는 체관(諦觀)이 습성화되어 버렸다고 할 수도 있다. 생활의 방향은 일본에의 예종(隷從)으로 작정하고 있으면서 같은 조선 출신 친구 가운데선 기고만장하게 일본에의 항거를 부르짖고 있는 자들에 반발을 느끼고 있는 탓도 있긴 했다.
>
> 격에 맞지도 않은 말들을 지껄였다면서 이사코는 금방 장난스러운 표정으로 돌아가더니 파리와 동경과의 비교를 가벼운 유머를 섞어 가며 하기 시작했다. 이사코의 얘기를 재미있게 듣고 있는 동안 내가 눈치 챈 일은 내게 대한 호칭을 이사코는 '무슈 유'와 '류상' 두 가지로 나누어

쓰는데 농담을 할 땐 '무슈 유'가 되고 진지한 얘기를 할 땐 '류상'으로 된다는 사실이었다.

코론 방에서 나와 긴자 이곳저곳을 돌아다니다가 알래스카에 가서 식사를 하고 이사코와 나는 쓰키지 2정목을 향해 걸었다.

쓰키지 소극장은 쓰키지 2정목에 있다. 좀더 나가면 쓰키지 혼간지(策地本願寺)가 있고 더 좀 나가면 생선시장이 있는 동경의 옛 판도로선 변비한 곳에 단층의 조그마한 극장이 여염집 사이에 다소곳이 끼어 있는 것이다.

건물 정면, 사람으로 치면 이마에 해당하는 곳에 포도송이를 닮은 굵다란 극장 마크가 달려 있고 그 곁에 세로 '국민신극장(國民新劇場)'이란 간판이 붙어 있다. 좌익 연극과 인연이 깊다는 이류로 쓰키지 소극장이란 명칭을 국민신극장으로 고친 것이라고 했다.

일본의 신극사(新劇史)를 쓰려면 쓰키지 소극장사(策地小劇場史)를 쓰면 된다고 말할 수 있을 정도로 이 극장은 일본 신극운동의 발상과 더불어 비롯된 유서를 가진 극장이다. 그리고 또 이 극장은 오시나이 가호루(小山內薰)를 위시한 빛나는 이름들과 결부되어 있는 일본 신극의 메카이기도 하고 좌인 전성시대에는 좌익 연극의 총본산이기도 했다. 조선 출신의 연극 학생들이 조직한 조선학생예술자(朝鮮學生藝術座)도 이 극장의 무대 위에서 활약한다.

최근까지 이 극장은 신협극장(新協劇團)과 신쓰키지(新策地劇團), 두 개의 극단에 의해 교대로 사용되고 있었는데 신협과 신쓰키지의 간부들에게 검거 선풍이 불고 극단이 해산되는 바람에 쓰키지의 면목은 일변했다. 두 극단을 잃은 극장은 군소 소인극단(群小素人劇團)에 무대를 빌려줌으로써 간신히 연명하고 있는 상태다. 신극의 본산(本山)이 신극의 노점으로 전락한 느낌이다.

— 이병주, 『관부연락선』, 동아출판사, 508~509쪽

이러한 "나 아닌 나를 가립(假立)" 해 놓고 살아온 지식인 이병주는 작

가 이병주이자, 또한 주인공 유태림이었다. 황용주 닮기가 그것이다.

이병주가 박정희 군부에 대들어 군사재판을 받고 실형 2년 7개월로 출소했음은 앞에서 누누이 언급했거니와, 그것은 통일론에 대한 논설 때문이었다. 그렇다면 이 논설 역시 이중적이라 하지 않을 수 없다. 중립 통일, 일반 통일, 통일 안 하기 등등 어느 쪽으로 해석하더라도 안성맞춤이 아닐 수 없다.

그렇다면 소설가가 되는 일이 가장 안전한 것이었다. 현실이야 어쨌든 그것을 이렇게도 고치고 저렇게도 바꿀 수 있었으니까. 소설이론의 탁월한 연구자인 바흐친의 논법대로 하면, 현실의 역사란 미지수이며 이렇게도 저렇게도 변할 수 있는 것이 아니겠는가. 바흐친에게 소설이 만들어내는 "어떤 이질적인 감각은 새로운 미학 자체가 아니라 삶으로부터의 구체적인 감각에서 기인하는 것이다"(변현태, 「바흐찐의 소설이론과 그 현대적 의미」, 『창작과비평』, 2013, 봄호). 이것은 넓은 뜻의 반영론이겠으나, 그 반영론이 현실 반영의 정확성으로 평가받는 것이라면 바흐친의 주장은 이와는 다르다. 현실 자체의 이중성에서 오는 것이기 때문이다. 현실이란 늘 "이질적 감각"을 갖추고 전개되기 때문이다.

그렇다면 이병주는 이런 감각을 지녔다고 볼 수 없을 것인가. 그는 이미 일본 유학시절부터 갖고 있었다고 볼 것이다. 와세다대학을 다닌 바도 없는 이병주가 와세다대학을 다녔다고 우기는 것이 이에 해당한다.

"나는 이병주가 아니고 황용주다!"가 그것이고 동시에 "나는 이병주다!"가 그것이다. 이병주는 자기를 황용주에 가립(假立)해 놓음으로써 『관부연락선』을 썼다. 황용주가 옥살이를 할 때 「소설 · 알렉산드리아」를 썼다. 이 과정을 통해서 비로소 이병주는 작가가 될 수 있었다. 그것도 대형작가가.

6. 이병주≠황용주

이병주가 황용주를 닮고자 필사적으로 애쓴 흔적을 단계별로 정리하면 아래와 같다.

첫째, 와세다대학을 다녔다고 스스로를 지향하기. 기껏 메이지 대학 전문부 문과 별과를 마친 이병주에게 있어 자기의 이런 이력은 무시해도 상관없는 것이었다.

두 번째 단계는 일본군 간부 후보생을 거쳐 장교 되기이다. 황용주는 별다른 망설임 없이 간부 후보생을 거쳐 일본군 육군 소위가 되었다. 이병주도 꼭 같았다. 군사재판소 기록에 의하면 이병주가 일본군 육군 소위였음이 드러나 있다.

세 번째 단계는 논설위원 되기이다. 부산대학에서 불어를 가르치던 황용주가 『부산일보』 사장, 논설위원, 또 『세대』지 편집위원이 되었는데 해인대학에서 불어와 영어 등을 가르치던 교원 이병주가 『국제신문』으로 옮겨 주간, 편집국장, 논설위원이 되어갔다. 이병주≠황용주이었던 것.

이렇게 보면 이병주는 적어도 거짓말을 한 바 없는 것이 된다. 이 사실을 그는 『관부연락선』 속에서 이렇게 말해 놓고 있어 인상적이다. "나 아닌 나를 가립(假立)해 놓고 그렇게 가립된 나의 의견을 꾸미는 것"이라고. 그러기에 대작 『관부연락선』은 허구가 아니라 사실 그 자체라 할 것이다. 따라서 『관부연락선』에 대한 어떤 연구서나 논문도 이를 떠난 것이라면 신뢰하기 어렵다. 마찬가지로 「소설 · 알렉산드리아」도 황용주가 주인공이라는 사실을 떠나면 신용하기 어렵다. 이런 점을 굳이 강조하는 것은 황용주의 존재감에서 오는 것이 아닐 수 없다.

과연 이병주는 사기꾼인가. 전혀 그렇지 않다. 이병주=황용주였으니까. 통일론으로 감옥에 간 황용주를 따라 이병주 스스로도 통일론으로 감옥에 갔으니까. 그렇다면 이병주≠황용주의 도식에서 비로소 작가 이병주가 탄생했다고 볼 것이다. 그것도 장편 『지리산』의 대형 작가로.

부록

일본에서 한국 문학을 연구 · 번역하는, 내가 아는 일본인 교수들

1. 『조선문학-소개와 연구』의 창간

나의 첫 번째 저술은 『한국근대문예비평사연구』(1973)이다. 당시는 출판시장의 사정이 매우 어려운 편이어서 어떤 곳에서도 이 방대한 원고를 출판하려 하지 않았다. 대학의 출판부는 일거에 거절했고, 썩 이름이 나 있는 모 출판사도 일 년 동안 방치해 둔 채 아무 소식이 없어 되찾아올 수밖에 없었다. 그로부터 또 일 년 뒤, 인쇄소를 겸한 '한얼문고'라는 신흥출판사에서 모험적으로 이 책을 간행했다. 하지만 이 저술은 내 딴엔 꽤 심혈을 기울인 것이며 훗날 학위논문이기도 했다.

내 저술은 신제학위를 받았다. 신제학위가 문공부의 결정으로 이루어지자 서울대학교도 이에 따랐던 것이다. 물론 신제학위 제1호는 국어학(이기문)이었고, 고전학(조동일)이었으며 근대문학에서는 내가 첫 경우였다.

다행히도 이 저술은 판을 거듭하여 지금(일지사)까지도 나오고 있다. 특히 이 저술은 훗날 중 · 일 · 한 3국의 20세기 고전 100권의 하나로 선정되어 분외의 영예를 누릴 수 있었다. 이 저술이 간행되었을 때 일본의 헤이본사(平凡社) 『세계백과사전』을 위한 KAPF(조선프롤레타리아예술가동맹)를 수정하기에 이르렀다. 「카프의 성립과 해체에 대하여 – 『한국근대문예비평사연구』」(안우식)가 월간 『백과』(1973.6)에 소개되었다. 북한의 KAPF 관련 자료의 불확실함이 이로써 수정될 수 있었다. 안우식은 와세다대학을 중퇴한 교포 1세로 『김사량』(이와나미 신서, 1972)의 저자이기도 하다. 이 글로 말미암아 필자는 일본 학자들로부터 50부의 주문을 받았다. 뿐만 아니라 그들은 일본 돈까지 보내왔다. 여기서 그들이란 누구인가.

필자는 1970년에 하버드 옌칭 그랜트로 미국이 아닌 일본을 택해 유학을 갔을 때 그들을 먼저 만난 바 있었다. 그들은 일본인으로서 조선의 문학에 관심이 있는 작은 그룹이었다. 그들은 수시로 조선 문학에 대한 세미나를 하고 있었다. 또한 아직 확고한 태도를 갖지 못한 아마추어의 모임이었음에도, 이들의 자부심은 꽤 강해 보였다. 다시 말해서 지금까지 조선(한국) 문학의 소개 및 번역은 주로 재일교포들의 몫으로 되어 있어 뭔가 민족적 색채가 깔려 있었는데, 객관적 시각의 확보를 위해 순수한 일본인들에 의한 소개, 연구 번역이 요망된다는 생각이 그것이었다.

1970년도 연말경 필자는 이들의 초청을 받아 특강을 한 바 있다. 와세다대학 오오무라 마스오(大村益夫, 1933~) 교수의 연구실에서였다.

어째서 법학부 교수인 오오무라 씨가 조선 문학에 관심을 가졌을까. 씨는 그곳에서 중국어를 가르치고 있지 않았던가. 물론 당시 필자는 일본말이 극히 서툰지라 그 이유를 물어볼 수가 없었다. 또 설사 물었더라도, 씨 역시 간단히 설명하지 못했을 터이다.

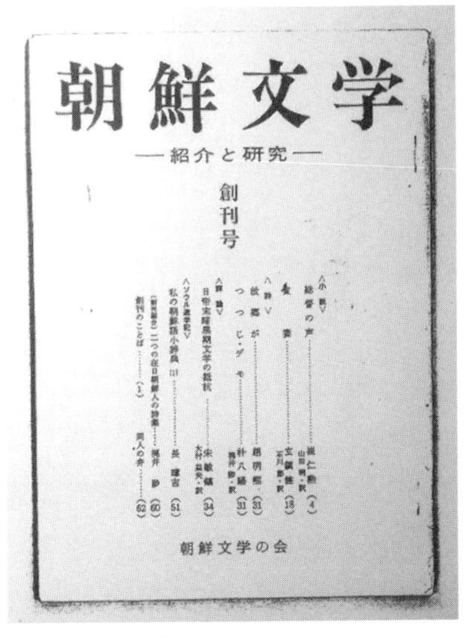

『조선문학』

어찌되었건 간에 『조선문학－소개와 연구』(1970.12)가 처음 나왔을 때 그 취지는 아래와 같았다.

> 자기의 연구가 나아갔다고 해도, 의견의 다름에도 신경 쓰지 않고 끈기 있게 공통의 장을 찾을 것이다. 또한 귀중한 자료를 손에 넣었을 때도 흔쾌히 동료들을 위해 도움이 되게끔 하며, 이것저것의 사상이나 신조의 다름이 있더라도, 무엇보다도 조선을 사랑하고 조선 문학을 사랑하리라. 특별한 명성을 기대하는 것은 물론 아니다. 다만 당시 일본인으로서 자기와 조선의 문학연구를 어떻게 연결하고, 거기에서 나온 성과를 통해 일본과 조선의 친선과 연대를 바라는 사람들의 공유재산으로 하기 위해, 조선 문학을 어쩌면 죽을 때까지 한 발 한 발 배워 가리라.
>
> — 오오무라, 『조선 근대문학과 일본』(2003)에서 상세함

겸허한 내용이 주를 이루지만, 요점은 순수한 일본인들로 구성되었다는 점. 처음 있는 일이라 할 것인데, 그 의의는 그들의 이후 활동이

담보하고 있는 성질의 것이었다.

창간호엔, 소설 「총독의 소리」(최인훈)/「빈처」(현진건), 시 「고향인가」(조명희)/「철쭉, 데모」(박팔양), 평론 「일제 말 암흑기 문학의 저항」(송민호), 서울 유학기 「나의 조선어 소사전」(죠 쇼우키치), 신간소개 「두 개의 재일조선인의 시집」(가지이 노보루(梶井陟)), 창간의 말(1) 「동인의 변」이 실려 있다.

제2호는 소설 「족제비」(하근찬)/「무녀도」(김동리), 시는 한용운의 「미발표 유고에서」, 수상은 김소운의 「후지마 세이다이의 조선시 논쟁」, 서울 유학기 「나의 조선어 소사전」(죠 쇼우키치), 사랑방 「창간호에 대한 독자의 반응」.

그렇다면 그 동인들은 과연 누구누구인가. 모두 5인인바, 협력자 1명을 합하면 6명이다. 64페이지에 지나지 않으며 연간 1회 발행하는 이 소잡지의 편집인은 야마다 아키라(山田明)(5호부터 씨는 다나카 아키라(田中明)로 성을 바꾸었다). 발행인은 오오무라 마스오(大村益夫)이고, 발행소는 '조선문학 모임'이며, 그 주소는 '와세다대학 법학부 오오무라 연구실 내'로 되어 있었다. 중심인물이 오오무라 교수임이 분명했다.

동인은 오오무라, 야마다(다나카), 죠 쇼우키치, 가지이 노보루, 이시가와 세츠코(石川節子), 오쿠라 고이네가(小倉尙), 기타 등 도합 5,6명에 지나지 않았다. 행인지 불행인지 『조선문학－소개와 연구』는 5호를 내고 폐간되었는데, 동인간의 불화가 있었는지는 모르나 잘 따져보면 발전적 해소로 볼 것이다. 이러한 필자의 생각은 그 후 오오무라 교수의 휘하에서 배운 인재들이 조선 문학 연구 및 소개의 핵심을 이루어 오늘에까지 이르고 있음을 보아도 능히 알 수 있는 사안이다. 다소 피상적일 수도 있겠지만, 이 글은 필자가 직 · 간접으로 접한 이들 연구자들을 아는 범위에서 살펴보고자 함에 있다.

2. 오오무라 교수와 다나카 아키라–제1세대의 거물

먼저 총 대장 격인 오오무라 교수. 앞에서 언급한 바와 같이 그는 원래 중국어(문학) 교수였다. 2003년에 그가 낸 저서 『중국 조선족 문학의 역사와 전개』에서도 엿볼 수 있지만, 씨의 윤동주 무덤 발굴은 과연 독보적이었다. 그는 중국 본토의 문학에 대해, 가령 루쉰이나 위다프, 거머루 등의 연구에 이른 것은 아니었다. 누구나 자기가 제일 잘 아는 것에 집중할 수밖에 없었는데 씨의 연구는 주로 동북삼성에 국한된 것으로 볼 수 있다. 이 분야의 연구는 현실적으로 중국어와 조선어의 이중어 구조 속에 놓여 있었고, 연변 조선족 대학에 여러 번 머물었던 씨는 그쪽 사정에 익숙했던 것이다.

『조선 근대문학과 일본』(2003)은 와세다대학 정년을 맞이하는 해에 나온 『중국 조선족 문학의 역사와 전개』와 같은 맥락에 놓인 것이었다. 정년 때 씨의 소속과 직책은 와세다대학 어학교육연구소 교수였다. 두 사람이 공동으로 사용하는 연구실이었는데, 필자가 두 번째 체일 중(1980)일 때 씨는 열쇠를 주며 수시로 머물러도 좋다고 했다. 필자는 씨의 정년 때를 맞추어 일부러 도일, 그 엄청난 업적을 남긴 씨의 마지막 강의를 경청할 수 있었다. 그 자리에는 다나카 아키라 씨도 배석하고 있었다.

1945년 8월 15일, 씨는 미야기현(宮城縣) 나루코마치(鳴子町)에 있는 집단소개 중이었고, 고열로 앓았고, 영양실조에 시달렸다. 소학생인 그로서는 견디기 어려운 고통이었다.

씨에게 필자는 질문한 적이 있다. 그대는 에도코(江戶子)인가 라고. 씨는 고개를 약간 갸우뚱했다. 순종 에도코란 도쿄에 3대에 걸쳐 살아야 하는데, 현재 자기는 지바겐(千葉縣)에 거주하고 있다고. 지바겐은 도쿄까지 전차로 한 시간 거리였다. 필자가 알고 싶은 것은 다음의 두 가지였다. 하나는 씨의 가계도. 조부와 부는 누구이며 무슨 직업을 가졌는가. 씨는 끝내 이를 필자에게 말해 주지 않았다. 훗날 부친의 전집을 내었다는 말을 얼핏 들은 듯한데, 주변의 말을 참조하면 그의 부친은 아동문학가였다고 한다. 또 하나, 필자가 궁금했던 것은 씨의 가족. 그는 이에 대해서도 말해 주지 않았다. 다만 훗날 필자는 씨의 부인을 알게 되었는데, 그로부터 필자는 꼭 알고 싶었던 사안을 어느 수준에서 짐작할 수 있었다.

씨의 부인은 씨보다 5년쯤 연하였다. 교포 2세. 심한 민족 차별 속에서 살았던 교포 1세인 부모들은 딸만큼은 가능한 민족 차별의 혹독한 시련을 피할 수 있도록 일본인만 다니는 명문 중학에 보냈다고 한다. 그 부인의 교양이 깊은 것, 특히 미술 분야에 해박했던 것도 이런 곡절에서 왔다. 에도코에 가까운 품위 있는 오오무라 씨와 결혼하기까지에는 필시 상당한 걸림돌이 있었을 것이다. 조선인 교포 2세라는 걸림돌. 좌우간 이런 장애물을 극복하고 그들은 결혼에 이르렀고 2남 1녀의 가정을 이루었다. 짐작컨대 씨의 부모와는 거의 단절 상태가 아니었을까.

필자의 생각으로는 오오무라 씨가 중국어를 공부했으나 조선어로,

나아가 조선 문학에로 향한 것은 이런 부인의 국적과 관련성을 갖지 않았을까 싶다. 그 부인이 오오무라 씨를 그림자처럼 도운 것을 필자는 자주 목도했다. 국내 행사에서는 물론 외국 여행 때에도 그녀는 항상 씨의 비서 몫을 했다. 씨는 한국 및 옌지 조선족 자치주, 중국 베이징 등을 몇 번이고 오르내렸는데, 그때마다 그런 몫을 부인이 도맡았다. 옌지에 1년, 또 한국에 1년간 머물 때도 그러했다. 어느 해인가 필자는 그의 어린 딸을 한겨울의 서울에서 만난 적이 있다. "춥다"라는 한국말을 배웠다고 씨의 딸은 말했다. 그 딸은 지금 베이징에 살고 있다. 베이징 상업주재원인 이탈리아 남자와 결혼했고, 1남 4녀의 화목한 가정을 이루었다고 한다. 오오무라 씨는 필자에게 이탈리아의 사돈집에 부인과 함께 다녀왔다고 했다. 또 방학이 되면 손자들이 떼를 지어 외갓집으로 몰려와 즐겁게 지낸다고 했다. 오오무라 씨의 고희를 맞아 그의 문하생들이 기념논문집을 내었을 때, 씨는 필자에게 다시 서문을 요청해 왔다. 하지만 그것을 여기에 다시 적을 필요는 없겠다.

한편 다나카 아키라 씨는 어떠했을까. 필자의 흥미는 오직 어째서 씨가 조선 문학에 관심을 가졌는가에 관한 것이다. 씨 자신이 2010년도에 작성한 경력을 보이면 이러하다.

> 1926년 愛知縣에서 태어났다. 조선에서 소중학교를 보냈다. 해군경리학교 재학 중 종전. 전후 구제8고, 도쿄대학 문학부 졸업. 아사히 신문기자, 척식대학 해외사정연구소 교수를 거쳐 현재 동 연구소 객원교수. 저서에는 『서울 실감록』(삼수사), 『한국 정치를 투시한다』(아기서방) 『이야기 한국인』(문예춘추신서) 『한국의 민족의식과 전통』(이와나미 현대문고) 『한국은 왜 북조선에 약한가』(만성사) 등이 있고, 역서에는 최

인훈의 『광장』(태류사) 신재효의 『판소리』(공역, 동양문고) 등이 있다.

서울에서 필자는 씨를 두 번 만난 적이 있다. 씨는 그 무렵 고려대학교 송민호 교수 밑에서 석사 과정을 밟고 있었다. 씨는 한국의 사회 및 정치에 썩 민감했고, 북조선에 대해서는 거부감을 여지없이 드러내곤 했다. 씨가 필자에게 보여준 인상적인 것은 다음 두 가지. 하나는 최재서에 관한 것.

경성제대 으뜸가는 수재라 불린 영문학자이자 문예비평가였던 최재서도 전시중 『국책문학』을 창도한 친일가로 되었다는 이유로 해방 후에 비판의 대상이 되었다. 그러나 그는 결코 일본을 추종하는 비굴한 자는 아니었다. 고려대학교 도서관에서 그가 전시 중 일본어로 쓴 문장의 품위를 갖춘 기운에 접했을 때 나는 통감했다. 기회주의자에게 이런 문장은 씌어지지 않는다. 그는 일본인이 일본 정신을 소리 높여 외치는 시류를 교묘히 이용하여 지금까지 조선을 지배한 부족주의적인 정서에 뿌리둔 전근대적인 민족주의를 넘어서 근대적인 민족주의를 지적으로 구축했다라고 생각한다. 최재서의 친일에 대한 얘기가 나왔을 때 그와 대학의 동급생이었던 어떤 교수에게 "친구로서 친일이 체크되지 않았을까" 라고 물은 적이 있다. 그러자 그 교수는 "여하튼 조선군의 참모와 〈나는, 네놈은〉이라고 얘기하고 있는 데 입을 끼어 넣을 수 없었다네."라고 대답하는 것이었다. 그의 정신의 에너지의 강함을 상상케 하는 얘기다. 서울의 술집에서 최재서를 졸업논문의 테마로 택했다는 젊은 연구자가 열성적으로 "최는 한국 최고의 지성이었다."라고 말했다. 이어서 그러한 찬사를 거듭한 후 그 젊은이는 전전의 친일한 것을 알지 못하는가라고 여기고 있는데, 최후에 "그러한 인간이 왜 친일에 달려갔는가 모르겠다."고 괴로운 소리를 했다. 실제 "그와 같은 사람이 왜"라는 것은 간단히는 알 수 없다. 오늘날 위세 좋게 선인을 비판, 매도하는 사람들은 이 젊은 연구자가 보인 괴로운 얼굴을 보지 않는다. 그러나 선인의 전향의 심부를 충격하는 스스로도 괴로운 바에서 과거의 극복이 시작되는 것이 아닐까.

— 다나카 아키라, 『멀어져가는 한국—동 선방』, 만성사, 2010. 109~110쪽

다른 하나는 씨의 죽음에 대한 필자의 조사(「어떤 지한(知韓)파 서생의 죽음」(『한겨레신문』, 2011.3.19). 필자가 한 달에 한 번씩 연재하는 칼럼 「김윤식의 문학산책」에 실은 것. 그 전문을 다시 옮겨 보이고자 한다.

동선하로(冬扇夏爐)란 말이 있소. 겨울엔 부채, 여름엔 화로라는 뜻. 도무지 시절에 맞지 않는 말이나 행동을 빗대어 쓰는 말. '동선' 이나 '하로', 어느 한쪽만 떼어 사용해도 마찬가지. 이 중 앞의 것에 승부를 걸고자 마음먹은 이가 있었소. 이름은 다나카 아키라(田中明). 방 입구에 걸어둘 현판으로 사용하기 위해 씨는, 언론인이자 고명한 사학자인 천관우 씨를 찾아가 휘호를 부탁했다 하오. 파안대소한 천씨는 동선방(冬扇房)이란 휘호를 보내주었다 하오. 임술년추(壬戌年秋)라 했으니까 1982년이겠소. 이 휘호가 끝내 그의 방문 앞에 걸리지 못했는바 두 가지 이유 때문. 하나는 그림이나 글씨란 있을 자리에 있어야 한다는 믿음 때문. 다른 하나는 지난해 세밑, 씨가 타계했기 때문. 향년 84.

의사인 아비를 따라 한국에 온 소년은 용산 중학을 거쳐 대학 문과를 나와 유력한 신문사 기자로, 또 만년에는 한국 문제 전문지의 칼럼니스트로 활약했소. 『서울 실감록』을 비롯해, 『한국의 민족의식과 전통』 등의 저술도 여럿 있소.

하버드 옌칭 장학금으로 연구차 일본에 간 젊은 조교수인 나를 초청한 곳이 있었소. 〈조선 문학의 모임〉. 이 모임의 의의는 각별했는데, 순수한 일본인들이 모여서 한국 문학을 공부하는 모임의 첫 결실이 『조선

문학－소개와 연구』 창간호(1970.12)이오. 어떤 연유에서인지 알기 어려우나 이 모임은 몇 년 못 가 해산되었는데, 짐작컨대 연구진의 규모 성장으로 인한 자연스런 확산 작용이 아니었을까.

세대감각이라는 말이 있거니와 지배자인 일본인으로 서울에서 공부한 씨의 기묘한 체험이란 이 자의식에서 한 번도 자유로울 수 없었던 것으로 추측되오. 씨가 그토록 한국의 약점만을 지속적으로 가파르게 비판함으로써 삶의 에너지를 얻어내는 방식을 옆에서 지켜보고 있노라면, 문득 저 루쉰을 떠올릴 법하오. 중국을 혹독히 비판하는 외국인은 신뢰할 만하다는 것. 적어도 그런 부류는 중국에 야심이 없기 때문이라고.

물론 씨의 경우는 루쉰과는 다르오. 씨의 무의식 속에선 한국은 외국이 아니었을 터. 그렇지 않고는 저렇듯 집중적으로 또 지속적으로 비판할 이치가 없소. 심지어 「토지」의 작가를 향해서도 씨는 논쟁을 걸어마지 않았소(『신동아』, 1990.8.9). 한국이란, 씨에게는 언제나 한일 관계의 틀이며, 또 그것은 한결같이 비판의 대상이었는데, 이 집중성, 지속성의 근원이 애증의 콤플렉스에 있지 않았을까. 참으로 딱한 것은 세상이 이런 사실을 알고 있는데 본인만 모르는 것처럼 보였음이오.

씨는 아마도 우리의 판단에 펄쩍 뛸 것에 틀림없소. 나만이 모른다고? 어림도 없는 일. 그대들은 내 마지막 저서, 동선방 독어(獨語)인 「멀어져 가는 한국」(2010)을 읽어 보았는가. 내 일생을 이끌어온 글쓰기의 키워드가 거기 들어 있다. 바로 두 글자 '서생(書生)', 곧 유학을 공부하는 사람. 젊었어도 늙었어도 '서생'은 서생일 수밖에, 라고. 삼가 명복을.

씨의 형은 태평양 전쟁 중 군의관으로 출정, 필리핀 클라크필드에서 해군 항공대 소속 군의로 전사했다. 전사 통지가 온 것은 클라크필드 일본군 전멸 뒤 이 년이 지난 때였다. 아비는 이 통지서를 받고 씨와 함께 히로시마의 위령제에 참가했다고 적었다(『멀어져 가는 한국』, 93쪽). 또 필자는 1980년 재일교포 학자(6 · 25 이후 밀항) 윤학준

(尹學準) 씨와 더불어 씨의 안내로 딸과 함께 살고 있는 내리마 구(練馬區)에 위치한 씨의 가정을 방문했었고, 그 부인이 손수 끓인 차를 대접 받았다. 씨를 마지막 만난 것은 타계 한 해 전(2010년 가을)이었다. 딸이 죽었다고 했고, 치매 상태인 부인의 수발을 들고 있다고 했다. 씨는 심장병을 앓고 있었기에 해외여행을 못한다고 필자에게 자주 말했다. 가고 싶은 한국, 용산 동창들이 그리웠는데도 말이다. 필자가 강연차 일본에 들릴 적이면 꼭 만났다. 씨는 오래 살던 내리마를 떠나 시골에 새로 둥지를 틀었다고 했다. 필자를 만날 때마다 씨는 꼭 일본에서 현재 화제 중인 문화, 문예비평서를 한 권 주곤 했다. 어느 날 『산업신문』 재일특파원 구로다 씨로부터 연락을 받았다. 『한겨레신문』에 실린 글을 추도문집에 싣고자 하는데 어떠냐고. 고인에 대한 실례가 아니라면, 나는 반대할 이유가 없다고 했다.

그로부터 얼마 후 추도문집(비매품, 2011.7)이 배송되었다. 그 속에는 씨의 무덤을 찍은 사진이 들어 있었다. 법명(法名)은 '明月', 조후쿠사(長福寺)에 있다고 했다. 일본식으로 장사지냈음을 알 수 있었다.

3. '한국 문학은 문학이다' 와 서지학—사에구사/호테이

필자가 아는 한, 조선과는 아무런 인연이 없는 순수 일본인으로서 조선어 및 조선 문학을 전공한 학자는 다음의 두 사람이다. 한 명은 사에구사 도시카쓰(三枝壽勝, 1941~) 씨이고 다른 한 사람은 호테이 토시히로(布袋敏博, 1954~) 씨이다.

사에구사 씨는 교토대학 이학부를 나온 수재로 어떤 이유에서인지는 알기 어려우나 조선어 및 조선 문학을 공부하여 국립 도쿄외국어 대학 조선어 및 조선 문학 담당교수로 재직했다. 이후 많은 후진을 양성했는데, 필자에게 그의 환력(정년)을 기념하는 축사 의례가 와서 다음과 같이 썼다. 이를 이 자리에 옮겨놓고 싶다.

춘원기념사업회 주최로 〈춘원 탄생 백주년 기념 강연회〉(1992.3)가 서울에서 열린 적이 있었다. 주최 측은 국내 발표자로는 나에게, 외국 발표자로는 사에구사 씨에게 위촉해왔다. 〈시대상황과 이광수〉라는 표제를 가진 씨의 발표문 첫줄이 "필자가 한국어를 배우기 시작했을 때부터 가장 궁금한 존재가 춘원 이광수였습니다."였던 것으로 회고된다.

씨가 명시적으로 밝히지는 않았으나 그 말은, 그 당시로서는 춘원의 이해 없이는 한국문학과 한국인도 이해할 수 없을 것이라는, 그런 막연하면서도 심정적으로 매우 절실한 '느낌'에서 말미암지 않았을까. 아마도 그 느낌이란 춘원의 생애가 내포한 우여곡절이 한·일간에 벌어졌다는 데서 왔을 터이리라. 만일 그렇다면 이 느낌이란 일종의 '오만'이 아니었을까. 그런 오만이 양면적이었을 터인데, 적극성의 획득이 그 하나라면 그로 말미암은 자기 왜곡이 다른 하나이리라. 역사 속에 휩쓸려 희생이 된 사람을 통해서 깊은 감동이나 자극, 요컨대 도전을 받아 역사를 보는 행위란 사람에 따라 다를 수 있다. 또 그런 행위를 통해 훌륭한 업적이나 이해의 정진이 이루어질 수도 있다. 또 그로 말미암아 연구자 자신이 알게 모르게 입는 손실도 적지 않으리라.

지나간 생애로부터 교훈이나 감동이나 자극을 받는 것이 후세인의 오만이라면 일본인으로 춘원에게 감동을 받음이어서 그 느낌이 한층 첨예했을 터이다. 일본인으로서 한국 근대문학에 임하는 분들을 대할 적마다 나는 많건 적건 이런 '느낌'의 양면성을 어느 수준에서나마 알아내려고 힘쓰곤 했던 것 같다.

씨의 〈시대상황과 이광수〉는 내가 지닌 그들 일반에 대한 모종의 느낌을 상당한 수준에서 물리치게 만들어 주었다. ‘오만’ 과 ‘두려움’ 으로 그 느낌의 자리가 조금 바뀌었음이 그것이다. 씨가 일부러 현해탄을 건너와 이런 발표를 한 의도는 오만을 통해 바라본 이광수가 어느새 두려움으로 바뀐 곡절을 고백하기 위함이라고 나는 직감했다.

이 심정 고백서를 이광수를 통해 행하지 않으면 안 될 만큼 아마도 씨는 절박했을 터이다. 이광수의 해방 뒤의 심정고백서인 「인과(因果)」를 들어 ‘우자(愚者)’ 의 ‘효성(孝誠)’ 을 이해하고자 애쓰고 있음에서 이 점이 감지되었다. 이 애씀이 씨로서는 참으로 힘겨운 일이 아니었을까. 왜냐면 씨가 일본인이기에 그러하다. 씨는 역설적으로밖에 심정고백을 할 수 없으라. 이른바 ‘사에구사식 한국 근대문학연구’ 의 열림은 이 자리에서 비로소 가능했을 터이다.

이 열림은 씨에겐 모르긴 해도 긴 노력 끝에 얻어진 붉은 열매였으리라. 논문 「이광수와 불교」(1968)에서 그 애씀의 일단이 잘 드러나 있다. 불교를 빙자했을 뿐, 이 공들인 논문의 주조저음(主調低音)은 오직 한 가지, ‘이광수는 과거부터 지녀온 사랑을 버린 것이 아니며 일관성 있게 지속하고 있다’ 가 그것이다.

이 논문 전체에서 ‘일관성의 지속’ 이 반복되고 있음이 그 증거이다. ‘은자의 효성’ 이 그것이다.

이광수에 대한 이러한 변명이랄까 이해수준이나 밀도가, 씨가 당초 한국 근대문학 연구에 임할 때 지녔던 그 느낌의 오만함의 수준이나 밀도에 비례한다고 내가 믿는 이유는 현실적이자 현재적인 데서 온다. 일본인으로서 한국 근대문학 연구 분야에서 비로소 한 사람의 자유인을 씨에게서 볼 수 있음이 그것이다.

학문에는 국경이 없다고 세상은 말했다. 이 양쪽에다 대가 씨가 발언할 수 있음을 보는 일은 내 한 즐거움이다. 씨를 대할 적마다 좀처럼 씨가 일본인으로 느껴지지 않음이 그 즐거움의 증거이다.

듣건대 씨도 이제 정년을 맞는다 한다. 한국인 유학생을 매년 받아들임에 인색하지 않았던 씨와 씨가 봉직한 기관에 배운 한국인 유학생 소장학자들이 씨의 정년을 위해 논문집으로 보답한다며 내게 그 논문집의 발문을 청해왔다. 혹시 이 글이 씨와 논문집 집필자 분들께 누가 되지 않을까 저어할 따름이다. 모르긴 해도 정년 후의 씨의 그 '느낌' 은 한층 자유롭지 않을까, 혼자 멋대로 생각해 본다. 이 또한 내겐 한 가지 즐거움이다.

—『한국근대문학과 일본』, 소명출판사, 2003

발문으로 쓴 것을 어떤 이유에서인지 편집인들은 책머리에 실었다. 사에구사 씨가 한국 유학생을 매년 두세 명씩 받아들일 수 있었던 것은, 도쿄외대 조선어과에 지원되는 일본 문무성 초청 장학금과 대학 자체 ISEP(International student Exchange program)제도에 의한 것이었다. 그리고 한국관계는 사에구사 씨가 이끌고 있었다. 듣건대 정년 후 씨는 중국으로 건너가 상하이 도서관에 칩거했고, 그 후 귀국했다가 한국의 연세대학교 국문과 대학원에서 이 년간 가르쳤다. 그 후의 소식은 풍문으로도 들리지 않았다.

사에구사 교수가 필자에게 책 한 권을 보내온 것이 썩 인상적이었다. 거기에는 이렇게 쓰여 있었다.

"金允植先生님 혜존/감사의 뜻으로/三枝壽勝"

책 제목은 『사에구사 교수의 한국문학 연구』(심원섭 옮김, 베틀북, 2000). 씨가 그동안 쓴 논문들을 씨의 도움으로 일본 유학을 한 바 있는 심원섭 씨가 옮긴 것이었다. 총 594쪽에 이르는 이 저서는 재판까지 찍었다. 필자는 여기에도 서문 격으로 썼다. 이를 옮기면 다음과 같은데, 「『사에구사 교수의 한국문학 연구』에 부쳐」가 그것이다.

한국 근대문학을 전공하는 외국인 학자 중 사에구사 교수만큼 입장이 분명한 학자를 아직도 나는 알지 못한다. 어떤 이유로 씨가 하필 한국 근대문학을 전공하기에 이르렀는지는 헤아리기 어려우나 씨의 한국 근대문학을 바라보는 시작은 「한국근대문학은 문학이다」의 명제로 요약된다. 너무도 당연하고 범속한 이 명제가 어째서 씨에겐 그토록 중요했으며 내게 신선하게 느껴졌던가. 이 물음은 씨가 다름 아닌 일본인이라는 사실에서 막바로 온 것이기에 많은 설명이 뒤따르지 않을 수 없게 되어 있다. 많은 설명 중의 하나로 일본인이 한국인 또는 아시아인에 대해 품고 있는 모종의 콤플렉스를 들 것이다. 이 콤플렉스를 품은 채 여러 학자들이 한국 근대문학을 연구했고 또 하고 있다. 씨의 표현을 빌면 "살인범이 자기가 죽인 시체나 상처 입힌 피해자의 모습을 보고자 하는 심리"에 다름 아니며, 따라서 이런 연구 태도가 존속하는 한, 모조리 살인자의 처지에서 벗어날 수 없다. 한국 근대문학은 물론 어떤 문학도 먼저 '문학'이지 살인자가 살해했거나 상처 입힌 피조물은 아닐 터이다.

씨의 이런 시선이 양면의 칼날임은 새삼 말할 것도 없는데 일본 내의 한국문학 연구자들에 대한 비판이 그 하나라면 그리고 재일교포 문학에 대한 비판도 이 연장선상에서라면 한국인의 한 · 일문학 관련을 따지는 연구자들에 대한 비판이 그 다른 하나이다. 씨의 이러한 연구태도를 두고 세상 사람들은 일본인인 씨의 또 다른 오만스러움의 드러내 보임이라 비판할 수도 있을 법하다. 이러한 비판에서도 씨는 분명한 입장을 갖고 있다. 실력의 어떠함이 이런 비판을 물리칠 수 있다는 것을 씨는 논문으로 또 현장평론으로 보여주고 있음이 그것. 90년대 이 나라 창작계의 거멀못으로 평가되는 윤대녕의 「은어낚시통신」(1994)을 분석하는 마당에서 그것이 마약과 관련되었는지도 모른다는 씨의 견해도 그러한 사례의 하나이리라.

사에구사 교수의 입장이 필자에게 제일 인상적인 대목은 「한국문학, 읽지 않아도 되는 까닭—좀비들 세계에서의 대화」이다.

> 과거 일본이 무엇을 했는가를 반성한다는 건 일본 사람이 잘못했다고 생각하니까 말하는 거지? 그리고 그런 걸 한국문학을 통해서 안다는 것은 자기들의 희생자한테 어떤 상처를 남겼는가를 알려고 하는 것이고, 그 일을 통해서 자기들이 현재 얼마나 그것을 반성하고 있는가를 알리는 일이 되지 않은가? 요컨대 그 작업을 통해 구제받는 것은 일본 사람 쪽이라는 것이지. 살인범이 자기가 죽인 자나 상처 입힌 피해자의 상태를 보고 싶어하는 것과 똑같은 심리가 아니냔 말이야.
>
> —『사에구사 교수의 한국문학 연구』, 11~12쪽

당연히도 씨는 또 이런 입장에 서 있었다.

> 역시 (한국문학을) 좋아하지 싫어하지도 않아. 난 한국문학을 일본사람이 꼭 알아야 할 중요한 것이라고 말한 일도 없고 그렇게 권한 일도 없어. 그건 일본 문학도 마찬가지로 문학이 특별한 것으로 거기에 종사하는 것도 특별한 가치가 있다든지 문학을 알아야 한다고 선전하고 싶어한 일도 없어. 징그럽지 않아?
>
> — 위의 책, 14쪽

문학 공부가 징그러운지, 문학 자체가 징그러운지, 둘 다 징그러운지는 불분명하나 좌우간 씨의 문학을 대하는 처지가 이로써 요약된다. 극도의 허무주의로 치달릴 수 있는 것이 아닐 수 없다. 언제든지 문학을 때려치울 수 있다, 이는 탐구자의 자세이자 저주받은 '자유', 그것이 아닐 수 없다.

일본인으로 한국 문학을 전공한 또 한 사람을 들라면 필자는 대번에 호테이 토시히로(布袋敏博) 교수를 들 것이다. 사립 명문 와세다대학 국제교양부에 재직하는 씨의 출신성분이나 경력을 필자는 잘 알지 못한다. 지방의 서도(書道) 명문 집안의 3남으로 태어난 씨는 메이지대학 문과를 나와 취직하여 편집하는 일을 맡았다가 어떤 이유에서인지 한국에서 유학했고 서울대학교 국어국문학과에서 석사를 마쳤다. 그런데 그 석사논문이 매우 독창적이었다. 당시 이를 심사한 필자의 놀라움은 컸다. 정확한 자료의 발굴은 물론 치밀한 조사를 감행했기 때문이다. 그 뒤에도 와세다대학 오오무라 교수와 공편으로 한일문학관계 자료 『조선문학관계 일본어문헌목록』(1997), 『근대조선문학 일본어 작품집』(녹음서방, 2008) 등을 간행하여 빛나는 업적을 쌓았다. 하지만 무엇보다도 특징적이고 소중한 것은 씨의 석사논문이다.

> 이태준은 현재까지 일본어 작품을 쓰지 않은 것으로 알려져 있다. (…) 그리고 작가 자신도 해방 직후 1945년 12월에 있었던 저명한 봉황각의 좌담회에서 "8 · 15이전에 가장 위협을 느낀 것은 문학보다 문화요 문화보다 언어"였으며, "일본말로 작품 행동을 전향한다는 것은 민족적으로 여간 중대한 반동이 아니었다."고 말했던 것이다. 이 말을 그대로 받아들인다면 이태준은 일본어로는 안 썼다는 결론이 된다. 그러나 사실은 일본어 작품을 남기고 있었던 것이다.
>
> — 호테이 토시히로(布袋敏博), 「일제 말기 일본어 소설 연구」, 서울대 대학원, 1996, 105쪽

봉황각의 좌담회란 씨의 착오이다. 실은 『인민예술』(1946.10)이다. 여기에 필자도 책임이 없다고는 할 수 없다. 이태준의 일어소설 「제1호선의 삽화」(『국민총력』, 1944.9.1)는 씨가 처음으로 발굴했다. 실상

「문학자의 자기비판」은 김남천, 이태준, 한설야, 이기영, 김사량, 이원조, 한효, 임화 등이 모여서 한 좌담회로, 이태준의 위의 발언은 그 자리에 앉아 있는 김사량을 향한 것이었다. 김사량이 가만히 있을 턱이 없다. 자기가 행한 일어 창작을 자랑하는 것은 아니지만, “그렇다면 왜 당신들은 팔짱끼고 가만히 있었던가, 그런 상황 속에서도 한 발 물러서 일어로 작품을 썼다, 그대들은 조선어로 글을 써서 땅에 묻어두었던가, 아무도 그렇지 않았지 않느냐”라는 식의 반론을 펼쳤다. 이 논쟁에 중재로 나선 문사가 임화. 일어 작품을 쓰기도 한 임화는,

> 내 마음 속 어느 구퉁이에 장엄히 숨어있는 생명욕이 승리한 일본과 타협하고 싶지 않았던가? 이것은 내 스스로도 느끼고 두려워했던 것이기 때문에 (…) ‘나’ 만은 이것을 덮어두고 넘어갈 수 없는 이것이 자기비판의 양심이 아닌가 하고 생각합니다.
>
> —「문학자의 자기비판」(44쪽)

라고 했다. 필자 생각으로는 이태준도, 김사량도, 임화의 주장도 다 일리 있는 성질의 것이 아닐 수 없다.

씨는 또 박사논문도 썼다. 「초기 북한문단 성립 과정에 대한 연구」(서울대 대학원, 2002.2)가 그것인데, 부제가 뚜렷했다. “김사량을 중심으로”가 그것. 해방 이후 북한에서 김사량은 초기에 『노마만리』(『민성』, 1946.1~1947.7), 희곡 「봇똘이의 군복」(『적성』 창간호, 1946.3), 「더벙이와 배뱅이」(『문화전선』, 1946.7~1947.2), 『호접』(희곡집, 1946.8), 「팔삭동이」(『조선신문』, 1946.3.1, 벽소설, 콩트), 「뇌성」(희곡, 1946.8), 「칠현금」(노동소설, 1949) 등을 썼다. 북한노선에 서 있었

으면서도, 한편으로 그 노선의 비판을 받곤 했다. 그는 창립된 김일성 대학의 독문과 교수가 되었는데, 6 · 25 때 마산 앞에까지 종군하여 「바다가 보인다」를 썼고 후퇴 시에 춘천 근처에서 심장병으로 죽었다. 여기서 6 · 25 무렵 및 김일성대학 관련 내용 등은 이미 알려졌던 것이어서 새삼 반론의 의미는 없다. 그러나 북한에서 6 · 25 이전에 쓴 희곡, 소설 등의 소개 및 분석은 단연 새로웠다.

이상으로 일본인의 조선 문학 전공자는 필자가 아는 한 사에구사 씨와 호테이 씨 두 분이다. 의미 있는 것은 한 사람이 일제시대에 태어났다면, 다른 한 명은 해방 후 태생이라는 점이다. 두 세대에서 각각의 조선 문학 연구자가 나왔다는 것은 의미 있는 대목이다. 그것은 그 다음 세대인 21세기에도 그러한 인물이 등장할 가능성이 열려 있음에서 온다.

4. 인연으로 조선 문학을 택하다—세리카와, 시라카와 등

조선과의 뗄 수 없는, 그야말로 숙명적으로 연결된 오오무라 씨와 다나카 씨. 아무런 관련이 없이 오직 "한국 문학은 문학이다"에로 나간 사에구사 씨와 호테이 씨를 앞에서 자세히 보았다. 필자는 이에 대응되는 경우로 세리카와 씨와 시라카와 씨, 또한 후지이시 씨 등을 들고자 한다.

먼저 세리카와 데쓰요(芹川哲世 1945~) 씨는 도쿄 태생으로 서울대학교 대학원에서 공부했다. 씨의 박사논문은 「1920~30년대 한 · 일 농민문학의 비교문학적 연구」(1993)이다. 당시 필자는 씨의 지도교수였는데, 이 논문은 한국에서 일본인이 근대문학으로 학위를 받은 첫 사례였다. 씨가 '농민문학' 에 관심을 집중한 것은 당시 대학원의 유행풍조가 리얼리즘에 기울어져 있었던 까닭이다. 거의 억지에 가까운 선택이었음은 이후 그의 저작 등을 통해서 입증된다.

씨의 주된 저술은『근대 조선문학에 있어서의 일본과의 관련양상』(녹음서방, 1998),『조선 근대문학사와 일본』(공저, 와우사, 2002),『일본의 식민지 지배와 과거의 청산』(공저, 풍행사, 2010) 등이며, 역서로는『단편 소설집 소설가 구보씨의 일일 등 13편』(공역, 평범사, 2006)과『황순원의 움직이는 성』(일본 크리스트교단 출판국, 2010) 등이 있다. 이로 볼진대 씨는 어디까지나 '한일문학의 관련양상' 연구로 일관했음이 드러난다. 학위를 받은 씨는 이후에 세종대학교 교수와 인하대학교 교수를 역임했고, 한국 여인과 결혼했다. 1989년에 귀국하여 국학 명문인 니쇼가쿠샤(二松學舍)대학교 문학부 교수로 재직했다. 그렇다면 어째서 씨는 한국 근대문학 연구에 생애를 바쳐왔을까. 이에 대해 필자는 두 가지 점을 지적할 수 있을 것 같다. 하나는 의사이면서 기독교 신자였던 씨의 선친이 조선에서 살았다는 것. 이는 씨에게 직접 전해 들은 말이다. 다른 하나는『움직이는 성』의 출판 사례에서도 보았듯, 그가 기독교 신자라는 점. 다른 말로 하면 씨는 기독교 신앙이 몸에 밴 인물이었던 셈이다. 이러한 씨의 신앙적인 힘은 필자가 보기에 도처에서 빛을 발하고 있었다. 특히 주변에서는 씨를 두고 '성실한 사람' 이라 불렀다.

필자는 씨의 주선으로 니쇼가쿠샤대학교 문학부에서「한 · 일문학에 나타난 순백의 이미지」(2012.12)로 특강을 한 바 있다. 그때 필자는 씨의 부인도 만날 기회가 있었는데, 부산에서 한국 근대문학으로 석사학위를 마친 여인이었다. 씨의 부인은 소생으로는 성장한 두 아들이 있다고 했으며, 거주지인 이바라기현에서 한국어 강사를 하고 있다고 했다.

한편, 「장혁주 연구」(1990)로 학위를 받은 시라카와 유타카(白川豊, 1950~) 씨는 어떠할까.

원래 씨의 지도교수는 조연현 교수(동국대)였는데 조 교수의 타계로 말미암아 김장호 교수에게 일임되었다 한다. 어느 날 김 교수는 일면식도 없는 필자에게 전화로 타진해 왔다. 내용인즉, 학위심사의 주심을 맡을 수 없겠느냐는 것. 시인인 자기로서는, 더구나 학위논문 청구자가 일본인인지라 어떻게 평가해야 할지 감이 잡히지 않는다는 것. 처음에 필자는 썩 망설였다. 하지만 곧 받아들였는데, 아마도 필자의 저서 『한국근대문학사상사』(한길사, 1984) 속에 있는 장혁주론과 관련된 것으로 추정되었기 때문이다. 그 심사경위를 필자는 다음과 같이 적은 적이 있다.

> 1988년 가을, 안면도 없던 김장호 교수께서 학위논문 심사를 의뢰해 왔소. 그런데 그 목소리가 썩 조심스럽게 느껴졌소. 그도 그럴 것이 제출자가 일본인이며 게다가 「장혁주 연구」였으니까. 나보다 10년이나 연장이며 대학시절 식민지 체험을 겪은 김 교수로서는 당시 악명 높은 장혁주에 대한 감회가 남달랐지 않았을까. 난감한 것은 이쪽도 마찬가지. 내 전공은 한국 근대문학이며, 이 대단한(?) 국민국가적 이데올로기의 범주 속에서는 장혁주가 들어설 틈은 없었으니까. 김사량의 일어창작 소설을 조금은 논의할 수 있었고, 그 연장선상에서 장혁주의 프롤레타리아계 소설 「아귀도」 정도는 거론될 수 있었지만 어디까지나 한 시대의 각주 같은 것에 지나지 않았소. 그럼에도 이에 응한 것은 지도교수의

난처함을 함께 나누고자 함이기보다 내 하찮은 지적 호기심 탓이 아니었을까. 두 가지 점에서 그랬던 것으로 회고되오. 연구자(1950년생)가 지닌 학적 동기가 그 하나. 여기에는 설명이 조금 요망되오. 재일교포가 아닌 순종 일본인으로 한국문학연구회(오오무라 마스오 중심, 1970)가 조직되어 상당한 활동을 해오고 있음을 알고 있는 내게 있어 이 연구자는 그들과 무관해 보였소. 그렇다면 이 연구자는 어디 소속이며 어떤 학적 지향성을 갖고 있었던가. 다른 하나는 하필 장혁주 연구에 나아간 개인적 동기는 무엇이었을까. 매우 딱하게도 이러한 내 호기심은 그때나 지금이나 여전히 현재형이오.

연구자가 장혁주를 택한 이유를 장혁주의 소설 「아, 조선」(1952)을 인사동에서 우연히 대면했음이라 했소. 연구자의 유학(1979) 삼 년째였소. 이로 볼진댄 이 연구자는 뚜렷한 목표 없이 헤맸다고 볼 것이오. 놀라운 것은 이 우발적 선택이 연구자의 학문적 사실 여부가 아니라 이 한 번의 선택에 모든 것을 걸고 순종함의 철학적 의미는 무엇인가. 내 호기심은 이 점에서 현재적이오. 이 연구자가 오늘날까지 장혁주 연구에서 한 발자국도 벗어나지 않은, 그 우직한 지속성을 지켜 본 나로서는 지적 호기심을 넘어 어떤 경이로움을 느끼지 않을 수 없소.

이 경이로움의 의미를 드러내는 일이 내가 할 수 있는 부분이자 동시에 연구자에 대한 예의라 믿고 이렇게 붓을 들었소. 이 연구자는 우발적으로 장혁주를 선택했다고 했소. 미개척의 영역인지라 연구의 외면적 성과는 금방 달성될 수 있었을 터. 이때 이 연구자가 미처 대처하지 못한 연구에서의 내면적 성과가 아니었을까. 당시로서는 한국에서는 물론 일본에서도 기피 대상에 가까운 장혁주에 대한 학적 의의랄까, 가치 평가의 지평 앞에 조만간 이 연구자가 서지 않으면 안 되었을 터. 아마도 이 연구자는 모종의 위기감을 감지하지 않았을까. 내가 지적하고 싶은 것은 이 위기감의 극복방식에 있소. 이 연구자의 극복방식이야말로 연구자 시라카와 유타카 교수의 승리가 아니었을까. 곧 시라카와 교수는 장혁주에서 벗어나지 않는 방법론을 개발했던 것이오. 염상섭의 존재가 바로 그것. 염상섭이라는 한국 근대문학의 대가급 작가를 장혁주 옆에 세워둠으로써 장혁주의 여지의 의미를 캐면서 동시에 염상섭의 미지의 영역을 캐내기. 이 방법론의 중요성은 장혁주도 염상섭도 각각 시대를 공유하되 자립적인 거울에 해당된다는 점이오. 두 거울을 세워두고, 그 한가운데 시라카와 교수가 서 있소. 세칭 가장 악명 높은 거울과 가장 훌륭한 거울 말이외다. 시라카와 교수가 공들여 일역판 『만세전』(2003)과 『장혁주 작품선』(공편, 2003)을 동시에 내놓은 것이 어찌 우연이랴.

시라카와 교수의 이러한 자속성의 의의는 연구자의 한 가지 유형이라는 데서 찾아지오. 내가 경의를 표하는 것은 바로 여기에서 오오. 업적성과에 앞서는 연구자의 삶의 태도 말이외다. 이러한 시라카와 교수가 그동안 공적을 모아 한국어판 책을 낸다면서 내게 무슨 발문 같은 것을 요청해왔소. 학위논문심사를 했던 인연 때문이 아닌가 짐작되오. 문득 이 장면에서 학위논문 최종 심사 때의 일이 회고되오. 부인과 함께 현해탄을 건너온 어린 아들이 인상적이었소. 그 아들이 아마도 지금은 장년의 신사로 성장했을 터이오. 아무쪼록 이 일가에 행운이 깃드시길.(2010.4.20 김윤식)

—「두 개의 거울 마주 세우기—시라카와 교수 한국어판 논문집에 부쳐」,
『한국근대문학과 知日(지일) 작가와 그 문학 연구』, 깊은샘, 2010.

도쿄대학 문학부를 나와 한국에 유학 온 시라카와 씨는 위의 서문을 읽은 즉시 필자에게 편지와 사진을 보내왔다. 사진은 가족 사진. 그 어린아이는 청년이 되어 도쿄에서 취직했다는 것. 부인은 큐슈대학 강사라는 것. 그리고 자기는 큐슈산업대학 교수라는 것 등을 적고 끝으로 흘린 말인 듯, 이런 투의 언급을 했다. 자기가 한국 문학에 관심을 가진 것은 부모로부터 직 · 간접적인 영향을 받았다는 것. 곧 부모가 구식민지시절 조선에서 살았다는 것. 자연히 집안 분위기가 조선과 관련된 것이 많았다는 것. 1950년생인 씨는 현재 큐슈산업대학 국제문화부 교수라는 것. 주요 논저는 『장혁주 연구』(1990), 『식민지 조선의 작가와 일본』(대학교육출판, 1995), 『이것이면 알게 된다! 조선어』(공저, 백수사, 1998) 등이 있다는 것.

한편, 후지이시 다카요(藤石貴代, 1964~) 씨는 서울대학교 대학원에서 필자의 지도로 석사학위를 받았다. 주요 논저로는 「김종한론」(『큐슈대학 동양사 논총』 제17집, 1989), 「김남천의 「경영」「낭비」「맥」 연작에 대하여」(『조선학보』 171집, 1999), 「일본에서의 이상 문학 연구—현황과 그 과제」(『이상 리뷰』 제3호, 서울, 2004) 등.

씨는 현재 현립 니가타여자대학 문학부 교수로 있다. 1964년생이라고 했으니까 필자가 아는 한 나이가 비교적 연소한 학자인 셈이리라. 그런데 후쿠오카(福岡)현 태생인 씨가 어째서 한국 문학을 택했을까. 필자는 이에 대해 직접적으로 물어본 바가 없다. 하지만 풍문으로 들려 온 편모슬하라든가, 혹은 서민의 딸인 듯한 느낌이 이와 연관이 있을 것으로 필자는 추측했다. 어느 날 씨는 필자의 연구실로 한 청년을 대동하고 나타나 약혼자가 될 사람이라 했다. 그러나 그 후에도 결혼했다는 말은 듣지 못했다. 아마도 독신으로 살아가고 있지 않을까 싶다. 씨의 주도로 오오무라 마스오, 심원섭, 호테이 토시히로 등과 공편한 『김종한 전집』(녹음서방, 2005)이 나온 바 있다. 무려 866쪽에 이르는 이 대단한 전집은 전집 연구의 모범적 사례라고 할 만하다.

와다 도모미(和田友美, 1970~) 씨는 일본외국어대학 조선어과를 나와 동 대학원에서 「이태준론」으로 석사논문을 쓰고 한국 문교부 장학생으로 한국에 왔다. 필자가 지도교수였는데 씨는 계속해서 박사 과

정까지 마쳤다. 귀국해서 도야마대(富山大學)에 직장을 구했다. 이 과정에서 씨는 「김남천 장편소설론」(『조선학보』, 1998.4), 「가족사 연대 소설의 성립을 둘러싸고」(『조선학보』, 1998.7)를 발표했다. 또한 그로부터 수년이 지난 뒤에야 박사논문을 제출하여 학위를 받았는데, 씨의 학위논문은 「이광수 소설의 생명의식 연구」(서울대 대학원, 2003)이다. 필자는 왜 하필 씨가 조선어 및 조선 문학을 택했는지 그 이유에 대해 역시 알지 못한다. 풍문으로도 그런 언질을 들은 바 없다.

또 한 경우, 와타나베 나오키(渡辺直紀, 1970~) 씨는 동국대학교로 유학하여 「카프문학과 대중화－나프와의 비교를 통하여」(1996)로 학위를 받았다. 필자가 씨를 만난 것은 고려대학교 일본학 연구센터가 주관하고 고려대 일어일문학과 주최, 일본국제교류기금의 후원으로 개최된 2005년 국제심포지엄 때였다. "타자와 문화표상"이 그 주제였다. 이 심포지엄에서 필자는 「이중어 글쓰기에 있어 일본인상－이효석, 한설야, 김사량의 경우」를 발표했고 씨는 「섬뜩함의 정치학－초창기 재일조선인 문학에 보이는 조선인상」을 발표했다. 당시 씨는 서울에 체류하고 있었는데 조직 능력이 있어 보였다. 일본 국제교류기금의 알선도 필자에게는 씨의 능력이 발휘된 것으로 보였다. 그러나 어째서 씨가 조선 문학을 공부하게 되었는지는 들은 바가 없다.

귀국한 씨는 도쿄의 무사시노대학에 직장을 구했고, 〈이상탄생 100주년 기념 국제심포지엄〉(2010.7.16.~17)을 "한일문학교류의 현재 · 과거 · 미래"라는 큰 범주 속에서 조직했다. 이 심포지엄은 한국의 이상문학회, 연세대 BK 한국 · 문학 · 문화 국제인력양성사업단 등이 참가, 일본 문화교류기금의 후원으로 무사시노대학에서 행했다. 필자는 여기서 「내가 엿본 이상 문학의 심연」이란 제목의 글을 발표했다. 상세한 것은 졸저 『기하학을 위해 죽은 이상의 글쓰기론』(역락, 2010)에 언급되어 있다.

5. 일역 『무정』과 그 해설서－하타노 세츠코

하타노 세츠코(波田野節子, 1950~) 씨는 니가타 명문가 출신으로 1973년 아오야마 가쿠인대학 문학부 일본문학과를 졸업하고 현재 현립 니가타여자대학(4년제) 교수로 있다. 명문가 출신이며 일본문학과를 나왔다는 것, 프랑스에 유학했다는 것만을 볼 때, 하필 조선 문학을 택해 오늘에 이르렀는가를 짐작할 길은 없다.

씨와 필자는 프라하에서, 또 두르당에서 두 번 만났다. 씨는 여기서 불어로 진행된 한 섹션의 사회를 맡은 바 있었다. 씨가 온 힘을 기울여 공부한 것은 이광수였다. 『무정』(2005)의 일역, 『무정연구』(2008) 등이 있다. 씨가 『『무정』을 읽는다』(소명, 2008)를 내면서 필자에게 발간사를 청해 왔다. 실례가 되지는 않을까 조금 망설였으나 필자는 「이제 일역 『무정』이 있고 그 해설서도 있다」라는 제목으로 아래와 같이 적었다.

> 조선근대문학선집 첫째 권으로 『무정』(平凡社, 2005.11)이 현해탄을 넘어 한국으로 왔을 때 내가 받은 느낌이 착잡했던 것으로 회고되오. "이제야 제대로 된 『무정』 일역이 나오다니"와 "이제야 가까스로 일역되었도다"가 그것. 두루 아는 바 『루쉰전집』 일역이 나온 것은 1932년이었소. 조선 시집 『젖빛 구름』이 김소운 역으로 나온 것은 1940년. 그런데도 어째서 제대로 된 『무정』의 번역은 감감했을까. 이 의문을 물리치기 어려운 세월 속에서 나 혼자 멋대로 생각했소. '산에 들어 아무렇게 된 들국화 모양의 조선 시에 일본인들이 떼 지어 몰려갈 『무정』은

얼마나 답답했을까' 라고. 요컨대 그 작자로 말미암아 『무정』은 일본인에게도 조선인에게도 뭔가 난처한, 혹은 버거운 존재가 아니었을까. 호락호락한 상대도 아니지만 그렇다고 매력적인 존재도 아니었고, 좋아할 수는 없지만 그렇다고 미워할 수도 없는 존재. 동네북처럼 무수히 씌어진 것도 이 때문이 아니었던가. 요컨대 『무정』도 그 작가도 논자를 절망케 하기에 모자람이 없지 않았을까. 절망 앞에서라면 무슨 말을 못하랴. 그럴수록 논자들은 대가를 치러야 하지 않았을까. 왜냐면 부메랑 모양 자기가 논한 그 논의가 자기에게 되돌아오게 마련이었으니까. '내가 한국어를 배우기 시작했을 때부터 가장 궁금한 존재가 이광수였다' 라고 『한국문학연구』의 저자 사에구사 토시카츠 씨도 고백한 바 있거니와 「『무정』을 읽는다」의 저자는 망설임도 없이 이렇게 말했소.

"『무정』을 알고 싶은 동시에 내 자신의 내면을 알기 위해 썼다고 해도 좋다"라고. 어째서 『무정』을 아는 것이 일본인 '자신의 내면' 을 아는 일인가. 저자 하타노 세츠코 씨가 처음 『무정』을 읽은 것은 1986년이라 하오. 처음의 독후감은 '당돌하게도 낯익음' 이라 했소. 어째서? 식민지 한반도 출신의 청년이 70년 전에 쓴 소설 『무정』에 기묘하게도 젊은 시절 어딘가에서 만난 듯한 사고방식과 정서가 담겨 있기 때문. 그러니까 『무정』 읽기란 자기 내면 읽기에 다름 아닌 것. 이 장면에서 다음 의문을 물리치기 어렵소. 대체 저자 하타노 씨의 이 발언은 그 자신의 특이한 인생살이에 국한된 것인가. 혹은 그를 포함한 일본인 대부분의 모종의 정서적 반응을 보여주는 것인가가 그것. 아마도 저자는 '전자에 지나지 않는다' 라고 조심스럽게 대답할지 모르겠소. 그러나 또 저자는 후자라고 이번에 꽤 단호하게 대답할 것이라는 예감이 드오. 그 예감을 씨가 번역한 『무정』(1925 第6판) 일역판에 강렬히 드러나오.

모두가 아는 바 『무정』은 경성학교 영어교사 이형식이 김장로의 딸 선형의 가정교사로 가는 첫날, 길에서 우연히 만난 친구와 수작하는 것으로 첫대목을 삼았소. 여기엔 영어와 일어가 번갈아 나오오. 그런데 '미스터' '베리 굿' '엥게이지멘트' 등의 영어는 사용되긴 해도 단순한 시대적 청년 유행어에 그쳤으나 일어의 경우는 사정이 판이했소. '히사시가미' '요 오메' '데또오' '이이나즈께' '움, 나루호도' '이야시꾸모' 등이 망설임도 없이 얘기 한복판을 주인처럼 차지하고 있지 않겠소. 번역자 하타노 씨는 이 가운데 '히사시가미'에만 간단한 주석을 달았을 뿐 막바로 그대로 사용하고 있소 기묘하게도 젊은 시절 어딘가에서 만났던 듯이 느껴지는 사고방식과 정서가 거기 있지 않았던가. 이 사실의 중요성은 아무리 강조해도 지나침이 없을 듯 하오. 어째서? 마음의 지향성이 거기 작동되어 있으니까.

어떤 연구도 그것이 모종의 밀도랄까 성과를 얻기 위해서는, 그러니까 살아 있기 위해서는 지속성이 요망되는 것. 그 지속성의 동력은 이 지향성에서 오는 법. 그것은 즐거움과 무관하지 않은 법. 이 저서가 즐거움의 산물이기에 이에 비례하여 지나칠 정도로 디테일의 세세함에까지 나아갈 수 있었던 것. 디테일의 세세함이 숲을 가리고 말아도 상관없을 정도로 나아갈 수 있었던 것. 일역 『무정』이 먼저 있고, 그 번역에 이른 과정에 대한 해설서가 한 편의 저술로 나타난 형국. 이 저서가 일역 『무정』의 그림자에 지나지 않음은 이런 곡절에서 왔소. 기묘하지만 당연한 일이리라.

나는 저자 하타노 씨와는 두 번의 구면이오. 1995년 프라하, 또 2007년 두르당(파리)의 AKSF(유럽한국대회)에서 불어로 구사하는 씨는 예측대로 명랑한 소녀 같았소. 「메이지학원 연고의 문학자들」(1998)이 그것. 이광수가 다닌 이 학원에서 연 세미나 발표문이었소. 저자는 이 글 속에서 내가 쓴 『이광수와 그의 시대』의 머리말 한 구절을 적었더군요. 메이지대학 구관 앞 은행나무 냄새에 관한 대목이 그것. 씨는 잇대어 이렇게 썼소. '저도 조금 전 그 앞을 지나면서, 아 이 냄새인가보다 하고 숨을 들이 쉬었다.' 라고 결론을 맺고 싶소. 여기 한 일본인 연구자가 번역한 『무정』이 있다. 그 해설서도 있다.(2007.12.15.)

— 『『무정』을 읽는다』(소명, 2008), 3~5쪽

/// 찾아보기

ㄱ

ㄴ

ㅇ

ㅈ

ㅎ